カラダ目当て

桜 朱理

Syuri Sakura

EB
エタニティ文庫

目次

カラダ目当て

第1章　でたらめな取引

「君に私の子どもを産んでほしい」

目の前にいる上司が、突然何を言い出したのか、牧原咲子(まきはらさきこ)には理解できなかった。

思わず目の前に立つ男の顔をまじまじと凝視する。

――今日も本当に素敵ですね――

そんな場違いなことを考えるくらい、上司の発言は、咲子にとってあり得ないものだった。

誓ってもいいが、咲子とこの上司の間に、今の発言が出てくるような関係は一切ない。ただの上司と部下。それ以上でも、それ以下でもなかった。

つい数分前に、明日の仕事の打ち合わせを簡単にして、今日の仕事を終えるところだったのだ。

本当に意味がわからなすぎて、咲子は唖然としたまま上司の端整な顔を見上げることしかできなかった。

これが愛の告白だとは思えなかった。何故なら、目の前の上司の顔に、そんな甘やかな雰囲気は欠片(かけら)も漂(ただよ)っていないからだ。

――この表情はよく知っている。難しい取引やプロジェクトに挑むときの顔だ。

この五年、彼の秘書として傍で見続けていた表情だけに、見間違えようもない。

だからこそわからない。この上司が何故、こんな顔でこんなことを言い出したのか。

咲子の上司――遠田明彦(とおだあきひこ)は今年三十六歳になるやり手の青年実業家だ。全国規模のホテルチェーンのオーナー一族として生まれ、この不景気でも業績を落とすことなく伸ばし続けている手腕は、経済界でも高く評価されている。

ややきつめの印象のある切れ長の瞳。形のよい高い鼻梁(びりょう)に薄い唇、意志の強さを表す眉。疑いようもない本物の美形だ。

緩やかに前髪を後ろになでつけ、眼鏡をかける姿は、大人の男の落ち着きと迫力を醸(かも)し出していた。黙って立っているだけで、女の方が放っておかないような魅力を持っている。実際、彼が非常にモテることを咲子は知っていた。

わざわざ平凡で地味な容姿の秘書に『子どもを産んでほしい』と言い出す必要はないはずだ。

――病院の手配をした方がいいかしら？　顔色は悪くないけど、熱でも出して、誰かと私を間違えている？

「牧原君。黙ってないで、何か言ってくれないか？」

焦れたように答えを促す遠田の声に、咲子は我に返った。冷静沈着な彼女にしては珍しいことに、本当に珍しいことに、遠田の発言にパニックになりかけていた。

――落ち着け咲子。最近忙しかったたし、きっと疲れているのだ。だから、何か別の言葉を聞き間違えた可能性もある。

咲子は一つ大きく息を吐き出した。そのときになって、自分が息を止めていたことに気付く。

「……申し訳ありません。社長。先ほどのお言葉をもう一度仰っていただけますか？少し疲れているのか、おかしな聞き間違えをしてしまったようなので……」

その言葉に、遠田の瞳が眇められた。

「君に私の子どもを産んでほしいと言った」

一言、一言、区切るように告げられた言葉の衝撃に、手にしていたシステム手帳が滑り落ちた。

「あっ！」

床に手帳の中身をぶちまけてしまって、咲子は声を上げると咄嗟に屈んで中身をかき集める。

「大丈夫か？」

「大丈夫です！」

一緒に屈(かが)み込んで中身を拾ってくれようとする遠田を押しとどめ、早急に拾い集めた中身を、整理もせずに手帳に挟み込む。

——ああ！　もう！　こんな取り乱すなんて初めてよ！

自分の失態を心の中で罵(ののし)りながら、急いで立ち上がって顔を上げる。すると、眉間に皺(しわ)を寄せた遠田と目が合った。その眼差しの真剣さに、咲子はびくりと震える。

——本当に、さっきから何が起きているの？

「それで？　返事を聞かせてもらうことはできるだろうか？」

——返事？　あのバカげた提案についての？　できるわけないでしょう!!

内心でパニックを起こしているものの、咲子の表情はいたって冷静だった。動揺すればするほど、咲子は表情が能面のように固まってしまうのだ。それを周囲が勝手に冷静沈着だと評価してくれているのだが、今は関係ないだろう。

「その前に、一つお伺(うかが)いしたいのですがよろしいでしょうか？」

必死に冷静になれと言い聞かせながら、咲子はこの異常事態の打開を図ろうと試みる。

「何だ？」

「今日の体調は？　顔色は悪くないですが、熱っぽいとか体がだるいとかそういった症状はありませんか？　最近、かなり過密スケジュールだったので、お疲れとは思いますが……必要であれば病院の手配をいたします。明日からのスケジュールについて、診察の結果次第で調整しましょう」

　立て板に水のように話し出した咲子に、遠田の眉間の皺がぐっと深くなる。

「私は疲れてもいないければ、体調が悪いわけでもない！　いたって健康で正気だ！」

　何を疑われているのか理解したらしく、遠田が吠えるようにそう言った。興奮に赤く染まった端整な顔を見上げて、今度は咲子の眉間に深い皺が寄る。

　――だったら！　この異常事態は一体何なのだ⁉

　波立つ心を落ち着けたくて、咲子はゆっくりと深呼吸をする。

「体調不良による錯乱でなければ、先ほどからの発言は一体どういうつもりなんです？　セクハラ、もしくはパワハラですか？」

　――真面目一辺倒の、この堅物上司が？

　自分で言って、内心で首を傾げた。それが表情にも出ていたのか、険しかった遠田の表情が緩む。

「君のそういう冷静なところが私は気に入ってるよ。だからこそ、君にこの話を受けて欲しい。セクハラのつもりもパワハラのつもりもないが、そう受け取らせてしまったのならすまない」

上機嫌で微笑む上司の顔に、咲子の戸惑いはひどくなる。

――ますます意味がわからないわ。今日の社長は絶対におかしい。

顔は同じでも、中身はまったくの別人だと言われた方がまだ納得できそうだった。

咲子は手で額を覆うと、鈍く痛みだしたこめかみを揉む。

「社長」

「何だ？」

咲子の呼びかけに、遠田が期待するように瞳を輝かせた。

目線だけでちらりと遠田の様子を窺った咲子は、彼の反応に内心でため息を吐き出す。

――悪い夢なら、早く覚めてちょうだい。

そう思うが、鈍く痛む頭が、これは現実だと咲子に教えてくれた。

「このままこの話を続けるつもりなら、座ってもよろしいですか？　とても立ち話で済ますような話とは思えないんですが……」

「ああ！　そうだな！　すまない。気が利かなくて！　どうぞ座ってくれ！」

照れたように耳朶を染めた遠田が、社長室にある応接ソファを手で示した。いつにない上司の反応に、咲子は何か見てはいけないものを見たような気分に陥った。

「失礼します」

咲子は遠慮なくソファに座った。その途端に、どっと疲労が押し寄せてくる。

――今日は早く帰って、ゆっくりとお風呂に入るつもりだったのに……

内心で嘆息して、咲子は自分の手帳を応接テーブルに置いた。また手帳の中身を床にぶちまけるなんて失態は御免だ。

「やはり牧原君は冷静だな。私が見込んだだけのことはある」

正面のソファに座り、にこにこと上機嫌に笑う上司を、咲子は胡乱な眼差しで見つめる。

「これがセクハラや、パワハラでないと仰るなら、私にもわかるように説明していただけますか？」

「もちろんそのつもりだ。話を聞いてくれてありがとう」

穏やかに微笑んで礼を言う遠田に、咲子は怪訝そうに眉をひそめる。そんな咲子の反応に、遠田が苦笑した。

「君が冷静で私はとても助かっているよ。普通の女性にあんなことを言ったら、プロポーズか愛の告白だと思われて、話にならなかっただろうしな。もしくはセクハラと思われて、訴えられていたかもしれない。けれど牧原君は、とりあえず冷静に私の話を聞いてくれようとしている。それだけで、今の私は君を選んで正解だったと思える」

――やっぱり違ったか。そりゃそうだ。

真っ先に愛の告白を否定されたことに納得して安堵する反面、何故か咲子の胸が鈍い痛みを訴えた。

――何で私が傷付かなきゃいけないのよ⁉

自分の心の動きに驚いて、咲子は思わず顔を顰めた。

「あまりに突拍子もないことを言われたので、驚きすぎてどう反応すればいいかわからないだけです」

自分でもびっくりするくらい冷たい声が、唇から滑り落ちた。

「そ、そうか。それはすまない」

咲子の声音と表情に、遠田が笑みを引きつらせた。これが八つ当たりなのはわかっているが、フォローする気にはならなかった。

「それで、先ほどの発言は一体どういうことか、きちんと説明していただけますか？」

再度、促せば遠田は大きく息を吐き出した。そして遠くを見るような眼差しで話し始める。

「私は今年で三十七歳になる。それで近頃、これからの自分の仕事や人生設計を考えることが多くなったんだ。自分がこの先どうしたいかと考えたときに、私は後継者が欲しいと思った。祖父が起こして、父と私がここまで成長させたうちのグループを引き継いでくれる人間が欲しい。そうして、できればそれは自分の血を引いた子どもであって欲しいと思ったんだ」

「そうですか」

仕事が順調に進み、先のことを考えたときに後継者が欲しくなる理屈も、それが自分の子であってほしいと思う理由もわかる。

——この人、何気に子ども好きだしな。

ホテルに来るお客様のお子さんや、親族や社員の子どもなどを、彼がよく構っているのを咲子は知っていた。

現実的な話として、周囲の人間たちも彼に結婚と後継者を望んでいる。見合い話はそれこそ星の数ほど押し寄せてきているのだ。

彼が一言『結婚したい』『子どもが欲しい』と言えば、彼の花嫁候補や子どもの母親候補が、百人単位で列をなすだろうし、世話を焼きたがる人間も大勢いる。

「不審に思っている顔だな」

「ええ。その話のどこに自分が絡んでくるのかさっぱりわかりません。社長が望めば、明日にでも社長と結婚したい、若く健康な女性のリストアップが可能ですが？」

「それではだめなんだ。私が一度、結婚に失敗しているのは知っているだろう？」

「ええ」

遠田は若い頃に政略結婚をした。咲子が遠田の秘書になる前のことで、詳しいことはよく知らないが、その結婚があまり幸せでなかったことは噂で聞いていた。最後はかなりの泥沼だったらしいことも。

「正直、もう結婚はこりごりなんだ。子どもは欲しいが、妻となる女性は望んでない」

「なるほど。ですが、これから先、社長にとって唯一無二の運命の人が現れるかもしれませんよ？　あなたの支えになって、一緒に子どもを産み育てたいと思うような女性が。早まる必要はないと思いますが？」

「確かにその可能性も考えた。だが、先ほども言ったように、私は今年で三十七歳になる。今から運命の女性を探して、出会って、恋愛して、結婚する。それからの子作りでは時間がかかりすぎる！　何年かかるかもわからない！　何より私は、女性を見る目がない！」

――あー、一応は自覚があったのね。

きっぱり断言した遠田に、咲子は思わず生ぬるい眼差しを向けてしまう。遠田は咲子の視線に耐えかねるといった様子で、微かに頬を赤らめて、拗ねたようにプイッと横を向いた。

一度、泥沼の離婚劇を経験したせいか、遠田は結婚にはかなり慎重だ。

それは恋愛にも表れていた。もともとの性格もあるのだろうが、プレイボーイには程遠い生活を送っている。だからといって、恋人がまったくいなかったわけではない。これだけの容姿と社会的地位を持っているのだ。群がる女性はあとをたたず、時々に恋人と呼べる女性もいた。

だが、本人が自覚している通り、彼には女性を見る目がない。本当にない。毎度、毎度、何故よりによってこんな女に引っかかるのか！　と呆れるほど、トラブルメーカーの女性を引き当てていた。咲子が知っているだけでも四人。警察沙汰一歩手前の騒動が起きている。

だったら大人しく信用のおける誰かに女性を紹介してもらえばいいと思うのだが、それでも失敗した事例を知っているだけに、咲子にフォローできることはない。

とはいえ、ここ一年ほどは、さすがに反省したのか、遠田のプライベートに女性の影はなかった。

「そんな目で見ないでくれ。君にもさんざん迷惑をかけた自覚はある」

ぼそりと呟く男がしょげて見え、咲子は苦笑して、話を本筋に戻す。

「失礼しました。それで何故、私が選ばれたんでしょうか？」

「これまでの失敗を振り返って、私も色々と考えた。母や妹を除いて、この世で一番信用できる女性は誰か。真っ先に思い浮かんだのは君だった。私に何かトラブルがあったとき、頼れるのも、あとを任せて安心できるのも君しかいない」

穏やかに語る遠田の眼差しはとても真摯で、その言葉が嘘や誇張ではないことを伝えてくる。咲子は、胸が熱くなるのを感じた。この上司にここまでの信頼を寄せられていたことが、泣きたくなるくらいに誇らしかった。

「ありがとうございます。とても光栄です」

その信頼は素直に嬉しいと思った。だが、そこから何故、咲子が社長の子どもを産むという結論に飛躍するのかがわからない。

「ですが、それと先ほどの話がどう繋がるんですか？」

「最初は、信頼している君に女性を紹介してもらおうと考えた。君の人を見る目は信用している。君が選んだ女性であれば、これまでのようなトラブルに陥ることはないだろうと思ったんだ」

——だったらそれでよくないか？　なんで結論が飛躍した？

咲子の中で疑問が溢れかえる。

遠田の命令なら、咲子は選りすぐりの女性を探してみせる。世の中には、妊娠可能で若く健康で、美しく、トラブルを寄せ付けない女性が数多いるのだ。

その中から、遠田と相性のいい、ともに家庭を築いていける女性を選ぶことは可能だろう。

——なのに、何故、私？

自分で言うのもなんだが、咲子はいたって平凡な女だ。容姿だって、美人と言われたこともない。ショートボブの黒髪に、垂れ目気味の瞳。左の目尻にある泣き黒子に色気があると言われたことはあるが、それ以上に特筆するべきところはない。

「だが、そこまで考えて気付いた。君も、若く健康で、子どもを産むのに支障がない。世界で一番信頼する女性がすぐ傍にいるのなら、彼女にこそ私の子どもを産んでほしいと思ったんだ！」

——どこをどうしたらそんな結論に辿り着くんだ！　おかしいでしょうが！

もうどこから突っ込めばいいのか、咲子はひどい頭痛を覚えた。

「今年三十一歳になる私が若いかというところは、審議が必要かと思いますが？」

「そんなことはない！　今の医療技術があれば三十一歳は十分に妊娠、出産の適齢期だ！」

「そうですか。まぁ、それは優先すべき問題ではないので、ひとまず横に置きましょうか。社長が私の仕事ぶりをそこまで認めてくださっているのは、大変光栄ですし、嬉しく思います。ですが、仕事とプライベートは別です。職業人としての私はともかく、プライベートの私が信頼に足る人間とは言えないかもしれませんよ？」

少し意地悪な気持ちでそんなことを言ってみる。自分で自覚している通りに、遠田には女を見る目がないのだ。咲子だけが例外とは言えないだろう。

「確かに私は、君のプライベートをほとんど知らない。だがこの五年、間近で君の仕事に対する誠実さをつぶさに見てきた。君と私が過ごした時間は、家族や恋人、友人よりもはるかに長い。誰よりも一緒にいたといっても過言ではないだろう？　その時間の中で、牧原君ほど信頼に足る女性はいないと確信した。私の子どもを産んでもらうのに、君ほど適した人はいない」

満足げに演説する遠田に、咲子は反論が思い浮かばなかった。

確かに遠田の言う通り、この五年、二人は常に一緒に過ごしていた。仕事のためなら世界中を飛び回ることを厭（いと）わない遠田に付き従い、咲子は休みもろくに取らずに駆けずり回ってきた。

『誰よりも一緒にいた』

この言葉に間違いはない。遠田の言うことも理解できる。

――だけど、何で私が産むって話になるのよ？

咲子は一つ大きなため息をつく。

「仮に、この話をお引き受けしたとして、子どもの養育はどうなさるつもりですか？　配偶者は必要なくても、子どもの世話をする人間は必要だと思いますが？　それも私がお引き受けするんでしょうか？」

「いや、子どもは、できれば私が自分の手で育てたい。君は自由でいい。母親としての責任を負わせるつもりはないし、今まで通り仕事に打ち込んでくれて構わない。君が望めば、我が社で復職をしてくれ。もし、子どもの傍にいるのが気になると言うなら、君の希望する企業への推薦状を用意する。住む場所も生活も私が保証する」

「その間、社長のお仕事はどうされるつもりですか？」

――あなた仕事好きでしょうが？

常に世界中を飛び回っているのに、子どもを育てている暇なんてあるのかと思う。

彼の忙しさは咲子が身をもって体感している。

「仕事は在宅に切り替えて、子どもがある程度大きくなるまでは、私は育休を取るつもりだ。社長自ら育休を取ることは、他の従業員にもいい影響を与えるだろうし、よい企業アピールになる。どうしても私でなければならない仕事に赴く際は、ベビーシッターを頼むつもりだ。君は本当に子どもを産んでくれるだけでいい。迷惑をかけるつもりはない」

「なるほど。そこまで考えての提案ということですね。ですが、それがどういう意味を持つ言葉か、本当にわかってらっしゃいますか？」

「自分が非常識なことを頼んでいる自覚はある。だが、こんなことを頼めるのは君しかいないんだ」

「本当に？　社長は私に未婚で子どもを産んでほしいと言ってるんですよ？　いくら復職を約束されても、妊娠・出産中に中断される私のキャリアはどうお考えですか？」

遠田の反応を窺いながら、咲子は問いかける。

「もし、出産後、私に好きな人ができて、結婚したいと考えたとき、その子のことが足かせになるかもしれない。逆に私の出産後、社長に運命の相手が現れるかもしれない。そうなったらどうするおつもりなんですか？　子どものことは確実に問題になります。要らなくなったからといって、お払い箱にできる話じゃないですよ」

現実的な咲子の質問に、遠田は束の間黙りこんだ。

──現実を見て、頭を冷やしてくれ。

咲子はそう願う。だが、遠田は咲子の言うことなんて、とっくに予想済みだったのだろう。

「牧原君の言ったことについても、きちんと対策を立てるつもりだ。妊娠・出産中の君のキャリアについてはもちろん保証する。先ほども言ったが、君が望む職もキャリアも用意する準備はある。落ち着くまでの生活も保証しよう。この先の君の人生に関しても、出産したことが外部に漏れたり、不利になることがないよう、最大限配慮するつもりだ。妊娠中はキャリアアップのための留学をしていることにして、極秘で子どもを産めるように手配しよう」

遠田の落ち着いた口調には、少しの揺らぎも感じられない。

「私の子の出産が君の人生の足かせや不利になるようなことは決してないと約束する。私に関しては、この先、運命の女性が現れるとはとても思えない。仮に現れたとしても、君の子を優先すると誓う。それについての契約書も準備している」

——呆れた。

それしか言いようがなかった。

「そこまでご準備されているなら、私が産む必要はありますか？　日本では非難を浴びるかもしれませんが、海外では不妊治療のための卵子提供を請け負う企業や、代理母を扱うエージェントなどもありますよね？」

「わかっている。だが、いくら信用のおけるエージェントだとしても、君ほど信頼できるとは思えない。どんなに優秀な遺伝子を持った卵子であっても、君には敵（かな）わないと思う。どこの誰が産むのかわからない子よりも、私は自分の血を引いた君の子が欲しいんだ。そして、できればその子は君に産んでもらいたい」

聞きようによっては、熱烈な求愛ともとれる言葉なのに、遠田が欲しいのは咲子ではなく、咲子の産む自分の子どもだ。

この状況は一体何の冗談だと思うが、質（たち）の悪いことに目の前の上司は本気だった。

「もちろんこんな非常識なことを頼むんだ。ただとは言わない。無事に出産できたあかつきには、君の亡くなったご両親のオーベルジュ。あれを買い戻す資金を提供する。経営の再建にも力を貸そう。君の夢だっただろう？」

遠田の言葉に、咲子の両目が驚きに見開かれる。いつかの夜、酔った勢いで語った夢を、遠田が覚えているとは思っていなかった。

同時に、今は人手に渡ってしまった実家の情景が脳裏にありありと浮かぶ。

緑深い場所にある小さなオーベルジュ。庭には母が大好きな桜が何本も植えられ、春は一面ピンクの霞がかかったようになって美しい。夏は緑の木陰が涼やかだった。秋は紅葉と山の実りを収穫し、冬は静謐な雪景色の中に佇んで春を待つ。四季折々の風景が一瞬で咲子の脳裏を駆け巡った。

フランスで修業した父がシェフを勤め、快活な母が客室係をしていた。常連客に愛され、いつも笑いが絶えなかったあの場所――咲子が何よりも愛してやまない思い出の場所だ。

十七歳のときに両親が事故で亡くなり、手放さざるをえなかった。

いつかあのオーベルジュを買い戻し、再開するのが咲子の生涯をかけた夢だった。そのために、奨学金を受けて大学に進学し、血の滲むような努力の果てに、全国規模のホテルグループである今の職場に就職した。

――社長の子どもを産めば、あそこを取り戻せる？

心が揺れた。それまで冷静であろうとしていた咲子の心が激しく揺さぶられた。

緊張に、喉がからからに渇く。干上がった喉で、無理やり唾液を呑み込んで、口を開く。

「……本当に、あの場所を買い戻していただけますか？」

「もちろんだ。君に生涯のリスクを負わせるんだ。それくらいの報酬は当たり前だ。口約束では不安だろうから、きちんと書面でも契約書を用意する」

「わかりました。お引き受けします」

気付けばそう答えていた。この先の自分の人生や妊娠・出産のリスクを天秤（てんびん）にかけたとしても、咲子は両親のオーベルジュを取り戻したかった。

「君ならそう言ってくれると思ってたよ」

目の前で満足げに微笑む上司が、まったく見知らぬ男に見えた。

立ち上がった遠田が、契約の締結を祝うように右手を差し出してくる。

その手を見つめる咲子の心が、一瞬だけ躊躇（ためら）いを覚えた。

だが、咲子はそれを振り切るように立ち上がり、遠田の手を握った。

触れた遠田の手は、火傷（やけど）しそうなほどに熱かった――

第2章　取引条件の変更

気丈な瞳とは裏腹に、遠田の手を握り返してきた咲子の指は微かに震えていた。

それも当たり前だろうと思う。遠田が彼女に頼んだのは、非常識かつ彼女の人生を大きく左右することだったのだから。

だが、その願いを叶えたいと思ったとき、咲子ほどの適任者はいないと思ったのだ。

その人選に間違いはなかったと、握手を交わす彼女を見下ろして、遠田は一人頷く。

牧原咲子はとても優秀な人間だ。真面目で丁寧な仕事ぶりを気に入って、遠田自（みずか）ら秘書に抜擢（ばってき）した。仕事においては常に冷静沈着で、トラブルが起こったときに、浮足立つ遠田や周囲に活を入れてくれる。

顎（あご）のラインで切り揃えられたストレートの黒髪。少し垂れ気味な目尻に、左目の泣き黒子（ほくろ）が成熟した大人の女性の色気を醸（かも）し出している。だが、彼女の印象はいつだって、清楚で落ち着きがあった。

遠田が親族の女性以外で、初めて背中を預けて安心できると思えた女性——それが咲子だった。

握手が解かれ、咲子の指が遠田の手をすり抜けていく。手の中に彼女の震える指の感触が残った。その華奢（きゃしゃ）な感触に、遠田はわずかな戸惑いを覚えた。

——彼女はこんなに小さな人だっただろうか？

そんな思いが彼の胸を過（よぎ）る。

「それで、私はいつどこの病院を受診すればいいんでしょうか？」

「え？　病院？」

一歩後ろに下がった咲子の質問の意味を咄嗟（とっさ）に掴みかねて、遠田は首を傾げた。

遠田の返答に、咲子が怪訝（けげん）そうな表情を浮かべた。

「一応、健康なつもりではありますが、妊娠・出産ができるかはまた別の問題ですから。一度きちんと産婦人科を受診したいと思います。それとは別に、出産場所は海外をお考えになっているようですが、妊娠中の検診場所は検討されているんでしょうか？」

そこまで言われて、ようやく咲子が何を言いたいのか察することができた。

「あ、ああ。そうだな。健康状態は大事だな。女性の体は繊細だ。メディカルチェックについても、こちらで手配しておこう。検診については大学時代の友人の実家の産婦人科を考えている。秘密は絶対に守ってくれる相手だ。人工授精もそちらで頼む予定でいる」

「人工授精……」

遠田の言葉を繰り返した咲子が、何かを考え込む様子を見せた。

「そういえば、妊娠の方法について説明していなかったな。君に負担をかけるかもしれないが、私の精子での人工授精を考えている。妊娠するまで、君にはそこへ通って治療を受けてほしい。もちろんその日は、有給を申請してくれて構わない」

咲子の不安や疑問を少しでも取り除きたくて、遠田は慌てて説明する。

「わかりました。ではそちらの病院の名前と住所を後程メールでいただけますか？　近日中に受診してきます」

「わかった。その日は有給として扱うから申請してくれ」

無理難題を願い出たのはこちらのはずなのに、淡々と話を進めていく咲子に何故か遠田の方が気圧される。

「あぁ、そうだ。社長」

「何だ」

「一つ申告というか、お願いがあるんですけど……」

「何だね？　出産に関して、君の希望にはできるだけ応えたいと思っている！」

意気込む遠田に、驚いたように咲子が半歩後ろに足を引いた。そうして、困ったように俯く。さらりと流れた髪が、彼女の表情を隠す。

束の間、二人の間に沈黙が落ちた。

咲子は覚悟を決めるように、肩で大きく息を吐き出して、顔を上げた。その顔がうっすらと赤らんでいることに気付いて驚く。

――何だ？　そんなに言いにくいことなのか？

滅多に顔色を変えることのない咲子の初々しい表情に、遠田まで緊張してくる。

「……私には男性経験がありません」

思い切ったように告げられた言葉の意味を掴みかねる。

――男性経験がない？

頭の中で咲子の言葉を繰り返して、驚愕に目を瞠った。思わず咲子の頭の上から足の先まで、視線を巡らせてしまう。遠田の視線の強さに、咲子が怯えたようにびくりと体を竦ませた。

――嘘だろう⁉

遠田より頭一つ分以上小さい彼女は、大人の女性らしい体つきをしていた。適度な胸の大きさにくびれた腰をパンツスーツに包んだ姿は禁欲的で、人によっては欲情をそそるだろう。実際、そんなことを遠田に言ってくる輩もいた。

だから、咲子の言葉が予想外すぎて、遠田は絶句した。

――彼女に触れた男がいない？

そう思った瞬間、遠田は自分の肌が粟立つような感覚を覚えた。快感にも通じるその感覚に、遠田は動揺する。

今の今まで、そういった目で咲子を見たことはなかったはずなのに、一気に彼女が一人の女性であることを意識してしまう。

――ちょ、ちょっと待て！　落ち着け自分‼

「どこかの神の子みたいに、処女懐胎というのは、さすがにどうかと思うのですが……」

「処女懐胎……」

咄嗟に連想を避けた言葉を、そのまま告げられたものだから、遠田は自分の視界が赤く染まったような気がした。鼻の奥がむずむずと疼いて、鼻血でも出そうな予感に、慌てて手で口元を覆った。

「なので……社長さえお嫌でなければ、最初だけ普通の方法で妊娠を目指してみたいのですが……」

――表情と言動が一致してないだろう！

頬は赤いのに、いつもの淡々とした仕事のときの表情を浮かべて話す咲子に、遠田の動揺がひどくなる。

「私相手では無理だと仰るなら諦めますが……」

「そんなことはない！　君は魅力的だ！」

尻すぼみに小さくなっていく咲子の声に、思わず叫んでいた。声の大きさに咲子が驚いたようにきょとんと目を瞠る。

一度、二度、咲子が瞬きを繰り返す。その姿に、自分の狼狽えぶりを自覚した。

――わ、私は一体何に動揺しているんだ？　童貞でもあるまいし、落ち着け！

「それはありがとうございます？　では問題ないですね」

何故か疑問形で礼を言った彼女が小首を傾げた。その仕草がやけに可愛らしく見えて鼓動が速くなる。

「ああ。そうだな」

思考が空転していて、何か大きな問題があるような気がするのだが、それが何かわからない。

「では、お話がそれだけであれば、今日はもう失礼してもいいでしょうか？」

そう尋ねる咲子は、ミス・パーフェクトと陰で言われる、いつもの冷静沈着な姿に戻っていた。

「ああ。もちろんだ」

「ありがとうございます」

何とか平静を装って頷くと、咲子は上半身を屈めて、テーブルに置いていた手帳を手に取った。遠田の視界に、彼女の白いうなじが晒され、目線が吸い寄せられる。

——彼女の肌はこんなに白かっただろうか？

そんな疑問が頭の中を駆け巡る。見慣れているはずの彼女が、まったく見知らぬ女性に見えた。

遠田の眼差しに気付くことなく、咲子が顔を上げた。

「それではスケジュールを調整して、近日中にメディカルチェックを受けてこようと思います。その結果報告と合わせて、直近の排卵日を算定してご報告するということでよろしいですか？　取引の開始はそこからで大丈夫でしょうか？」

畳みかけるように告げられる事柄に、遠田の方がついていけなくなりそうだった。

遠田は必死に頭を回転させて、今必要であろうことを告げる。

「問題ない。こちらも先ほど言った内容を契約書類に起こしておく。あとは出産場所に考えている病院の資料も用意しておくよ」

「お願いします。では、今日はこれで失礼します」

「ああ。気を付けて帰ってくれ」

「はい」

何事もなかったように社長室を去る咲子を見送って、遠田は応接ソファにどかりと腰かけた。

——あんな非常識な願いを叶えてもらえることになったのに、何故、俺の方がこんなに動揺しているんだ？　まるで俺の方がおかしな取引を持ちかけられた気分だ。

眼鏡を外して、テーブルに投げ出すように置くと、遠田は両手で顔を覆う。

咲子が女性であることを、今さらひどく意識している。

これは願ってもない申し出のはずだ。迷う必要も動揺する必要もない。

子どもの母親には、彼女しかいないと望んだのは自分なのだから——

☆

自宅に帰って来た咲子は、荷物をソファの上に放り出して、床の上にへたり込んだ。

こんなに早く帰宅できたのはいつ以来だろう、と思う時間に帰ることができたのに、いつも以上の疲労感を覚えている。

――私、社長に何を言った？

自分の行動が信じられなくて、自己嫌悪のあまり穴を掘って埋まってしまいたい。

だが、埋まる穴を掘る気力もなく、とりあえずソファの座面に顔を押し付けた。

――本当に何の取引を引き受けたの私？

今頃そんなことを考えたところですべてが遅い。

頬に触れるひやりと冷たい合皮の感触に、やっと夢から覚めたような気持ちになる。

遠田に子どもを産んでほしいと言われてからの出来事は、どこか現実感が薄く、あれが夢だったと言われたら納得してしまいそうだった。

だが、現実はそう甘くない。

咲子がそう思っているのを見透かすように、仕事用のスマートフォンがメールの着信を告げた。

指先一つ動かすのすら億劫に感じているのに、何か緊急事態かもしれないと、体は勝手に動き出す。顔を上げた咲子は鞄からスマートフォンを取り出して、メールを確認した。

発信者は遠田だった。メールの内容は彼の友人の実家だという産婦人科の病院名と住所。ご丁寧に病院のサイトのＵＲＬまで添付されている。だめ押しのように現実を突きつけられた気がした。

「さすがに仕事がお早いことで……」

遠田はそれだけ本気だと言うことだろう。変な感心をしてから、脱力感が咲子を襲った。返信するべきなのだろうが、今は何もかもが面倒で、スマートフォンをソファの上に投げ出した。再びソファに顔を埋めた咲子の唇から、盛大なため息が吐き出される。

――あの取引はともかく何でわざわざ社長に処女なんて自己申告したのよ、私？

三十一年の人生の中でも、あれは五指に入る失敗だった。

忘れられるものなら今すぐ忘れてしまいたい。

遠田の記憶からも消し去ってしまいたいと強く願うが、そんなことは叶うわけがなかった。

別に後生大事に、守ってきたわけではない。これまでの人生で、縁がなかっただけだ。

十七歳のときに両親を事故で亡くし、父方の祖父母の援助で何とか高校を卒業した。

だが、高齢の祖父母に負担をかけたくなくて、大学の学費は奨学金とバイト代で賄った。

就職はいつか両親のオーベルジュを取り戻すことを夢見て、日本で最大のホテルグループを目指した。少しでも就職に有利になるようにと、バイトの合間に取れる資格はすべて取った。

就職難と言われていた当時、第一志望の内定をもらったときは、飛び上がるほど喜んだのを覚えている。

最初の二年は客室係としてがむしゃらに働いた。吸収できるものは何でも吸収した。その仕事ぶりが認められて、次の三年はホテルのウェディング企画室に引っ張られた。

そして、遠田の友人の結婚式を担当したのをきっかけに、社長秘書に抜擢されたのが二十六歳のとき——それから今日まで五年間。ワーカホリック気味の遠田に秘書として仕える日々は、ジェットコースターのように、あっという間に過ぎ去っていった。

恋愛にうつつをぬかす暇なんてなかった。もともとその手のことにあまり興味がなかったのも相まって、この年まで貞操を守り抜いてしまっただけのことだった。

ただあのとき、遠田に当たり前のように人工受精を提案されて、処女のまま妊娠するなど、いくらなんでもあり得ないだろうと思った。

——でもそれは、建前でしかない。

一度くらい女として、誰かに愛されてみたい——渇望と言えるほどに強く、そう思ったのだ。

自分の中にそんな望みがあったことに驚いた。

両親を亡くした十七歳の日から、夢に向かって無我夢中で走り続けてきた十四年間。

——後悔なんて何もなかったはずなのに、自分の心の奥底にはあんな願いが眠っていたとは。

気付かずにいた想いを、思わぬ形で自覚させた遠田が、恨めしくなる。

ただの八つ当たりだ。それはわかっている。だけど、今晩くらいはあの底抜けに馬鹿な上司を恨んでも、バチは当たらない気がした。

これから先の人生、仕事一筋で生きていくと決めているわけではない。

亡くなった両親は、娘から見ても相思相愛でラブラブだった。常連客に万年新婚夫婦といつも揶揄われていた両親を間近で見て育ってきたのだから、咲子にも結婚願望くらいあった。

運命の王子様が迎えに来ると信じるほど夢見がちではなかったが、いつか人生をともにしたいと思える人が現れると信じるくらいには、平凡な女だったはずだ。

――私って、案外ずるいというか、汚い人間だったのね。

どうしても叶えたい夢のために、上司の子どもを産む。

そんな決断ができてしまった自分の人間性が、自分でも信じられなくなりそうだ。

亡くなった両親もあの世で、娘の決断を嘆いているかもしれない。

それでも、誰にどんな非難をされても、この取引が自分の人生に大きな影を落としたとしても、咲子は両親のオーベルジュを取り返したいのだ。

視界が何故か歪んだ。泣きたくもないのに、涙が滲んできて、咲子は瞼を強く閉じる。

――今さら泣くな!!　泣くくらいなら、あんな取引に応じるな、馬鹿！

後悔するのは好きじゃない。

遠田は尊敬できる人間だ。彼は、咲子が人生の目標にしてきた男だった。男性としての魅力もある。その上司が、数多いる女性の中で、子どもの母親として咲子を選んだ。

そのことは誇っていいはずだ。それだけの信頼を寄せられたのだから。きっと遠田は言葉通りに、咲子の人生を守ってくれるはずだ。

——きっと大丈夫。社長は一度約束したことは守る男だ。

「でも、あの人、女を見る目が本当にないからなー」

ぽつりと呟いて、咲子はくすりと小さく笑った。

——本当、とことん見る目がない。だから、私なんかにこんなでたらめなことを頼んだりするのだ。

人生とはままならないものだと、咲子は心の底から思った。

☆

「あー、ついに来たか」

排卵チェッカーに出た陽性反応に、咲子はトイレの壁にゴンッと額を打ち付けた。

——痛い。夢ではないらしい。

例の取引を持ちかけられてから二週間――咲子の排卵日が来た。

体を起こして、痛む額を手で押さえる。

念のためにもう一度、排卵チェッカーの反応を確認するが、そこにははっきりと陽性反応が出ていた。これは明日、排卵が起こるというサインだ。

もともと咲子の生理周期はあまり狂ったことがない。スマートフォンのアプリで管理している基礎体温と照らし合わせても、この結果は間違いないだろう。

――明日からの社長のスケジュールってどうなっていたっけ？

排卵チェッカーを手に、トイレの便座に座ったまま咲子は頭の中で遠田と自分の予定を思い浮かべる。幸いというか何というか、変更可能な予定ばかりだった。

余程、緊急のトラブルでもなければ、遠田が動く必要のないものだ。

折しも明日は金曜日。週末の予定は特に聞いてない。

――取引の開始は明日か……

覚悟はとっくに決めたはずなのに、いざとなればやっぱり怖いと思う。

メディカルチェックの結果を報告したとき、喜ぶかと思った遠田は、何故か無言で黙り込んでいた。その様子から、一時は中止を言い渡されるかもしれないと思ったが、彼は宣言通り契約書を用意し、取引継続のまま今日まできた。

もし、遠田が取引に躊躇いを覚えているのだとしたら、それは、咲子がつけた無茶な条件のせいかもしれない。ふとそんなことを考える。

——男性にとって処女はめんどくさいって聞いたことあるしなー。

若くて可愛らしい女性であれば、処女でも自分好みに育てる楽しみがあるだろうが、相手が咲子であればそんなわけにもいかないだろう。

咲子は、妊娠するには十分すぎるくらい健康ではあるが、たいして若くもなければ可愛くもない。お局様と言われても仕方ない年だ。

だが『無理なら諦める』と言ったとき、遠田は咲子の言葉を遮るように、それを否定してくれた。

たとえ咲子を傷付けないための嘘だったとしても、あれは嬉しかったと思う。

遠田の躊躇い（ためら）の理由が、咲子を抱くことならば、今からでも撤回しようと決める。ベッドの上で、やっぱりダメだと言われたら、いくら咲子でも立ち直れない。

余計な条件などつけずに、あくまでビジネスライクに話を進めていればよかったと今さらながらに後悔する。だが、放ってしまった言葉は取り消せない。

この二週間の間に、後悔は嫌になるほどしたし、自己嫌悪にも陥（おちい）った。

もうこれ以上ないほどに、落ち込んだのだから、あとは浮上するだけだと咲子は開き直っている。

それに、こんなことでせっかく遠田との間に築き上げてきたものが崩れるのは、咲子にとっても本意ではなかった。

ただ、やはり未知の経験は怖いと思うし、不安になるのは仕方ない。

「あ、やばい。こんなところで、考え込んでる場合じゃない。遅刻する！」

腕時計に目線を落として、咲子は慌てて排卵チェッカーを汚物入れに片付けると、トイレを出た。

——人生なるようにしかならない。深く考えたらドツボに嵌るだけ。

もう自分はまな板の上の鯉だと覚悟を決めて、咲子は家を出た。


「おはようございます」

「おはよう。今日の予定はどうなっている？」

いつも通りに出社して、遠田と今日の予定を打ち合わせていく。

「わかった。それで進めてくれ。他に報告はあるか？」

スケジュールに大きな変更はなく、確認は五分もかからずに終了した。

珈琲を手に、最後に確認するように尋ねてくる遠田に、咲子は一瞬だけ躊躇った。

羞恥で体が熱くなる。だが、ここで報告しないのは契約違反だ。

「一件、ご相談があります」

「何だ？」

珈琲に口を付けながら、書類を広げていた遠田が、咲子の言葉に顔を上げた。

その顔を真っ直ぐに見つめて、咲子は意を決して口を開く。

「例の取引の件についてです。今朝、排卵チェッカーが陽性になりました。明日から排卵が始まりますが、明日の予定を……社長⁉」

一瞬だけ、どうやって伝えようか迷ったが、取り繕ったところで意味はないだろうとストレートに伝えた。

途端に遠田は目を剥いて硬直し、手にしていた珈琲カップを派手な音を立てて、ひっくり返した。

デスクの上に、みるみる珈琲の水たまりができる。遠田はものすごく焦った顔で書類を避難させ、傍にあったティッシュを豪快に引き出して、テーブルを拭き出した。

「社長、大丈夫ですか⁉　火傷はしてませんか？」

咲子も慌てて珈琲と一緒に出しておいたおしぼりを手にして、遠田に歩み寄る。遠田の高級スーツの上着にも珈琲の飛沫が飛び散っていた。

「あ、あぁ。私は大丈夫だ。何ともない。すまない」

打ち合わせの間に珈琲はぬるくなっていたのか、遠田に火傷した様子はない。

――これくらいならすぐにクリーニングに出せば落ちるわね。あとでホテルのクリーニング部門に依頼しておこう。替えのスーツは用意してあったはず。

そんなことを考えながら、「染み抜きをするので、上着を脱いでください」と咲子は遠田を促す。

「いや、自分でできる」

遠田は我に返ったように立ち上がり上着を脱ぐと、おしぼりを受け取ろうと手を伸ばしてきた。

二人の手が触れ合う。咲子は咄嗟にその手を引きそうになったが、それより早く、遠田に手首を掴まれた。掴まれた手が、取引を持ちかけられた日と同じだけ熱を孕んでいる気がして、咲子は息を呑む。

「社長……？」

「明日なのか？」

掠れているのに、どこか艶を含んだ遠田の声が咲子の耳に届いた。

掴まれた手首が熱い。肌がざわりとして、鳥肌が立ちそうだった。

「明日なんだな」

遠田がもう一度、確認してくる。

その問いに、掴まれていた自分の手首を見下ろしていた咲子は、顔を上げた。真っ直ぐ、射抜くような強さで、こちらを見る遠田と目が合った。視線が絡み、目が離せなくなる。

遠田の瞳の奥に焔が揺らめいているように見えた。それが何を意味しているのか、わからないほど鈍感ではない。

女を欲する男の瞳だ――ここにいるのはいつもの上司ではなく、一人の男なのだと知る。

一瞬で口の中が干上がった。遠田の眼差しに煽られるように、咲子の肌も熱を上げる。

「明日、です」

もう一度、答える。その声は、自分でもびっくりするくらい、小さかった。それでも、遠田にはしっかり聞こえたのだろう。

咲子の手首を掴む遠田の指に力が入った。痛みを感じるほどの力に、咲子は思わず顔を顰める。

「あ、すまん！　つい力が！」

それに気付いた遠田が、慌てて咲子の手を離した。力の抜けた咲子の手からおしぼりが落ちる。でも、それを拾う心の余裕はなかった。

咲子は掴まれていた手首を胸元に引き寄せる。遠田の手の感触が、はっきりと残っていた。

「強く握りすぎた。大丈夫か？」

遠田が咲子の顔を覗き込むようにして、確認してくる。

「大丈夫です……」

遠田の端整な顔が間近に迫って、咲子は咄嗟に一歩後ろに下がった。

先ほどの欲情に濡れた遠田の瞳を思い出し、彼の顔を見ていられなくて俯く。

何とも言えない気まずい沈黙が落ちた。互いに相手の様子を窺っているのがわかる。

だけど、どちらも何を言えばいいのかわからなかった。

――このまま足元ばかり見ていたって、仕方ない。

咲子は視線を上げた。遠田の手が視界に入った。彼は手を握ったり、開いたりを繰り返している。

それを見て、緊張して戸惑っているのは自分だけではないと気付く。

咲子と違って、遠田はそれなりに恋愛経験があるはずなのにと思えば、肩の力が抜けた。

遠田の顔を真っ直ぐに見上げる。目が合った彼の肩が、ぴくりと跳ねた。

遠田の方が緊張しているように見えて、咲子は笑ってしまう。

咲子にあんなでたらめな取引を持ちかけてきた人と、同一人物とは思えなかった。

――本当にこの人は、どうしようもない。でも、だからこそ憎めない。

「お嫌なのかと思ってました」

「え？」

「私の相手をするのが……これまで社長がお付き合いされてきた方たちと比べて、私は特別美人でも可愛らしくもない。そのうえ、いい年ですからね」

性格はともかく遠田のかつての恋人たちは、若くそして美しい女性ばかりだった。

それを知っているだけに、咲子の声音に自嘲が宿る。思わず瞼を伏せた咲子に、遠田が前のめりになって顔を覗き込んできた。

「それはない！　君は十分に若くて、綺麗だ！　とても魅力的な人だ！　そんな風に卑下する必要はない！」

力強く否定されて、咲子は目を瞬かせる。吐息の触れる距離にある、遠田の美しい顔をまじまじと見つめてしまう。近すぎる距離に気付いた遠田が、焦ったように飛びのいた。

「私にこんなことを言われても、嬉しくないかもしれないが……」

——何でここで、急に自信をなくすかな？

へにゃりと眉尻を下げた男の言葉に、咲子はくすりと小さく笑った。

「子どもの遺伝子的な母親にと望むくらいには、魅力的ですか？」

わざと茶化してそう言えば、遠田の眉尻はますます情けない角度に下がった。

自分を落ち着かせるように、遠田が「はー」と大きく息を吐き出した。

「それだけで君を選んだわけじゃない。今さらこんなことを言っても、信じてもらえないかもしれないが、君は女性としてもとても魅力的だよ。実際、私は今、恥ずかしいくらいに、牧原君に対してがっついていた」

——がっついていたんだ……

あのとき、遠田の瞳の奥に宿っていた焔は、やはり欲情だったのかと納得する。

「むしろ君の方が嫌じゃないのか？　は、初めてなのに……」

私でいいのかと眼差しで問いかけてくる男に、咲子は微笑んだ。

言いにくそうに言葉を詰まらせた遠田を見上げて、初めて彼がいいと思った。

――私の初めての相手は社長がいい。今まで、社長をそういった目で見たことはなかったんだけど。人生何が起こるかわからないわね。

内心で苦笑して、咲子は今度こそ本当に覚悟を決める。

「お願いしたのは私です」

「だが！」

何かを言いかける遠田の唇に人差し指を当てて、その言葉を遮る。

「別に後生大事に守ってきたわけじゃないんです。本当に縁がなかっただけで」

咲子は真っ直ぐに眼鏡の向こうにある遠田の瞳を見つめた。

「私の初めての相手は、社長がいいです。子どもを産ませたいと思うほど、私を欲しがってくれたあなただから、いいんです」

たとえそれが恋愛感情に起因するものでなくても、そこまで咲子を欲しがってくれたのは遠田だけだ。

――だから、私は社長がいい。

きっぱりと告げた咲子の言葉に、遠田が鋭く息を呑んだ。そして次の瞬間、覚悟を決めたようにふっと表情を緩ませた。

「わかった。君が望むなら最高の夜を約束する」

遠田の表情にはさっきまでの情けなさはもうなくて、咲子は内心で苦笑する。

——自信家だなー。

それだけ経験があるのかと思えば、ちょっとだけムッとする。女心は複雑だ。

でも、今の遠田の方がいつもの遠田らしくて、咲子は安心する。

「お願いします」

「明日の夜のスケジュールは？」

「すべて変更可能なものです」

「わかった。週末も含めて、すべて空けてくれ」

「はい」

「それと、どこかに部屋を……」

「あ、それはやめましょう」

遠田の提案を察した咲子が、先回りして止める。遠田が訝しげに首を傾げた。

「社長と私がホテルでそんなことになったら、あっという間に秘密が秘密じゃなくなりますよ。系列外のホテルであったとしても、リスクが高すぎます」

「それも、そうだな」

納得した様子で頷いた遠田は、一瞬、迷うように口元を手で覆った。だが、すぐに手を下ろし、「では、私の部屋でどうだろう？」と提案してくる。

「社長のご自宅ですか？」

「ああ。私の部屋であれば、君も何度か出入りしているし、今さら誰も不審には思わないだろう。セキュリティもしっかりしているから、誰かに見られる心配もないはずだ」

「そうですね。わかりました。仕事が終わったら、お伺いします」

「あぁ」

頷く男の眼差しに宿る熱に、咲子は沈黙する。

ともに過ごす夜を想像して、二人は同時に胸を疼かせた――

☆

咲子は自宅のクローゼットの前で途方に暮れていた。

これから遠田の部屋に行かなければならないのに、何を着て行ったらいいのかわからない。

一応、下着はこの日のために新しいものを用意していたけれど、洋服のことまで頭が回っていなかった。

——いや、別に服はどうでもいいのかもしれないけど……

多分、遠田なら咲子がどんな格好をしていても気にしないだろう。

しかし、そこは女心だ。少しくらいはおしゃれがしたかった。

だが、目の前のクローゼットに並ぶのはほとんどが仕事用のスーツ。しかも動きやすさを優先して選んでいるからほぼすべてがパンツスーツで、機能的な美しさはあっても、おしゃれとは対極にある。おまけに私服はカジュアルなものばかりで、遠田の家に着ていくには勇気がいった。

ここ数年、仕事の忙しさにかまけて、女を捨てていたことを自覚させられる。

——私の女子力が行方不明だ。

咲子はクローゼットの中を見渡して眉間に皺を寄せる。

——あんまり時間ないのに、どうしよう？

移動時間を考えると、そろそろ用意を終えて、家を出なければ約束に間に合わない。

この二日、表面上はいつも通りに仕事をこなしていた。

けれど、二人きりになったときの空気は、やはり何かが違った。

それをあからさまに出すほど、咲子も遠田も子どもではなかったが、ふとした折に宿る熱はどうしようもなかった。

期待と緊張と不安がないまぜになった、名状しがたい感情が確かにそこにはあった。

とりあえず、いつものお堅い秘書の仮面で通したが、それなりに恋愛経験も女性経験もある遠田が自分以上に戸惑っている様子に、安心する反面、咲子の心は揺れ続けた。

ため息をついて項垂れた咲子の視界に、未開封のショッパーが飛び込んでくる。そのインポートブランドのロゴに、記憶を掠めるものがあった。

——これって確か……

咲子は屈んでショッパーを引っ張り出す。ロゴテープを破って開封し、中身を取り出した。

薄紙で丁寧に梱包されていたのは赤いワンピース。ノースリーブのシンプルなデザインだが、生地の鮮やかな色が目を引く。

いつだったかの休日に、久しぶりに街に買い物に出て衝動買いしたものだった。

ショーウィンドウに飾られた赤があまりに綺麗で、一目惚れだったのを思い出す。

ただ、買ったはいいが、こんな鮮やかな色のワンピースは、自分には似合わない気がして、帰って来た直後に後悔した。

手放すには好きすぎて、でも着こなす自信もなかったそれを、ショッパーに入れたままクローゼットの片隅に仕舞い込んでいたのだ。

——買ったのは二、三年前くらいだったかな？　サイズはあまり変わってないはず。

ワンピースを手に躊躇っていたのは、ほんのわずかな時間だった。

今まで忘れていたワンピースの存在を思い出したのは、何かの啓示のように思えた。

タグを切ってワンピースを身に纏うと、全身が映る姿見の前に立つ。

鎖骨がはっきり見えるデコルテラインの広さと、膝上のスカート丈に戸惑う。

だが、いつものパンツスーツよりは格段に女らしい。

全身を眺めて、咲子は束の間迷った。

だがふと、これくらい思い切ってもいいのかもしれない気がした。

——今晩一晩だけ、シンデレラになりきってみる。

ガラスの靴もかぼちゃの馬車もなく、自分を好きになってくれる王子様もいないけれど、今日は咲子にとって特別な夜だ。

『君は女性としてもとても魅力的だよ』

欲情に濡れた瞳でそう言った遠田を思い出す。その言葉が、迷う咲子の背中を押した。

——今夜だけ、私は奔放なシンデレラになる。

自信なさげに鏡の前に立つ女に向かって、咲子は微笑んだ。

明日の朝になれば、魔法は解ける。

その瞬間まで、いつもと違う自分を楽しもう。そう決めて、咲子は服に合わせてメイクを変えた。

普段は使わないマスカラをつけ、深紅のルージュを唇に塗る。

アクセサリーボックスから、黒のビジューのネックレスとセットのピアスを選んだ。

ガラスの靴の代わりに、七センチのピンヒールを履く。

お堅い秘書の仮面を捨てて、奔放なシンデレラに自分を変えていく。

咲子は全身のコーディネートを確認するためもう一度、姿見の前に立った。

――うん。悪くない。

頭の先から爪先までじっくり眺めて、咲子は艶やかに笑ってみせる。

少しだけ見慣れない女が、鏡の中から微笑みかけてくる。

いつもとは違う自分に向かって一つ頷いて、咲子は遠田が待つマンションへ向かうため家を出た。

☆

遠田は自宅のソファに微動だにせずに、座っていた。

これから咲子が来る。時間に正確な彼女のことだから、あと十五分もすれば確実にやって来るだろう。そう思うと、興奮で体が熱くなる。

いい年をして何をがっついているのかと自分でも呆れていた。

少しでも気持ちを落ち着けたくて、遠田は大きく息を吐き出した。

どんな大口の取引の前でも、こんなに緊張したことはない。

――何をやっているんだ俺は……

手のひらで顔を覆って、遠田はこの二週間の自分の行動を振り返る。

あの非常識ででたらめな取引を持ちかけたのは遠田だった。だが、いざ事が動き出してみれば、冷静さを失っているのは遠田の方だった。

咲子はさすがというか、なんというか。最初こそ、困惑している様子だったが、翌日には平静に戻っていた。

あまりに咲子が普段通りなので、遠田の方がどんな風に接したらいいかわからなくなっていた。

咲子を意識しすぎて、完全に普段の己を見失っていた。

そんな遠田の態度が、彼女にあんな不安を与えていたとは思わなかった。

『お嫌なのかと思ってました』

ぽつんと呟くようにそう言って、瞼を伏せた咲子が、傷付いているように見えて焦った。慌てて否定した遠田に、彼女はわざと茶化すようなことを言って、笑ってみせた。

その笑顔がとても綺麗で、無意識に見惚れていた。

一人の女性として意識した咲子は、魅力的な人だった。

サラサラの黒髪に、きめの細かい白い肌、女性らしい柔らかさを持つ肢体。左目の泣き黒子(ほくろ)は大人の女の色気があった。

性格は穏やかで、いつでも冷静沈着。咄嗟(とっさ)の機転も利く。

一緒にいて、誰より信頼ができて、ホッとできる女性。

本人は縁がなかっただけと言うが、咲子ほどの人がよくぞ今まで無垢(むく)でいられたものだと思う。彼女との子どもを望む遠田にとって、父親を疑う心配がないというのは僥倖(ぎょうこう)であった。

だが、同時に自分でいいのかと恐れにも似た気持ちを覚える。

しかし、そんな遠田の心を見透かしたように、咲子は言った。

『私の初めての相手は、社長がいいです。子どもを産ませたいと思うほど、私を欲しがってくれたあなただから、いいんです』

決意を秘めて、真っ直ぐに自分を見つめてきた咲子に、遠田は落ちた——

取引のためとはいえ、咲子が自分を選んでくれたことが誇らしかった。その気持ちに、男として応(こた)えたいと思った。

だが、最高の夜を、と意気込む遠田に、咲子は特別なことは何もいらないと言った。

花も宝石も用意しなくていいと、先に釘を刺された遠田は、内心途方に暮れた。

この五年——誰よりも一緒に過ごしてきた私設秘書の咲子には、女性に対する遠田の手の内がすべて知られている。

今さら格好つけたところで、咲子には敵わない。余計なことをして、すべてを台無しにするよりは、咲子の言うことを聞いて大人しくしている方がいいだろうと、遠田は無駄なあがきをやめた。

せいぜい遠田にできたことは、咲子が好きだと言っていた赤ワインを用意して、酒のつまみを用意することとくらいだった。

――本当にいい年をして、俺は何をやっているのだろうな?

遠田の唇から苦い笑いが漏れたとき、玄関のチャイムが来客を告げた。咲子らしい約束の時刻の五分前。

タワーマンションの最上階にある遠田の部屋は、専用の鍵を使ってエレベーターに乗らないとここまで上がってこられない。

今、その鍵を持っているのは海外にいる母親と家事代行サービスの人間以外、咲子だけだ。

遠田の胸が早鐘を打ち始める。急いでソファから立ち上がり玄関に向かうと、モニターを確認することなくドアを開けた。驚きに目を瞠っていた咲子が、苦笑した。

「相手を確認せずに、玄関を開けるのはどうかと思いますよ?」

困ったように微笑み、そう注意してきた咲子は、仕事のときとまったく雰囲気が違っていた。いつもより赤く色づいた唇が、遠田の視線を引き付ける。

――キスがしたい。

瞬時に、そんな即物的な感情が湧き上がる。

上着を手にして立つ咲子は、深紅のワンピースを身に纏っていた。女性らしい柔らかな体のラインが露わになっていて、遠田は思わず息を呑んだ。

気付けば、言葉もなく咲子の美しさに見惚れていた。

「社長？」

困ったように咲子から呼びかけられて、遠田はハッと我に返る。

「ああ、入ってくれ」

遠田は体を横にして、咲子を自宅に招き入れる。

「お邪魔します……」

瞼を伏せてそう返事した咲子の表情は、いつもより硬い気がした。

「ソファに座っててくれ」

「はい」

咲子は遠田に言われるまま、大人しくソファに座った。

「ワインでもどうだ？　君が好きだと言っていたワインを取り寄せたんだが……」

キッチンに入った遠田はワインクーラーで冷やしていたボトルを出して、銘柄が咲子に見えるように掲げて見せた。

「いただきます」

それを見た咲子の顔が、嬉しそうに綻んだ。明るくなった彼女の表情に、遠田はホッとする。

手早くコルクを抜いて、ワインをグラスに注ぐ。微発砲のワインが軽やかな音を立てた。

二人分のグラスを手に、咲子の元に向かう。

「どうぞ」

「ありがとうございます」

グラスを渡して、遠田は咲子の隣に座った。ぴくりと咲子の肩が跳ねた。

それに気付かない振りをして、遠田がワイングラスを掲げて見せれば、意図を察した咲子もグラスを掲げる。

「取引の開始に……」

そう言ったのは咲子だった。カチンと澄んだ音を立てて、グラスが合わさった。

遠田の返事を待つことなく、咲子がワインに口を付ける。

いつもの彼女らしくない行動に、遠田は咲子の緊張を感じ取った。

「緊張している？」

咲子がグラスをテーブルに置くのを待って、そう問いかければ、咲子の肌が一瞬で赤く染まった。

視線を泳がせて、咲子は小さく息を吐き出す。そして、意を決したように遠田に向き合う咲子の瞳は潤んでいた。

その瞳を見た瞬間、遠田は自分の理性が音を立てて切れたのを感じた。

気付けば、咲子の手首を掴んで、自分の腕の中に引き寄せていた。

吐息が触れる距離で、彼女の顔を覗き込む。

驚きに見開かれた咲子の瞳に映る自分は、飢えたケダモノの顔をしていた。

そんな自分に自嘲するが、湧き上がる衝動は抑えられなかった。

咲子が答えを口にするよりも早く、その赤い唇を塞いだ——

☆

触れた男の唇は、火傷しそうなほどに熱く感じた。

「……んぁ」

一瞬、何が起きたのか咲子にはわからなかった。腕を引かれて、顔を覗き込まれたと思ったら、遠田に唇を塞がれていた。

——あ、キスしている？

そう認識した途端、咲子の全身がカッと羞恥で熱くなった。

驚きに目を瞠って、咄嗟にもがく。いきなりすぎて感情がついていかない。けれど、遠田の手にしっかりと後頭部を押さえられ、動きを阻まれる。

咲子は呆然と目を開けたまま、遠田の唇を受け入れた。整いすぎて硬質な印象のあった唇は、予想外に柔らかく、温かかった。

混乱してどうしたらいいのかわからず、咲子は無意識に息を止めていたらしい。優しく唇をついばまれて、息の仕方を思い出す。

微かに喘いだ瞬間を狙って、遠田の舌が咲子の口の中に侵入してきた。

口蓋に男の舌先が触れて、神経を直に舐められたような衝撃が咲子を襲う。

反射的に首を反らすとさらに口が開いて、互いの唇の密着度が増した。

肉厚で柔らかなものが、咲子の口の中を探る。まるで遠田の舌自体が意思を持って動いているかのように、的確に咲子の性感を煽ってきた。

ぞくぞくと疼きにも似た感覚は、今まで感じたことのないもので怖くなる。

自分で望んだはずなのに、未知の感覚が咲子を混乱させた。

どうにか逃げようとして、遠田の胸に手をつき強く押す。思うよりも簡単に唇が解放されて、咲子は大きく息を吸い込んだ。

「あ、ふぅ……っ！」

零れ落ちた吐息は、自分でも聞いたことがないほど甘い女の声をしていた。

息が上がって苦しいし、舌も痺れている。相手の唇が唾液で濡れ光っているのに気付いて、咲子は直視できずに視線をうろつかせた。

――恥ずかしすぎて、社長の顔が見られない。

今さらのようにたじろぐ咲子の顎を遠田が持ち上げた。長い指で唇を拭われ、びくりと肩が跳ねる。過敏すぎる自分の反応に狼狽えて、咲子は目を伏せた。

そんな咲子のうぶな反応に、くすりと遠田が笑った。その声に含まれる艶に、咲子の体は熱を上げる。

「キスは嫌だった？」

問われて、咲子は無言で首を横に振る。

――嫌じゃない。むしろ気持ちよかった。だからこそ怖い。

「そうか。ならよかった」

口づけの余韻を刻み込むように、遠田の指が咲子の唇の形を辿る。

視線を下げている咲子の視界には、遠田の手だけが見えていた。男性らしい大きな手。けれど指は長く爪の先まできちんと手入れされている。生まれながらの支配者の手だと咲子は思った。優しいのに抗えない。

蠱惑的な声と指が、咲子を翻弄し、支配する。

昨日、社長室で咲子以上に狼狽えていた男とは思えなかった。

こちらが遠田の本性なのかもしれない。優し気な紳士の顔の下に、獰猛な牙を隠し持っている。

遠田のキスは、彼そのものだ。優しいのに強引で、気持ちよくて、咲子の心をかき乱す。

「もう一度しても？」

囁くように確認を取られて、咲子は束の間、惑う。遠田の指がもう一度、咲子の唇の形を辿る。

イエス以外の答えは聞かないと、その指が言っている気がした。

恥ずかしさを堪えながら、わずかに首を縦に振る。顔を見なくても、何故か遠田が笑ったのがわかった。

「では、もう一度」

顎が持ち上げられ、吐息の触れる距離で見上げた遠田は、やはり笑っていた。

その瞳には渇望と熱情――そして男の欲が煌めいている。

「キスをするときは目を閉じて」

唇が重なる間際に、遠田がそう囁く。咲子は言われるままに瞼を閉じた。

唇が触れ合う。予告されていた分、今度は心構えができた。だが、視界を閉ざしたことで、咲子の感覚はさらに鋭くなっていた。

――頭がおかしくなりそう。

柔らかなものに口の中が満たされる。傍若無人に咲子の中で蠢くそれが、一つ一つ丁寧に咲子の快感を掘り起こしていく。

口の中にこんなにも色々な感覚があったのかと驚かされる。慣れた男の手管に、咲子はただ翻弄された。

何度も唇を重ね、咲子も不器用に遠田の舌に応える。そこで、不意に体のバランスを崩された。

「あ！　ゃあ！」

ふわっと足元が頼りなくなったと思った瞬間、ソファの上に押し倒されていた。覆い被さってきた遠田の顔が、逆光でよく見えない。けれど、その瞳が真っ直ぐに咲子を射抜いていることだけはわかった。咲子は縫い止められたように動けなくなる。

――待って、怖い……

次々に進んでいく展開に、頭も感情も追いつかない。

咲子の怯えを察したのか、遠田が咲子の髪をそっと梳いた。その手がひどく優しく感じられる。いつもの遠田の片鱗を見つけた気がして、咲子はホッと息を吐く。

「咲子」

名前を呼ばれた。それだけで、咲子の中の怯えが溶ける。自分を求める男に名を呼ばれることが、こんなにも自分を安心させるものなのかと不思議に思った。

「君が嫌がることはしない。約束する」

告げる男の眼差しはとても真摯なものに思えた。男の唇が咲子の左目の泣き黒子に触れる。くすぐったさに咲子は首を竦めた。

「社長……」

呼びかけた咲子の唇に、遠田の指が触れる。

「役職で呼ぶのはやめてくれ。こういうときは名前を呼んでほしい」

ねだる男の眼差しに、期待が宿る。

——名前。社長の……

それは咲子にとってはものすごくハードルが高いことだった。けれど、自分を見下ろす男は、視線の圧力だけでそれを促してくる。

不意に、さっき自分が名前を呼ばれたときの甘い衝撃を思い出す。

——社長もそれを望んでいるの？

「……明彦？」

おずおずと名を呼べば、遠田が柔らかく目元を緩めた。まるで少年みたいに笑う男に、咲子の心がざわめく。

よくできましたと言うように、額にキスが落とされた。

「そう。もっと呼んで？　咲子」

耳朶に吸い付いた男が、嬉しげに咲子の名前を呼ぶ。その声が過分なほどの甘さを孕んで聞こえて、咲子の腰を痺れさせる。

互いの名前を呼び合う、ただそれだけのことなのに、ぐっと心の距離が近付いた気がした。

頬に手が添えられて顎を上げさせられる。上からのしかかられるようにするキスは、先ほどまでのキスと違って、もっと生々しく感じた。

少しずつ体重をかけてくる男が、腰を押し付けてくる。そこにははっきり主張するものを感じて咲子は羞恥に肌を染め上げた。

いくら経験のない咲子でも、これが何かわからないほど子どもじゃない。

遠田が咲子の体に興奮している証だ。

——怖い。でも、ドキドキする。

不安と期待——相反する感情が、咲子の心を揺らした。

縋るものを求めて、遠田の広い背中に手を回す。

咲子が相手でも興奮すると、言葉だけでなく体で証明された。

それに呼応するように、咲子も体を昂らせる。腰の奥が濡れ始めているのが、わかる。

触れ合わせた唇から、何か麻薬みたいなものが流れ込んでくる気がした。それは甘く、咲子の理性をぐずぐずに蕩かせる。そんな錯覚を覚えた。

——こんな触れ合いを知ったら、もう戻れなくなる。

この先がまだあるのに、キスだけでダメになりそうだと思った。

キス一つで世界が変わる。

そんな、どこぞの少女漫画みたいなことが自分に起こるとは思ってもみなかった。だが、遠田のキスに、咲子の世界は確実に変えられている。

これは互いの利害が一致した取引のための行為で、そこに恋愛感情はない。

だけど、勘違いしてしまいそうになる。遠田が欲しがっているのは、咲子自身だと——

「咲子」

口づけの合間に何度も遠田が咲子の名前を呼ぶ。まるで愛おしい者を呼ぶようなその声音に、咲子の理性が崩れそうになる。

——そんな声で名前を呼ばないで……忘れられなくなる……

咲子の魔法は今夜だけのもの。明日の朝には忘れると決めている。

けれど、近付きすぎた二人の距離に、その決意までをも見失いそうだった。

「あっ！」

遠田の手が咲子の背中に回されて、ワンピースのファスナーが下ろされる。服がはだけて、火照った肌が空気に触れた。

一瞬で肌が粟立って、自分の体がどれだけ熱を上げていたのか自覚させられる。

遠田の唇が離れて、鼻先が咲子の首筋に押し付けられた。

「咲子はいい匂いがするな」

そんなところの匂いを嗅ぎながら、囁くのはやめてほしい。くすぐったさと恥ずかしさに頭がおかしくなりそうだ。

「何か香水をつけてる？」

問われて咲子は首を傾げる。特別なものは何もつけてないはずだ。

「ラベンダーかな？　甘くて優しい匂いがする。ホッとする」

遠田の言葉に、咲子は「ああ」と風呂上がりに毎日つけているボディオイルのことを思い出す。

「ボディオイル……ラベンダーの……」

世界的に人気のブランドのボディオイルは、肌につけるときは濃いラベンダーの香りがするが、時間が経つにつれて柔らかく仄かな香りだけを残す。それが気に入って、ずっと使っている。

告げたブランド名に、遠田が「ああ、あそこのか」と納得したように頷いて、匂いを確認するみたいに咲子の首筋に鼻先を擦りつけてくる。

「もっときつい匂いのイメージだったが、いい匂いだな。君の肌の匂いと混じっているからかな?」

——だから匂いを嗅ぐのはやめて!

心の中で悲鳴を上げる。

遠田との情事のために、仕事が終わったあとに入浴し、肌を整えてきたことが見透かされている気がして、咲子はいたたまれなくなる。

落ち着かなさに身を捩るが、逃がしてくれるほど、遠田は優しくなかった。

咲子の動きを利用して、ワンピースがずり下げられ、上半身を露わにされる。

そのまま遠田の手が首の後ろに回り、ネックレスの留め金に触れた。

「危ないから、これも外すよ」

咲子は無言で頷く。承諾の合図に遠田がネックレスを外し、ソファの前のテーブルに置いた。

上半身をスリップとブラジャーだけにされて、心もとなくなる。咲子は体を隠すように、ソファの背に向かってコロリと横を向いた。指に触れたクッションを思わず引き寄せ、それに顔を押し付ける。

あまり若いとも言えない肌を晒したままでいるのは勇気がいった。

——ここでするのかな?

大柄な遠田の体に合わせて特注されたソファは、横になっても何ら問題ないほどに大きくて寝心地がいい。手触りからして、きっと本革の高級品だろう。

　これからの行為を考えると、ちょっと、いやかなり、躊躇ってしまう。

「何か別のことを考えている？」

　咲子の肩先に口づけながら、遠田が問いかけてくる。その口がスリップとブラジャーのストラップを銜えて、肩から落とした。

「ん……あっ！」

　肌に直接刻まれた囁きに、咲子の唇から甘い吐息が零れる。

　背後から抱っこされるように、体を引き寄せられた。遠田の腕の中に、クッションごとすっぽりと抱え込まれる。腰の辺りに押し付けられたものが、さっきより硬く大きくなっている気がして、咲子は体を強張らせた。

　もうどんな顔をしていいのかわからず、咲子はクッションに顔を押し付けたまま、遠田から表情を隠す。

　咲子の緊張を感じ取った遠田の手が咲子の背中を撫で下ろす。大きな手に背中を撫でられて、咲子は詰めていた息を吐く。

　腰でわだかまっていたワンピースの中に手を差し込まれ、スリップの上から丸みを帯びた腰のくぼみに触られる。

「咲子？　何を考えているの？」

咲子の後頭部に口づけた遠田が、もう一度同じ問いを繰り返す。腰に添えられていた遠田の手が、下着の上から二つの丸みの狭間を滑り落ちていった。

奥に向かって進む指が、下着の上から秘所を押し上げる。

「あ！　っや！」

びりびりとした快感に、咲子の体が跳ねた。遠田の指が動くたびに、そこがくちゅりと濡れた音を立てる。キスだけでそこが濡れている自分に気付かされて、咲子は恥ずかしさに泣きたくなった。

脚を閉ざそうと膝を強く擦り合わせるが、遠田の手に邪魔される。ストッキングのつるつるした手触りを楽しむように、遠田の手が咲子の内腿をやわやわと這っていく。

「答えて？　咲子？」

意地悪な男が咲子の耳朶に息を吹き込んで、答えを促す。答えるまできっと解放してくれない。

「ソファ……汚し……ちゃ……うからベッドに……」

行きたいですと最後まで言葉にすることはできなかった。懇願の言葉は、情けないくらいに震えて、掠れていた。

咲子の言葉に遠田が「ああ。そういうことか」と頷いた。

「もう少しくっついていたいから、ベッドはあとで行こうか。ソファは……汚してもいいよ」

よくないだろう、という突っ込みを、咲子はできなかった。

内腿に挟み込んだ手とは反対の手が、咲子の頤をなぞり持ち上げる。視線だけを上に向けると、艶冶に微笑む遠田と目が合った。

近付く唇に、キスをされるのだとわかった。自然と瞼が下がる。

「う……んん……」

不自然な姿勢での口づけは、息苦しさを覚えたが、それもすぐに気にならなくなった。舌を絡めて強く吸われ、唾液も吐息も奪われる。遠田との口づけで、頭の中がめちゃくちゃにかき回される。

いつの間にか胸元に回っていた手が、下着越しに咲子の乳房を覆う。

ふくらみの重さを確かめるように、下から乳房を持ち上げられた。

「ん……あ……ん!」

口づけが解けて、咲子の唇から勝手に甘い喘ぎが漏れた。

「可愛い声。もっと聞かせて?」

悪辣な男の指がさらに大胆に咲子の乳房を嬲る。

遠田に触れられたところから、肌が痺れるような快感を拾っていく。少しずつ息が上がり、腰の奥がむずむずして、落ち着かなくなる。

ブラジャーの縁から手を差し込まれて、直に乳房を掴まれた。ブラジャーの内側を押し上げるほどに、張りつめていた胸の頂を指の腹で捻られる。

「はぁ……んん……！」

直接的な快楽に腰が跳ね上がった。咲子の唇からひっきりなしに、甘い吐息が零れて落ちる。

遠田の唇が咲子のうなじをきつく吸い上げた。肌に触れる彼の呼吸も荒くなっている。それだけで体がぞくぞくした。

「随分敏感で可愛い体だ」

赤く色づいた突起をつまんで、引っ張られ、指の腹で転がされる。

わずかな痛みとそれを上回る快感に、わけがわからなくなってきた。

この体が今まで誰の手もつかずに無垢でいられたなんて奇跡だなと、遠田が独り言のように呟いた気もするが、快楽に気を奪われていた咲子の空耳のようにも思えた。

気付けば、きつく閉じていたはずの膝が緩んでいた。内腿に挟んでいた遠田の手が、ストッキングの縁にかかり、下着の中に侵入してくる。

咲子の下生えを梳いた指が、顔を出していた花芽に触れた。

「やぁん！　な……何⁉」

それだけの刺激に、咲子は腰が抜けそうな感覚を味わった。

ほんの少し遠田が指を動かしただけで、咲子の体の奥から蜜がどろりと溢れてくる。下着を濡らすほどのそれを指に纏わせて、咲子の秘所に指が潜り込んできた。

「んん……！」

あまりの違和感に、咲子は思わず顔を顰める。

「痛い？」

問われて咲子は首を横に振る。しかし、痛みはないが、違和感はすごい。

「い……た……くな……い……けど……！」

「じゃあ、そのまま感じてて？」

痛みがないのならやめる気はないと言葉だけではなく、指の動きで語られる。

濡れて綻び始めたそこに、浅く指を出し入れされた。水音が響き始めると、遠田の指の滑りも徐々によくなっていく。遠田の長く美しい指が、執拗に咲子の秘所をかき混ぜる。

それだけではなく、敏感な花芽を指で弾いた。

「やぁあん！　社……ちょ……う！」

びりびりとした快感が背筋を駆け上って、あまりの衝撃に咲子の背がしなる。

咄嗟に遠田の役職名が口を突いて出た。それを咎めるように遠田の唇が咲子の唇を塞ぐ。激しく舌を絡められ、息がうまく吸えない。口の中も体の奥も、遠田でいっぱいにされる。

息苦しさにもがく体は、遠田の腕にがっちりと抱き込まれて、抵抗もできない。

そのまま花芽を、乳房をこね回されて、咲子は生まれて初めて味わう強い快感に、体を硬直させた。視界が一気に真っ白に染まる。

自分の体に何が起こったのかわからなかった。遠田の指を銜えている秘所がうねって、食いちぎらんばかりにぎゅうぎゅうと締め付けている。

でも、手足は脱力して力が入らない。初めて経験した絶頂は、脳天まで痺れるほど強烈だった。

「……っ、はぁ！　はぁ……んっ！」

絶頂の余韻に震えている間も、遠田の舌が咲子の口の中を嬲っている。

呑み込み切れない唾液が、口角を伝い落ちていく。あんなに苦しいと思ったのに、離れていく唇が恋しく感じた。指が秘所から引き抜かれて、それだけのことにも体が反応して戦慄いてしまう。

自分で体を慰めるときとは比べ物にならない快感に、体の痙攣が収まらない。

全身の肌という肌が過敏にざわめいて、ソファの上で不規則に震える。そんな咲子の体を仰向けにした遠田が、強く抱きしめてくれた。

後ろ髪を梳く優しい指先に、咲子は瞼を閉じて遠田の胸元に額を預ける。

鼻先に彼の纏う香水が仄かに香った。すっきりと爽やかな香りを好ましく感じた。

——社長の方がいい匂いだと思う。

咲子の肌の匂いを嗅いでいた遠田を思い出し、鼻先を彼のシャツに擦りつける。自分を包む、大人の色気を感じさせる香りに安心感を覚え、咲子は小さく息を吐いた。

くすぐったかったのか、遠田がくすりと小さく笑う。そして、咲子の後頭部の髪を持ち上げてさらさらと落とした。

——こんな触れ合いを知ったら、本当に離れられなくなりそう。

この夜を望んだのは咲子なのに、今になって後悔が押し寄せてくる。

明日の朝、目が覚めてこの夢が終わったとき、自分が一人に戻れるか自信がない。

そう思うほど、初めて触れた人肌の熱は強烈なまでにはっきりと咲子に刻み込まれた。

遠田の腕の中があまりに心地よくて、この温もりが離れたとき、寂しさに自分の中の何かが崩れてしまう気がして怖くなる。

長い間、無自覚だった孤独が、咲子にのしかかってきた。

自分はずっと寂しかったのだと、こんなときに自覚する。

なのに、まだこの先があるのだ。咲子の下腹部に、硬いものがずっと触れている。

今ですらこんな状況なのに、遠田と体を重ねてしまったらどうなってしまうのだろう？

——怖い。怖くてたまらない。

だけど同時に、知りたいとも思う。

一度でいい。女として誰かに愛されたい。その思いがより強くなる。

咲子は自分もただの女であることを実感した。自分の中に、一人では埋められない虚ろな闇がある。それを埋められるのは男しかいないと、誰に教えられたわけでもなく本能で悟った。

息を整えて、咲子は顔を上げる。眼鏡を外した男の素の瞳が、咲子を見下ろしていた。

その瞳は欲に濡れているのに、ひどく優しい。矛盾する二つの感情を、無理なく瞳に宿す男は、誰よりも残酷に咲子を壊す。そんな確信を持った。

――それでもいい。この温もりに壊されるなら、きっと後悔しない。

咲子は自分から遠田の頬に手を伸ばす。触れた肌は女の肌とは違い、滑らかなのに硬かった。自分と違うその感触が不思議で、咲子は指を滑らせる。

遠田が瞳を眇めた。まるで肉食の獣みたいに、その眼差しが鋭くなる。

「ベッドに行きたいです」

「わかった」

その願いは、今度はきちんと聞き届けられた。

起き上がった遠田が、腰の辺りでぐちゃぐちゃに丸まっていたワンピースを脱がせる。

下着姿になった咲子を遠田がお姫様抱っこで抱き上げた。

──明日、あれ着て帰れるかな？

遠田の肩越しに、床に脱ぎ捨てられた一張羅のワンピースを眺めて、そんなことをぼんやりと考える。その間に、人一人を抱えているとは思えないしっかりした足取りで、遠田は寝室に向かった。

咲子をベッドの上にそっと下ろした遠田は、ベッドサイドで服を脱ぎ始める。

──あ、私も……

それを横目で見ていた咲子は、自分も下着を脱いだ方がいいのだろうかと思った。

「脱がす楽しみを奪わないで」

ストッキングのウェストに手をかけると、ベッドに乗り上げてきた遠田に止められる。

咲子の手を取った遠田が、手のひらに口づけた。それだけで冷めかけた熱が、煽られる。

びくっと体が跳ねて、咄嗟に手を引いた。遠田は瞳だけで笑うと、咲子の体をベッドの上にそっと押し倒す。

組み敷かれて、遠田を見上げる。今さらのように彼が裸なのだと意識して、咲子は全身を赤く染めた。目を開けていられなくて、ぎゅっと閉じる。

遠田の手が咲子の脚に触れ、スリップの裾を押し上げつつ太腿の上を這う。

ストッキングの上から触れられて、むず痒いような、くすぐったいような感覚を覚えて、咲子の脚がシーツを蹴る。

遠田の手がウェストに辿り着き、咲子のストッキングをするすると上手に下ろしていった。恥ずかしいほどに濡れていた下着も一緒に脱がされる。咲子は遠田に言われるまま腰を上げ、手を上げて、素肌を晒していく。

さすがに手慣れているなと、咲子は変なところで感心してしまう。

「何？」

ブラジャーのホックに手をかけた遠田が、咲子の微妙な表情に気付いて首を傾げる。

「楽しそうだなって……」

まさか女性経験の多さに感心していたとは言えず、咲子は遠田の表情を見上げて嘘とも本当とも言えないことを言う。

「楽しいよ？　ラッピングを解いているみたいで」

咲子の言葉に遠田はにこりと笑って、そんなことを言う。会話中にするりとブラジャーのホックが外されて、胸が解放された。

空気に触れた胸の頂が、ふるりと立ち上がる。零れ出た乳房を、遠田の大きな手がやんわりと包み込んだ。

「……っ！　あ……！」

柔らかさを堪能するように胸を揉み上げられて、咲子の唇から甘い喘ぎが零れる。すかさず遠田の唇が重なって、咲子の声は彼の唇に吸い込まれた。

自然と持ち上がった腕を、咲子は遠田の首に回す。ぴったりと重ねられた素肌が熱かった。

唇の合わせが深くなり、音を立てて互いの舌を絡ませる。咲子も先ほどのキスを思い出して、不器用に彼の舌を吸う。

「……んっう！」

口づけの間、遠田の指が立ち上がった胸の尖りを親指の腹で押し潰した。キスで昂り始めていた感覚が、その刺激に一気に弾けて、咲子は腰を跳ね上げる。

親指と人差し指で、つままれ、こねられ、指先で弾かれる。普段はあまり意識したことのなかったそこが、性感帯なのだと実感させられた。

――胸……痛いのに気持ちいい……

最初はくすぐったく、微かに痛みを伴っていたのに、官能に塗り替えられていく。

「あっ、あぁ、あ！」

唇が解放された途端に、咲子の唇から高い声が上がった。

今まで指で虐められていた場所を、遠田の口に銜えられる。舌先で転がされて、押し潰されて、周囲の肉ごときつく吸い上げられた。

指で愛撫されていたときとは比べものにならない快感が、咲子を襲う。強すぎる快感に身を捩ると、自然と脚が開いた。その隙を見逃さず、遠田が咲子の脚を大きく割り開いた。

内腿に指を這(は)わせながら、胸への刺激で再び蜜を溢(あふ)れさせる場所に触れる。

「ん……やぁ！」

咄嗟(とっさ)に脚を閉じようとしたが、それより先に体を割り込ませた遠田に阻(はば)まれた。

止める間もなく体の中に指が差し入れられる。先ほど覚えさせられた快感を思い出し、期待とわずかな不安で咲子の首筋がそそけだつ。思わず彼に抱きつくと、唇が重ねられた。

「大丈夫。気持ちいいことをするだけだ」

さっきと同じだと微笑む男が、見慣れた上司と別人のように思えて戸惑う。いつもは綺麗にセットされている前髪が乱れ、額(ひたい)に落ちかかっている。それが男の色気をさらに増していて、咲子の鼓動を速くした。

「きゃあ、あん……！　ま……って……！」

ぐっと深く遠田の指が差し入れられて、咲子の背がしなる。自然と胸を突き出すような格好になり、遠田の唇に吸い付かれた。

胸と秘所――快感の湧泉である二か所を同時に攻められて、咲子はもうわけがわからなくなる。

一度目よりもすんなりと遠田の指を受け入れた秘所は、期待するように戦慄(わなな)いて、遠田の指を締め付けていた。

指が出し入れされて、咲子の秘所から蜜が溢れ出す。すぐに指が二本に増やされた。

「んぅ……ん！」

「痛い？」

問われても咲子には答える余裕がない。黙ってかぶりを振る。

一本のときよりも圧迫感が増しているが、痛いというのとは違った。遠田は咲子の反応を確かめながら、ゆっくりと指を動かし始める。

最初は軋んで異物感を抱いていたそこは、すぐに快感を拾い上げていく。

二本の指は、ばらばらと交互に動いたかと思えば、中の襞を押し上げたり、引っ掻いたりして、少しずつ咲子の中をくつろげる。

――恥ずかしい……

遠田の指が動くたびに、閉じていたその場所が開いていくのが自分でもわかる。わずかに揺らし、奥をくすぐる男の複雑な手の動きが、咲子の淫らな熱を高めていく。

「大丈夫か？」

――そんなわけがない。

心も体も完全に乱れている。ひっきりなしに零れる声を恥ずかしいと思うのに、抑えることもできなくなっている。

「頭、お……かしくなる……」

泣き言を訴える咲子の額に、遠田が口づける。

「私がおかしくしているんだから、それでいい」

そう優しく囁かれるのと同時に、指で花芽を押し潰された。

「きゃぁぁん」

一気に絶頂に押し上げられて、咲子は悲鳴を上げた。咲子の胎の奥が複雑にうねって、遠田の指を締め付ける。大腿を濡らすほどの蜜が吹き零れた。

突然訪れた絶頂に呆然として、息すらもままならない状態に追い詰められる。多分、一瞬意識も飛んでいた気がする。

「すまない。優しくするつもりだったが、私も我慢の限界だ」

遠田が何を謝っているのかわからなかったが、脚を大きく開かされて、どろどろに蕩けた場所に、質量のあるものが擦り付けられた。

それが何か気付いた咲子が、ハッと体を起こそうとするが、覆い被さってきた遠田に阻まれる。

「あ、ま……まって、まっ！」

「待てない」

懇願をあっさりと切り捨てた男がぐっと体重をかけて、咲子の中に入り込んできた。

――この人やっぱり優しくない！

荒い息を吐く男に体を押し開かれる。その衝撃に、咲子の息が止まった。

「くぅ……っ！」

あまりの異物感と圧迫感に冷や汗が滲む。なのに身勝手な男は止まってくれない。

咲子は体の力を抜くために無理やりに息を吐き出した。

短い呼吸を繰り返して、徐々に深く入り込んでくる男を受け入れる。

痛みよりも圧迫感の方がすさまじかった。

初めての咲子のその場所が狭いのか、体格に見合って遠田のものが大きいのか、その両方なのか。

とてつもなく質量のあるものが咲子の体の中を押し進んでくる。

「痛いよな？」

当たり前のことを聞くなと思った。遠田に対する罵りの言葉が、いくつも浮かんでくるが、うまく言葉にならない。

「も、やだ……や……さし……くな……い！」

それだけ言うのが精一杯だった。

「ごめん」

ちっとも悪いと思っていない声音で男が謝る。誠意のない謝罪ならいらないと思った。

一夜の夢のあと一人に戻れるか、と不安になっていた気持ちが、綺麗に吹き飛んだ。

「咲子」

——そんな声で呼んでも許さない。

まるで咲子のことが欲しくて、欲しくてたまらなかった。そう言っているみたいに聞こえる。

遠田の左手が伸びてきて、汗で張り付いた咲子の前髪を払う。咲子に痛みを与える自分勝手な男なのに、その手をひどく優しく感じた。頬を熱い手のひらに包まれる。痛みに冷えた肌にそのぬくもりは心地よくて、咲子は遠田の手のひらに頬を押し付けた。

「あとちょっとだけ我慢して。それで全部入るから」

まだ、終わりじゃなかったのかと驚く。

「ん、んぅ……っ！」

互いの下生えが混じり合い、腰がぴたりと重なった。それで咲子は、彼のすべてが収められたことを知る。

許容量を超えたものが胎の奥に埋め込まれて、自然と体が仰け反った。

「咲子……」

遠田が咲子の名前を何度も呼ぶ。額に頬に鼻筋に、彼の唇が落ちてきた。

今さらのように労わってくる男が憎い。その優しさをもっと早く出してほしかったと思う。

涙で滲んだ視界で、遠田を睨みつける。だが睨まれた男は、何故か嬉しそうに微笑んだ。

「本当に、私が初めてなんだな」

遠田の手のひらが彼を受け入れている臍の下に伸びて、上から軽く圧迫される。中と外から挟み込まれて、中にいる遠田の形をはっきりと感じ取ることができた。

「ふ……ぅん」

唇が開いて、思ったより大きな声が出る。

「綺麗だ……」

痛みに喘ぐ咲子を見下ろし、遠田が瞳を細めた。

「動いてもいい？」

許可を求める振りをして、男は咲子の答えを聞く前に腰を引いていた。

「やあ……ん！」

ゆっくりと引き出される感覚にぞくぞくと身を震わせた直後、胎の奥深くを押し上げられる。

そうして繰り返される律動に、痛みだけではない何かが生まれてきた。

遠田は咲子の様子を窺い、反応のよい場所を探し出しては、先端で引っ掻くように突いてくる。

そのたびに、咲子は体の中の大事なものが引きずり出される感覚と、体の内側を押し広げられる充溢(じゅういつ)感に襲われた。

徐々に遠田の動きが速くなっていく。抗(あらが)うこともできない強さで犯され、体の内側から遠田に支配される——そんな錯覚を覚えた。

痛みは痛みとしてあった。けれど、それ以上の快楽を体が感じ始めている。

痛みと悦楽——相反する感覚が、咲子の中で混じり合い、大きなうねりを呼ぶ。

勝手に胎の奥が蠕動(ぜんどう)して、中にいる遠田を締め付けた。

「気持ちいい？　咲子？」

そんなことを問われてもわからない。神経が過敏になりすぎて、今感じているものが痛みなのか、快楽なのかわからなくなっている。

「わ……かん……な……い」

涙まじりにそう答えるしかなかった。

一方的な律動に、感覚のすべてを浚(さら)われる。苦しくてたまらないのに、体の奥が蕩(とろ)けたような感覚があった。

許容量オーバーの快感に、無意識に踵(かかと)がベッドを蹴って上にずり上がろうとするが、逃すまいと遠田が咲子の腰を掴んだ。

「……逃げないで……」

上から押さえ込むように腰を使われ、さらに深くまで遠田を受け入れる羽目になる。

「や……ぁん……ふ……か……ぃ！」

泣きながら首を振って止まってと懇願しても、咲子の体をがっちりと抱き込んだ男は、それを許してくれなかった。それどころか、もっとと言わんばかりに、腰の動きが速くなる。

口を閉じることもできず、無意識に乾いた唇を舌で舐めた。それがキスをねだる仕草に見えたようで、覆い被さってきた遠田に唇を塞がれる。

喘ぐ呼吸ごと遠田に奪われ、体が発火しそうなほど熱くなった。

目の前が白く染まり出して、咲子は絶頂が近いことを悟る。自分の意思とは関係なく、胎の奥が蠕動し、遠田を締め付けた。そんな自分の動きにすら快楽が増幅される。

「うっ……」

咲子の動きに反応して、遠田が荒い息を吐く。悦楽を堪え、眉間に皺を寄せた顔が、壮絶な色気を放っている。

「咲子」

掠れた囁き声で名前を呼ばれて、一際深く突き上げられた。同時に、指で敏感になった花芽をつまみ上げられる。

「あ……っ！」

それが最後の一押しとなって、咲子は快楽の階を一気に駆け上る。まともに声も出せないまま咲子はイッた。

媚肉が男の精を求めて蠕動し、遠田のものを扱き上げる。その締め付けに引きずられるように、遠田も咲子の中に熱を放った。

どくどくと音が聞こえそうなほどの大量の精が、咲子の中に吐き出される。

中で男が断続的に震えるのをはっきりと感じて、咲子は背筋を震わせた。

束の間、荒い呼吸のまま抱き合い、どちらからともなく唇を合わせる。

しばらくして、無言のまま遠田が咲子の中から自身を抜いた。ずっと遠田を銜えていた秘所が、物足りないとばかりに戦慄く。

淫らすぎるその感覚に、咲子は小さく呻いた。

火照った肌を冷やしたくて、シーツの冷たい部分を探して横を向く。

遠田に背中を向けると、咲子の顔を挟むようにベッドに手をついた遠田が上から覗き込んできた。

「大丈夫?」

問われても、答えようがなかった。何が大丈夫で何がそうじゃないのか、今の咲子には判断できない。黙っていると、遠田に顔にかかる髪をかき上げられた。

「ん……」

絶頂の余韻に過敏になっている肌は、それだけの刺激でも簡単に熱を煽られてしまう。

首だけ動かして遠田を見上げると、喘ぎすぎて乾いた唇を舐められた。微かに開いていた上唇を食まれ、舌を差し入れられる。

「ふぁ……社……長……」

まだ整わない息が苦しくて、やめてくれと訴えるつもりで呼びかけたが、いつもの癖で役職名を呼んでしまった。途端に、遠田の眉間に皺が寄り、面白くなさそうな顔をされる。

それを咎めるみたいに遠田は咲子の舌先を強く吸って、舌を絡めてきた。

やがて、酸欠でぼんやりする中、体をうつぶせにされて、腰を高く持ち上げられる。

秘所に遠田の熱が擦りつけられて、咲子は言葉もなく固まった。

一度吐精したはずなのに、それは萎える様子もなく硬く大きなままだった。

咲子は恐々と首をねじって後ろを向く。

「も、う……む……り」

涙目で訴えてみるが、「ごめん。全然収まらないからもう少しだけ付き合って……」と、情けない形で眉尻を下げた遠田に微笑まれる。

――そんなもの押し付けたまま、微笑まれても、無理なものは無理！

擦りつけられるものから逃げたくて、前に這おうとしたが、遠田にがっちりと腰を掴まれていて、動けない。

男が咲子の背筋につーと指を滑らせた。たまらずビクンと背筋が跳ねる。

「咲子」

甘える声で、ずるく名前を呼ばれて、胎の奥がどろりと蕩けた。

「うー」

泣きながら呻いて、咲子は枕に顔を埋める。

「やっぱり辛い？　ダメ？」

遠田が咲子の左目の泣き黒子に口づけながら、互いの指を絡めて懇願してくる。

ぐっと秘所の入り口に圧迫感が増し、遠田の先端を呑み込もうと中がひくついた。

「こ……ども……」

「子ども？」

「作る……か……ら」

それ以上は恥ずかしすぎて、言葉にできなかった。

「ありがとう」

ちゅっとリップ音を立てて泣き黒子が吸われる。一度目のときよりも無造作に、遠田が咲子の中に入り込んできた。

「くぅう……！　あぁぁん！」

背後から貫かれた瞬間、咲子の唇から甘い悲鳴が上がる。恐れていた痛みはまったくなかった。むしろ歓喜に媚肉がうねって、遠田を締め付けている。ろくに馴染ませることなく、眩暈を覚えるほどの激しさで揺さぶられても、咲子が拾い上げるのは快楽だけだった。

――あたまとけちゃう……

終わらない狂乱の中、咲子はただ泣き、声を上げることしかできなかった。

☆

目覚めたとき、咲子は自分がどこにいるのかわからなかった。

――え？　あれ？　ここどこ？　出張だったっけ？

最初、遠田に付き添ってどこか海外にいるのかと思った。でも、寝起きのせいか頭の回転が鈍くなっていて、思い出せない。咲子は眉間に皺を寄せて考え込んだ。泣きすぎたあとみたいに、瞼が腫れぼったい気がする。

――何でこんなに体が辛いの？

何故か体調は最悪だった。頭はぼーっとして、体が異常に重い。普段使わないような場所が痛くて、全身の筋肉が軋んでいる。

きょろりと視線だけを巡らせて、部屋の中の様子を探る。カーテンの隙間から差し込む光は明るく、どう見ても朝の爽やかなものではなく昼を思わせた。青とグレーで統一された落ち着いた雰囲気の部屋は、見覚えがあるような気がする。

——ん？　待ってここ……？

記憶を掠めるものがあって、咲子はもっと部屋の様子をよく確認しようと起き上がろうとした。そのときになって、自分の腰に何か重たいものが巻き付いていることに気付く。

「え？　何？」

呟いた声は、がらがらに掠れていて、喉の痛みに咲子の眉間の皺が深くなる。

「起きたのか？」

背後から聞こえてきた声に咲子はぎょっとする。首をねじって後ろを向けば、見慣れた上司の切れ長の瞳と目が合った。朝から無駄に色気を撒き散らしている上司の微笑みに、頭の中が真っ白になる。

そこでようやく、自分が今、横を向いた状態で、背後から遠田の腕に抱き込まれるようにして、眠っていたことに気付く。

——何で社長？

そう思った途端、昨夜の記憶が一気に蘇って、咲子は息を呑んだ。

「声、すごいな。今何か持ってくるよ」

咲子の驚きに気付いた様子もなく、遠田は微笑んでそう言った。咲子の左目の泣き黒子(ほくろ)にキスをして、遠田が身軽に起き上がった。鍛(きた)えられた上半身が晒(さら)される。

三十代の遠田の体は、少しの緩みもなく均整の取れた筋肉で覆(おお)われていた。その綺麗な背中を無言で見送って、咲子は自分の体を見下ろす。徐々に思考回路が戻ってきた。

——うわー、べただー。

遠田がパジャマの下だけ身に着けていたから予想はしていたが、咲子は素肌に遠田のパジャマの上を着せられていた。一番上までボタンを留めていても咲子にはぶかぶかで、ちょっと身じろぎしただけで、肩が出てしまう。

少女漫画にありがちな格好の自分に脱力し、咲子は枕に顔を埋(うず)めた。

肌に触れるシーツの感触が気持ちいい。二人の体液でぐちゃぐちゃになっていたシーツは、新しいものに取り換えられていた。肌もすっきりしていることを考えると、遠田がすべての後始末をしてくれたのだろう。当の咲子はまったく覚えていないが。

——最後の方、記憶がないんだけど？

濃すぎる初体験を反芻(はんすう)して、咲子はぐったりとため息を吐く。

何回したのか覚えてもいない。何度ももう無理と泣いて訴えたが、遠田は聞いてくれなかった。

行きすぎた快楽に気を失い、揺さぶられる衝撃で目を覚ます。そんなことを繰り返した。

——三十六歳の体力を、完全に舐(な)めてた。

仕事のためなら世界中を飛び回る男だ。あの底なしの体力も頷ける。それが自分に向けられたとき、とんでもない凶器になるのだと痛みを訴える腰で実感した。

——あの人、ちゃんと相手さえいれば、すぐに子どもができるんじゃないの？

そんなことを考えて、ため息を吐く。

「大丈夫？　起きれる？」

ミネラルウォーターのペットボトルを手にした遠田が寝室に戻って来た。ベッドに腰かけ、心配そうに枕に顔を埋める咲子の顔を覗き込んでくる。

「大丈夫だと思います」

鈍く痛む腰を庇いながら、咲子はベッドに手をついて起き上がる。その瞬間に、胎の奥から太腿にかけて、どろりと何かが流れ出たのがわかった。

——あ、嘘。

咲子は全身を赤く染めて、固まった。

「咲子？　どうした？　やっぱり体が辛い？」

いきなり動かなくなった咲子に少し焦った様子で遠田が問いかけてくる。だが、太腿を濡らしたものの対処に困って、咲子は答えられなかった。

「咲子？」

顔を覗き込まれて、咲子は口を開いて、閉じる。遠田の視線から逃げるように俯くと、震える声で答えた。

「……出てきてしまって……」

何がとはさすがに言えなかった。だが、遠田はそれだけで状況を察したのだろう。

「ああ、たくさん出したからな」

何故かひどく嬉しそうな声音に、咲子は思わず顔を上げて後悔する。遠田は朝から浮かべるにはどうなんだと思うほど、艶冶な微笑みを浮かべていた。

――うわー、朝から見たらダメなやつ!!

胸のうちだけで絶叫する。遠田はそんな咲子の様子に気付くことなくベッドサイドのテーブルにミネラルウォーターを置き、ティッシュを数枚引き出した。

彼の手がシーツとパジャマの下に隠された咲子の太腿に伸びる。

「いや、あの！　待ってください！」

遠田が何をしようとしているのか気付いて、咲子は彼を止めようとした。けれど、遠田の動きの方が速かった。

シーツをめくり、濡れた咲子の太腿を丁寧に拭い始める。咲子はあまりの羞恥に身動きもできず、体を震わせることしかできない。

遠田は丁寧な手つきで後始末をすると、咲子の隣に滑り込んできた。

「……楽しそうですね」

思わず恨み言を漏らす咲子に、「うん？　楽しいよ。いつもは完璧な咲子の世話をするのは」とさらりと返されて無言になる。

あまりにナチュラルに名前を呼ばれた。名前で呼ぶのは、昨日の夜だけのことだと思っていたから落ち着かない。公私の区別がつかなくなりそうだ。

「声が嗄れてるから、水分を取った方がいい」

ペットボトルを差し出され、咲子は大人しくそれを受け取る。

遠田が肩に手を回してきて自分に寄りかからせた。

近すぎる距離に戸惑うが、体がだるくて起きているのが辛かったからそのままにした。

蓋の空いたそれに口を付ける。喉を滑り落ちて行った水の感触に、ひどく喉が渇いていたことを実感させられる。砂漠で遭難していたみたいな勢いで、水を飲み干した。

「もう一本いる？」

「大丈夫です」

声が普通に出るようになって、ホッとする。

「咲子」

咲子が落ち着いたのを確認した遠田が、真面目な顔をして呼びかけてくる。

「契約内容を少し変えたい」

——契約内容の変更？　普通に結婚相手を見つけて子どもを作る気になった？

年齢的なものを気にしていたようだが、そんな心配はいらないと今なら太鼓判を押せる。

「取引の中止ですか？」

遠田に寄りかかっていた咲子は、体を起こした。離れたぬくもりに、遠田が苦笑する。

「取引の中止はない。ただ、言葉通りに内容の変更をお願いしたい」

「何を変えるつもりですか？」

「子どものために、咲子の時間を三か月だけ独占させて欲しい」

――子どものために、私の時間を独占？

遠田が何を言いたいのか理解できなかった。この感覚には覚えがある。遠田が子どもを産んでくれと言い出したときと同じだ。

――嫌な予感がする。この人、思い詰めると突拍子もないことを思いつくからなー。

不審に思っているのが表情にも出ていたのだろう。

「そんな顔をしないでくれ。ちゃんと説明するから」

遠田の手が伸びてきて咲子の体を引き寄せる。再び遠田に寄りかかった咲子は眉間に皺を寄せて彼を見上げた。

――体は楽でも、この体勢は落ち着かないんだけど？

そう思うが、疲れきった体は咲子の言うことを聞いてくれない。遠田もまた、まるで当然と言わんばかりに咲子を離さなかった。仕方なしに咲子は遠田に寄りかかったまま話を聞くことにする。

「私は、自分が父親になることばかり考えていた。子どもができたら、きっといい父親になると誓ってもいた」

──そんな決意なんてしなくても、社長なら普通にいい父親になりそうだけどね。

遠田は子煩悩なよき家庭人になるだろうと簡単に想像がつく。

妻や子どもをきちんと愛して、甘やかしすぎず、ダメなことはダメだときちんと説明する。

そういう人でなければ、いくら自分の願いを叶えるためとはいえ、こんなでたらめな取引に応じたりしなかった。

遠田であれば、ちゃんと生まれた子どもを守ってくれる。

その確信があったからこそ、咲子は遠田の子どもを産むと決断したのだ。

「だが、子どもが成長する課程で、自分のルーツを知りたがるだろう。特に一番身近なはずの母親のことを」

「それは、そうですね……」

遠田の話がどこに向かうのかわからないまま、咲子は相槌（あいづち）を打つ。

「そのときに、私がいくら望んだからと説明しても、契約の果てに人工受精の結果だったと言われたら、子どもの成長に悪影響を及ぼしかねない」

「それこそ、今さらの話じゃありませんか？」

「その通りだ。私の考えが浅かったと言われれば認めるしかない。それで、改めて色々と考え直してみた。子どもには、私がどうしてもと望んで母親となる人に産んでもらったと言ってあげたい。実際、私は君との子を熱望している。他の誰の子でもなく、咲子との子が欲しい」

——んん？　つまりどういうこと？

咲子の眉間に皺が寄る。遠田の言葉が迂遠すぎて、言いたいことが理解できない。

「将来、子どもに説明を求められたとき、語ってやれる君との思い出が欲しい。だから、三か月でいい。咲子の時間を私にくれないか？　そして、できれば子どもは人工授精ではなく、自然な方法で作りたい」

咲子の眉間の皺がぐっと深くなった。

——この人……本当に思い詰めると結論が飛躍するな……

「社長の仰りたいことは、多分、わかりました。ですが、それを子どもに説明する必要がありますか？　人工授精だろうが、自然な方法であろうが、子どもに対する社長の愛情は変わらないでしょうし、私が産むことにも変わりはないですよね？」

咲子の確認に、遠田がふっと目元を緩めた。自分を見下ろす眼差しが、ぞくっとするほど色気を孕んで、咲子は怯む。

「やはり咲子は手ごわいな。簡単に誤魔化されてくれない」

――あれで納得しろという方が無理だと思うんだけど？

心の中で冷静に突っ込む。

顎に指がかかって、顔を持ち上げられる。吐息の触れる距離で、顔を覗き込まれた。

「君は子どもを産んだあとは私の元には残らずに、留学を希望していたね？」

遠田の言葉に、咲子は逃げるように瞼を伏せた。子どもを産んだあとのことについて、遠田が咲子に提案したのは二つ――遠田の元に残りキャリアを伸ばすか、希望する他の企業へ就職するか。どちらの道を選ぼうと、彼はその間の生活を支援すると約束してくれた。

だから咲子は、アメリカにある大学のホテル経営学部への留学を願った。そこで本格的に、ホテル経営について学びたかったのだ。

さすがに出産後に、何食わぬ顔をして遠田の元で働く勇気は咲子にもない。

「こんなことを言うのはルール違反だとわかっているが、本音を言おう。私が咲子との思い出が欲しい」

あまりにストレートに告げられた言葉に、咲子はぐっと瞼を閉じる。

――本当にルール違反もいいところだ。そんなものを作ってどうするのだ。別れるとき、互いに離れがたくなるだけじゃない……

断るべきだと強く思った。なのに――

小さく息を吸い込んで、咲子は瞼を開く。間近にある、遠田の切れ長の黒い瞳と目が合った。

その瞳に宿る焔を見つけて、咲子の理性がぐらりと揺れた。

もうすでに自分たちは一線を越えてしまった。もう元には戻れないのだと、遠田の瞳を見つめて咲子は悟る。

自分の肌に刻まれた遠田のぬくもりと快楽が、まざまざと思い出された。

求められていることを実感し、長く無自覚のまま抱えていた孤独感が疼く。その寂しさが、咲子の背中を押した。

「……公私の区別がつかないのは好きじゃありません」

「それは断るということ？」

確認されて、咲子はぐっと言葉に詰まった。迷いが咲子の心を揺らす。

「三か月だけです……生まれてくる子どものために……」

子どもの未来を言い訳に、自分こそが遠田のぬくもりを求めていることを、咲子は自覚する。

――やっぱり社長は女を見る目がない。こんなずるい女を選ぶんだから……

苦い笑みを浮かべて咲子は遠田を見上げる。

「ありがとう」

極上の笑みを浮かべた男の唇が、自分のそれに重ねられる。

――ひどい人……

触れるぬくもりに泣きそうになった。

遠田があまりにも優しく抱きしめるから、勘違いしそうになる。自分こそが彼に求められているのだと。

恋愛感情ではなく、子どものために咲子を求める男の身勝手さが憎い。

それでも、触れるぬくもりを手放せない自分のどうしようもなさに、咲子は強く瞼（まぶた）を閉じる。

その日、三か月だけの仮初（かりそめ）の恋人契約が追加された――

第3章　契約外の恋心

「社長。珈琲（コーヒー）をお持ちしました」

咲子の声に遠田は書類から顔を上げた。

「ありがとう。咲……」

礼を言っている途中で、咲子の鋭すぎる眼差しに気付いて、遠田はぐっと言葉を呑み込む。

微笑んでいるのに、剣呑(けんのん)な眼差しを向けるという器用なことをしながら、咲子は遠田のデスクに珈琲(コーヒー)を置いた。

「では、何かあればお呼びください」

何事もなかったように去っていく咲子の背中を、遠田は無言で見送る。

一人になった途端、遠田の口から苦笑いと同時に、ため息が零れて落ちた。

『公私の区別がつかないのは好きじゃありません』

その言葉通りに、咲子の行動は徹底していた。

仕事中の彼女は完璧に秘書の仮面を被っている。週末に二人で過ごした時間の欠片(かけら)すら見せない。あれは夢だったのかと思えるほどに、咲子は何も変わらなかった。

あの取引は、咲子にとってはあくまでビジネスでしかないと突きつけられる。

そのことに落ち込む反面、遠田は安堵していた。

咲子であれば、ビジネスライクに応じてくれると信じて、持ちかけた取引だった。

遠田が引き受けざるを得ない条件を付けたからというのもあるだろう。だが、咲子が遠田の期待以上に落ち着いていて、自分の方が咲子との距離を測りかねている。

『いつか両親のオーベルジュを取り戻したいんです。願いが叶う頃にはおばあちゃんになっていても、あそこを取り戻すのが私の夢なんです』

そう語っていた咲子の横顔を思い出す。

――あれはいつのことだったろう？

多分、咲子が遠田の秘書になって二年目か、三年目の頃のことだったと思う。出張先のホテルのＢＡＲで二人で飲んでいたときに、咲子がポツリと呟くように遠田に語った。普段、あまり自分のことを話さない咲子が、珍しくアルコールに上気した表情を浮かべていたのを覚えている。

何がきっかけでそんな話になったのかは覚えていない。けれど、昔を懐かしむように、瞳を潤ませて夢を語る咲子の表情は、やけに鮮明に遠田の脳裏に刻まれた。

見惚れるほどに綺麗で儚くて、でも、一本芯が通った意志の強さを感じた。

咲子ならきっといつか自分の夢を実現するだろうと思ったものだ。

実際、咲子は秘書をする傍ら、ホテル経営について積極的に学んでいることを遠田は知っている。出産後、遠田の元で復職するのではなく、アメリカの大学でホテル経営を学びたいと言われたときも、彼女らしいと納得した。

着実に夢のために努力する咲子に、強く惹き付けられる。

自立した女性として、人生を歩む彼女の姿をもっと見ていたいと思う。

けれど、それを遠田が望むことは咲子にとって、迷惑でしかないのだろう。

——馬鹿な条件を付けたものだ。三か月だけの恋人ごっことは。

珈琲（コーヒー）を口にした遠田は、深いため息を吐き出す。

何故あんな条件を付けたのかと、今になって遠田は後悔していた。

夜が明けてしまえば、咲子はきっと何事もなかったように遠田の元を去っていく。それが簡単に想像できた。

夢のために努力する彼女の邪魔をしたくない——けれど、自分の腕の中で眠る華奢（きゃしゃ）な彼女のことをもっと知りたいと思った。

牧原咲子という一人の女性が持っている色々な表情を見たいと強く思ってしまった。その欲に抗（あらが）えなかった。

——三か月だけだ。それ以上は望まない。

そう固く決めている。咲子にとって自分はあくまで取引の相手であって、それ以上でもそれ以下でもない。

——おかしなものだな。もう二度と結婚したいとも恋愛したいとも思っていなかったのに。

子どもだけを望んだのは俺だ。

なのに、今になって咲子に強く惹きつけられている。自分の心のままならなさに、遠田は自嘲するしかない。

そのとき、内線電話が着信を告げた。受話器を取り上げて応答すると、『牧原です』と咲子の落ち着いたアルトの声が聞こえてきた。

「どうした？」

『奈々子様がお見えです。お通ししてもよろしいでしょうか？』

妹の来訪を告げられて、遠田の眉間に皺が寄った。

今日、奈々子と会う約束はなかったはずだと怪訝に思う。

年の離れた妹は、遅くにできたせいか両親から溺愛されて育った。遠田にとっても可愛い妹だが、その反面、トラブルメーカーなところもあって、不意の訪問に警戒心が湧く。

「おじさーん！」

しかし、遠田が応えるよりも早く、秘書室に続く扉が勢いよく開かれて、今年五歳になる甥っ子の勇太が社長室に飛び込んできた。

「兄さん、久しぶり。ちょっとお邪魔するわよ」

生まれたばかりの姪っ子を抱いた奈々子が、当然のように社長室に入ってきた。身内ならではの遠慮のなさを見せる奈々子に、遠田はため息をつきデスクから立ち上がる。

「おじさん！」

走り寄って来た勇太が抱っこをせがんで遠田に両手を伸ばしてくる。その無邪気さに、自然と遠田は目元を緩めて、甥(おい)っ子を抱き上げた。

目線が高くなって、勇太が嬉しげに笑い声を上げて、遠田の首に抱きついた。社長室が一気に賑(にぎ)やかになる。

「重くなったなー勇太。また大きくなったか？」

「僕、頑張って牛乳飲んでるんだよ！　今ね、幼稚園の背の順で最後から三番目なんだ！　もうちょっとで幼稚園で一番大きくなるんだよ！　すごいでしょー？」

「それはすごいな」

「うん！　僕ね！　おじさんみたいに大きくなりたいの！」

「そうか。それは頑張ってくれ」

「うん！」

瞳をキラキラと輝かせてそんなことを言う甥(おい)っ子が可愛らしくて、遠田は微笑む。

勇太を抱き上げたまま、遠田は応接ソファに座って娘をあやす奈々子の元へと向かった。

「急にどうしたんだ？　有川(ありかわ)君と何かあったのか？」

勇太をソファの上に下ろし、遠田は奈々子の向かいに腰かけた。遠田の言葉に奈々子がムッとした表情を浮かべる。

「久しぶりに会った妹への第一声がそれってどうなのよ？　おかげさまでうちは夫婦円満よ！」

「そうか。それならいいが。てっきりお前のわがままぶりに、ついに有川君が愛想を尽かしたのかと心配したんだが」

「陽君(はる)は、相変わらず私にべた惚れよ！　失礼しちゃうわね！　何よ！　せっかく兄さんにいい話を持ってきてあげたのに！」

遠田のからかいの言葉に、怒った奈々子が声を張り上げる。

「いい話？」

奈々子の言葉に、遠田の中の警戒心が疼(うず)く。

「そうよ！　いい話！　バツイチで、いい年していつまでも落ち着かない兄さんに、素敵な縁談を持ってきたのよ！」

カチャンとカップの鳴る音が、奈々子の声に続いて社長室に響いた。音の源を探した遠田の視線の先――開け放たれた社長室の入り口で、珈琲(コーヒー)を載せた盆を手にした咲子が無表情で佇(たたず)んでいる。

遠田と咲子の目が合う。ひやりとしたものが遠田の背筋を滑り落ちた。

「失礼しました」

そっと咲子が遠田から視線を逸らして、何事もなかったように珈琲(コーヒー)を運んでくる。

いつもの淡々とした表情の咲子に、遠田の心が疼いた。

「珈琲をお持ちしました」

「ありがとう！　咲子さん」

珈琲を応接テーブルに置いた咲子に、奈々子が微笑んで礼を言った。それに控えめに微笑んで応えた咲子が、「何かあればお呼びください」と遠田に告げて、社長室を出て行こうとした。

「あ！　咲子さん！　ちょっと待って！」

奈々子が咲子を呼び止めた。

「何でしょうか？」

「話が聞こえていたと思うんだけど、兄さんに大事な話があるの。悪いんだけど、この子たちのことちょっと預かっててくれない？」

何の悪気もなく当然のように、奈々子が娘を咲子に預けようとした。その姿に遠田は、苛立つ。

「奈々子！」

遠田の厳しい声に、奈々子の肩がびくりと跳ねる。咲子も驚いたように目を瞠った。

「な、何よ！　急に大きな声出して！　びっくりするじゃない！」

「牧原君は私の秘書であって、お前の使用人じゃないんだ。そんなことを頼むのはやめなさい」

　抗議する奈々子を、遠田は諫めた。

「兄さんに大事な話があるんだもの！　ちょっとの間、子どもたちを預かってもらって何が悪いのよ！　落ち着いて話がしたいだけじゃない！」

　ムッとした様子で奈々子が反論してくる。遅くにできた女の子だったから、遠田を含め家族に溺愛され、妹は少しわがままに育ってしまった。結婚して、二児の母になった今でも、どこかお嬢様気分が抜けていない。

「そんなに大事な話なら、ちゃんとアポを取ってから来い。事前にお前たちが来るとわかっていたら、こちらでベビーシッターを依頼することもできた。それをしないなら、最初から子どもを預けられる人間を連れて来るべきだろう。牧原君には色々と仕事を頼んでいるんだ。奈々子の都合で振り回すんじゃない」

「だって……でも……私だって……」

　遠田の言葉に奈々子が拗ねたように唇を噛む。反論が思い浮かばないのは、遠田の言い分が正しいと理解しているからだろう。

　幼い子を抱え、外出もままならない妹が息抜きがてら、遠田を訪ねてきているのはわかっている。だが、それで咲子に迷惑をかけるのは違うだろうと思った。

「私だったら構いませんよ」

険悪になった兄妹の雰囲気を見かねて、咲子がそう申し出る。

「牧原君！」

遠田が咎めるように呼ぶが、咲子は眼差しだけでそれを制した。

「勇太さん。あちらにいただき物のチョコレートがあるんですが、ご一緒にどうですか？」

膝を屈めた咲子が、遠田の横に大人しく座っていた勇太に優しく声をかけた。そのときになって、勇太が遠田の大声に驚いて固まっていたことに気付く。ばつの悪さに顔を顰めた。

「チョコレート？」

微笑む咲子の言葉に、勇太がきょとんと首を傾げる。

「ええ。チョコレートです。向こうで私と、美香ちゃんと一緒にどうですか？」

勇太が咲子の微笑みを見て、おずおずと遠田を見上げてきた。

「咲子ちゃんと、チョコレート食べてきてもいい？」

勇太の問いに、遠田は自分の大人げなさを自覚する。笑顔で勇太の小さな頭を撫でると、嬉しそうに目を細めた。

「いいぞ。あまり食べすぎるなよ？　あと、急に大きな声を出して悪かったな」

「ううん！　大丈夫！　ありがとう！　おじさん！」

詫びた遠田ににこっと笑って、勇太がぴょんとソファから飛び下りた。

「では、お二人ともお預かりしますね」

咲子が奈々子の腕から姪っ子の美香を受け取る。その腕に赤子を抱き上げた咲子が、その重さに驚いたような表情を浮かべた。

「大きくなられましたね。今、何か月でしたか?」

美香を腕に抱いて、咲子が柔らかに奈々子に問う。

「もうすぐ八か月になるわ」

「そうですか。早いですね。つい最近お生まれになった気がしていたのですが……これくらいの時期は、目が離せなくてお母さんは大変でしょうね」

穏やかに労わる咲子に、奈々子の強張っていた表情が緩む。

「うん。抱いてないとすぐ泣いちゃうし、勇太もいるし……大変で……」

「そうですよね。お二人は私が責任をもってお預かりするので、お兄様とゆっくりとお話しください。隣室におりますので、何かあればすぐにお声をおかけします」

そう言って、咲子は美香を腕に、勇太と社長室を出て行った。

ぱたんと音を立てて扉が閉まって、秘書室と社長室が隔てられる。

束の間、二人きりになった兄妹の間に気まずい沈黙が落ちた。

「……ごめんなさい」

ぽつんと奈々子が謝る。それに遠田は嘆息で答えた。

「いや、俺も強く言いすぎて悪かった」

「ううん。兄さんの言う通りだと思う。ちょっと最近、陽君忙しくて、子どもたちと三人で家にいることが多いから、息が詰まってて……だから、ごめん」

疲れた顔で弱々しく微笑む妹に、遠田は反省する。正論の前に、乳飲み子（ちのご）を抱えた妹を、もう少し気遣ってやるべきだった。

これから父親になろうとしているのに、自分の言動は思いやりに欠けていた。

「咲子さん。いい人ね」

珈琲（コーヒー）を手にした奈々子が、気まずい空気を変えるように微笑んで言った。

「ああ。色々と助かっている」

遠田も大きく息を吐き出すと、咲子が持ってきてくれた珈琲（コーヒー）に手を付ける。

「咲子さんみたいな人が兄さんの傍にいてくれるって思うと、ちょっと安心するわ」

奈々子の言葉に遠田の視線が、自然と秘書室に通じる扉に向けられた。

——あの向こうで、咲子は今何を思っているのだろう？

このタイミングで遠田に持ち込まれた縁談を、咲子がどう思っているのか、遠田はそれが気になって仕方なかった。

☆

勇太と美香を連れて社長室を出た咲子は、扉が閉まった途端にため息をつきそうになった。ぐっと奥歯を噛んで、それを呑み込む。

――何やってるんだか。

遠田の縁談に、思った以上に動揺している自分に気付いてしまう。

――社長に縁談って、当たり前のことじゃない。

バツイチとはいえ、彼はまだ三十六歳の働き盛り。昨今の男性の結婚年齢を考えても、遠田はかなりの優良物件だ。社会的地位もあり、容姿も整っている。性格も悪くない。

そんな彼に縁談がない方がおかしいのだ。

「咲子ちゃん？」

扉の前で美香を抱いたまま動かない咲子を、勇太が不思議そうに見上げてくる。

その声に、咲子はハッと我に返る。

「ごめんなさい。チョコレート用意しますね」

勇太に微笑んで、咲子は奈々子が秘書室に置いていったベビーカーに美香を寝かせた。

「勇太さん。用意する間、そこに座っててもらえますか？」

「はい！」

秘書室にある待合用の小さなソファに座るように促すと、勇太が元気に返事をしてそこに座った。

お行儀のよい素直な言動に、咲子は自然と微笑んでしまう。

「ちょっと待っててくださいね」

咲子は秘書室に併設されているミニキッチンに向かった。

冷蔵庫を開けて、お土産にもらったチョコレートを取り出し、小皿に取り分ける。次に自分用にストックしていた百パーセントのリンゴジュースをカップに注ぎ、おしぼりを用意して勇太の元に戻った。

「お待たせしました。どうぞ」

「ありがとうございます！」

チョコレートに目を輝かせて、きちんと礼を言う勇太は、お行儀よくおしぼりで手を拭いた。

遠田は奈々子のことをわがままだと言うが、咲子の目から見れば、奈々子はとても頑張っていると思う。勇太はこの年の子にしてはきちんとお礼を言えるし、とてもお行儀がいい。つまり奈々子の躾が行き届いていると言うことだ。

奈々子のわがままは、咲子には兄に対する妹らしい甘えに見える。頼れる身内がいない咲子には、そんな兄妹の仲の良さが羨ましい。

——さっきの、社長らしくなかったな。

普段の遠田は、あんな頭ごなしに怒るような人ではない。あまりにらしくない遠田の姿に、思わず割って入ってしまった。

咲子でも、奈々子が頑張っていることはわかる。それに気が付かない男ではないはずなのに、今日の遠田はやはり少しおかしかった。

美味しそうにチョコレートを食べる勇太を見ながら、咲子はそんなことを考える。

「ふぎゃあ……！」

そこで、今まで大人しかった美香がベビーカーの中で泣き声を上げた。咲子は慌てて立ち上がって、ベビーカーから美香を抱き上げる。

「あ！　きっとおむつだよ！　ご飯はさっきお母さんがあげてたから！」

妹の泣き声に反応して、勇太がソファから飛び下りて、咲子の元に駆け寄ってきた。

「そうですか。ありがとうございます」

勇太の助言に従って、おむつを確認すれば確かに濡れているようだった。

ベビーカーと一緒に置かれていた美香の荷物の中から、おむつとおしり拭きを取り出して、慣れない手つきでおむつを替える。

手を洗っておむつを片付ける間、勇太が美香をあやしてくれていた。それでもまだ少しぐずる美香を咲子が抱き上げて、ソファに座った。その隣に座った勇太が、美香の顔を覗き込んで一生懸命あやそうとする姿に、微笑ましくなる。

「すごいですね、勇太さんは。美香ちゃんがどうしてほしいのか、ちゃんとわかってる」

「当たり前だよ！　だって僕、お兄ちゃんだもん！　美香を守るのは当然！」

えへん！　と胸を張る小さな紳士に、咲子は遠田の子どもの頃を想像した。

きっと彼もこんな風に妹の世話を一生懸命にしたのだろう。

――私が産むかもしれない子も、きっと社長は大事にしてくれるんだろうな。

腕にかかる子どもの重みとぬくもりに、ふとそんなことを考える。

――その子は社長に似るのだろうか？　それとも私に？

できるだけ考えないようにしていたことなのに、腕の中のぬくもりにほんの少し先にあるかもしれない未来を想像してしまう。

――手放せるの？　私に？

心が迷いだす。家族が欲しいと思っているのは、遠田よりも咲子の方だ。

遠田が咲子の肌に刻んだぬくもりごと、自分は子どもの傍を離れることができるのだろうか？

今さらの迷いが咲子の胸を疼かせる。

「兄さん！　本当にいい話なのよ！　ちゃんと考えて！」

咲子の思考を破るように、奈々子と遠田が社長室から出てくる。咲子はハッとして、二人の方を振り返った。

美香を抱く咲子の姿を見て、遠田が目を眇めている。その強すぎる眼差しに、咲子はたじろいだ。自分の中に生まれた迷いを、見透かされている気がした。

「あ、咲子さん！　ありがとう！　助かったわ」

「二人とも、とてもいい子にしてましたよ」

奈々子がソファに座る三人の元に駆け寄ってくる。咲子は立ち上がって、美香を奈々子にそっと渡す。

「ありがとう。本当に助かったわ」

にっこりと笑う奈々子に、咲子も微笑み返す。

「さ、勇太。帰ろうか」

「うん」

荷物を纏めて、奈々子たちは慌ただしく部屋を出ていく。

「兄さん！　本当にちゃんと考えてよ！　絶対にいい話なんだから！」

去り際に奈々子が遠田にそう念を押す。しかし遠田は、ため息をついてそれに答えなかった。

嵐のように奈々子たちが帰って行って、秘書室が一気に静かになる。

二人の話し合いがどうなったのか、気になった。

「咲子」

名前を呼ばれて、咲子は奥歯を噛みしめる。

――仕事中に、そんな声で名前を呼ばないで……

咲子が必死に守っているものが、崩れてしまいそうになる。

「少し話をしないか？」

「何の話でしょうか？」

心の中の動揺や迷いを悟られたくなくて、ことさらに冷静な声を出す。

こんなとき、緊張したり慌てたりすると、表情が硬くなる自分の性質がありがたい。

きっと今、遠田の目に咲子は冷静に映っていることだろう。

「咲子が仕事中にこんな話をするのが好きじゃないのはわかっている」

そう言って、遠田が苦笑した。

――だったら……今は放っておいてほしい。

そんな勝手なことを思う。そうじゃないと冷静な秘書の仮面が剥がれてしまいそうだ。

「だが、私は今、咲子と話がしたい」

ゆっくりと近付いてきた遠田の手が、そっと咲子の手を掴んだ。

触れた男の体温が上がっている気がして、咲子の鼓動が速くなる。

――逃げ出したい。

そう強く思った。遠田の縁談の詳細なんて、できれば聞きたくない。

でも、誰とも知れない不確かな人間の噂を聞いて疑心暗鬼になるよりは、遠田から直接聞いた方がいいような気もする。咲子の心の中は矛盾だらけだ。

――それもこれも社長のせいだ。

八つ当たりだとわかっているが、そんなことを思ってしまう。

それに、きっと遠田は逃がしてくれないだろう。自分に誠実であろうとしている男は、咲子にすべてを伝えることを義務だと思っているふしがある。

掴まれた自分の手を見下ろして、咲子は小さく息を吐く。諦めて顔を上げると、眼鏡越しの遠田と目が合った。

その眼差しはどこまでも真摯(しんし)に見えて、咲子の心をかき乱す。

「珈琲(コーヒー)を淹れてきます」

「咲子?」

「こんなところで話していたら、いつ誰が入ってくるかわかりませんから……」

ちらりと秘書室の出入り口に視線を向ける。社長室に入るには咲子が常駐していることの秘書室を通ることになる。遠田への面会の申し出や、書類の提出など、人の出入りは多い。

「ああ、そうか」

——秘書室で社長と秘書が修羅場とか、変な噂が立つのは勘弁してほしい。

それに……乱れた気持ちを落ち着かせるために、少し一人になりたかった。

遠田の手が離れて、ホッとする。

「逃げないか？」

問われて、咲子は苦笑する。

——そんなに逃げたいって顔に出ている？

感情を隠すのは得意なのに、遠田の前だとそれがうまくできなくなっている気がした。

「どこに逃げるっていうんですか？　ここは私の職場で、今は仕事中ですよ？」

「それもそうだな。君は仕事に対して、とても責任感が強いからな」

柔らかに目元を緩める遠田の信頼が眩しく見えて、目を逸らしたくなる。けれど、気持ちとは裏腹に、上司の優しい表情に視線が吸い寄せられてしまう。

そんな自分の心の動きが怖くて、咲子は意識していつもの秘書の仮面を被る。

「社長室でお待ちください」

「わかった」

遠田は一つ頷いて、あっさりと社長室に戻って行った。一人になった咲子は、天を仰いで、大きく息を吐き出す。自分の中の弱気や迷いを、ため息と一緒に振り払い、咲子は二人分の珈琲を淹れるために動き出した。

湯を沸かし、カップを温め、丁寧に珈琲をドリップする。

ふわりと漂ってくる香りに、自然と心は落ち着いていく。

——うん。きっと大丈夫……

自分に言い聞かせて、咲子は珈琲二つを手に、社長室の扉をノックする。

「入って」

中から聞こえてきた遠田の声に、「失礼します」と声をかけて咲子は、社長室に入る。

「座ってくれ」

応接セットに座っていた遠田が、自分の横を示す。

——その距離はどうなんだ……ていうか普通、座らないでしょ！

思わず心の中で突っ込む。咲子は珈琲を遠田の前に置いて、九十度の直角のソファの角に座った。

——ここが限界。

真っ向から遠田と対峙しなくていい。向かいに座るよりは近くて、横に座るよりは遠いが、手を伸ばせば触れられる。微妙な距離に、遠田がちょっとムッとした顔をするが、咲子は知らない振りをした。ため息をついた遠田が、咲子に向き合って口を開く。

「見合い話は断った」

端的に告げられた言葉に、咲子は思わずまじまじと遠田の顔を見つめてしまう。

——断ったんだ……

彼の端整な顔に少しの躊躇いや迷いも見つけられず、咲子の方が戸惑った。と同時に、遠田が縁談を断ったことに安心して、体から力が抜けそうになる。それを堪えて、咲子は遠田を見つめた。

「よかったんですか？」

せっかく奈々子が持ってきた縁談を、断ってしまって大丈夫なのかと不安が過る。

緊張する咲子を見つめて、遠田が柔らかく微笑んだ。

「当たり前だろう。今の私には咲子がいる」

——やめてほしい。そんな顔で、そんなことを言うのは……

まるで咲子だけが大事だ、と言わんばかりの眼差しを向けてくる男が怖い。

遠田が求めているのは自分との子どもであって、咲子じゃないのに、勘違いしそうになる。

「奈々子が私を心配して縁談を持ってきたのはわかるんだがな……どんなに良い縁談だったとしても、私はもう結婚はこりごりだ。再婚はしない」

だが、続く遠田の言葉が、咲子の心をひどく疼かせた。

☆

だから、君の夢の邪魔をするつもりはない。

そう伝えたつもりだった。

だが、再婚はしないと告げた遠田に、咲子が一瞬だけ傷付いた顔を見せる。

ほんのわずかな期待が遠田の胸を高鳴らせた。だが、それはきっと遠田の願望が見せたものだったのだろう。

「今はそんなことを言っていても、今後、社長を大切にしてくれる方が現れるかもしれませんよ。可能性を自分から摘み取る必要はないと思いますが？」

咲子はいつも通りの変わらない秘書の顔で、そんなことを言った。

わかっていたはずなのに、落胆が遠田を襲う。

――彼女の気持ちを試すようなことをするもんじゃないな。

天に向かって投げた石が、思い切り自分に落下してきた気分を味わう。

咲子にとって、自分はあくまで上司で取引の相手でしかない。苦すぎる現実を突きつけられて、苦笑が漏れた。

最初の結婚の失敗は遠田の中で、それなりにトラウマになっていて、いまだに再婚ななんて考えられなかった。実際、先ほど奈々子から見合い話を持ちかけられたとき、再婚なんて冗談じゃないと思った。何より今の自分には咲子がいる。

どんな相手であっても、咲子に敵う相手はいない。そう思った。

だから、遠田は詳細もろくに聞かずに、見合い話を断った。そんな自分に奈々子が騒いでいたが、知ったことかと思った。

そのとき遠田が気にしていたのは、見合い話を耳に入れた咲子の反応だったのだから。

――私は何を期待していたんだろうな？

遠田と咲子の温度差は、こんなにもはっきりとしているのに、彼女が喜んでくれることを自分はどこかで期待していたらしい。

現実はご覧の通りで、咲子は秘書の仮面を崩しもしない。

先ほど見た光景を思い出して、遠田の胸が痛んだ。

奈々子からの見合い話を断り、社長室から騒ぐ妹を追い出したあのとき――真っ先に目に飛び込んできたのは、子どもたちに囲まれた咲子だった。

まだ小さな姪っ子を抱いてあやしながら、勇太と会話する咲子は、とても美しく見えた。

いつもの秘書としてのきりっとした冷静な顔でもなく、週末に見せた女の顔でもない。

遠田が知らない咲子がそこにはいた。

子どもたちを相手に柔らかく微笑む咲子は、とても可愛らしかった。

自分が何よりも欲しくて、夢見た光景がそこにはあった。

あまりに強く見つめすぎたせいか、咲子をたじろがせてしまった。

だが遠田は、あのときようやく、自分が本当は何を欲しているのかを自覚した。

自分の子どもが欲しい——

そう思ったとき、真っ先に母親として選んだのは咲子だった。

そのとき、すでに答えは出ていたのだ。

いい年をしたバツイチで、自分ではそれなりに恋愛経験があると思っていたが、どうやら自分はひどく鈍感だったらしい。

自分の子どもを生んで欲しいのは咲子だけ——

何よりも明確に、本能が答えを出していたというのに、それがわからなかった。

自分は咲子が欲しかったのだ。

秘書としての優秀な彼女はもちろんのこと、一人の女性としての牧原咲子が欲しかった。

そのあまりに簡単な答えに、鈍感な自分は今まで気付きもしなかったのだ。

それくらい当たり前の存在として、遠田の日常に咲子は溶け込んでいた。

この五年——家族よりも誰よりも長く一緒に過ごし、遠田を支えてくれたのは咲子だった。

遠田のいいところも悪いところも、咲子にはすべて知られている。

巨大グループを担う重責を背負う遠田にとって、一緒にいて安心してくつろげるのは咲子の傍だけだった。彼女の存在が、いかにかけがえのないものか、今さら自覚する自分の鈍感さに、遠田は苦笑するしかなかった。

「社長？　どうかしましたか？」

物思いに耽(ふけ)りすぎて黙り込んでいた遠田を、咲子が心配そうに見つめてくる。

近くて遠い距離がもどかしい。

気付けば手を伸ばしていた。掴んだ咲子の手はわずかに震えていた。

驚いたように瞬(また)く瞳が、可愛いと思った。その瞳に自分だけを映したい。

――咲子が欲しい。

衝動が遠田を動かす。

「何を……！」

掴んだ手を引き寄せると、簡単に咲子の体が遠田の腕の中に飛び込んできた。

「……あっ！」

驚きに声を上げる彼女を抱きしめる。ふわりと優しく甘いラベンダーの香りが鼻先を擽(くすぐ)った。あの日、知った咲子の肌の匂い。首筋に鼻先を擦り付けてその匂いを堪能する。

「社長！」

悲鳴じみた咲子の呼びかけに、遠田は自分のずるさを自覚する。

――欲しいものを欲しいと言って何が悪い？

いくら大人の振りをしたところで、自分はもう、三か月後に咲子を手放せるとは思えなかった。週末の自分の愚かさを遠田は胸の中で罵る。

腕の中でじたばたと暴れる咲子を、強く抱きしめて抵抗を奪う。

「もし私がもう一度結婚するとしたら、相手は咲子がいい」

腕の中で暴れていた咲子が、突然の遠田の告白にピタリと動きを止めた。

束の間、二人の間に沈黙が落ちる。

遠田は強引に咲子を膝の上に抱き上げた。すると、逃げるように彼女が顔を俯かせる。

さらりと流れた髪が咲子の表情を隠した。

「咲子？」

何も言ってくれない彼女の名を呼んだ。いやいやというように咲子が首を横に振る。

遠田の目の前で咲子のうなじが赤く染まっていく。咲子のサラサラの髪から覗く耳朶も真っ赤で、彼女が困惑していることを窺わせた。

――見たい。

全身を朱に染めた彼女が、今どんな顔をしているのか。

少なくとも遠田の告白に、彼女が示したのは嫌悪ではない。咲子の反応に、遠田は彼女の顎に指をかけて持ち上げようとした、まさにそのとき——

「兄さんごめん！　私、スマホを忘れたみたいなんだけど、ソファのところに落ちてなかった？」

帰ったはずの奈々子が、ノックもなしに社長室の扉を開け放った。

「え……？　嘘!!」

奈々子の驚いたような声が社長室に響いて、一瞬、時が止まったように感じた。

三人ともその場に固まって、動けない。

——何故よりによってこのタイミングで！

遠田がそう思ったとき、膝の上で固まっていた咲子が我に返ったように動き出した。

強い力で胸を押されて、咲子の体が離れる。ハッとした遠田が掴まえるよりも早く、咲子は膝から飛び下りた。

「咲子！」

「失礼します！」

遠田の呼びかけに振り返ることなく、いつもの冷静な秘書とは思えない慌ただしさで走り出す。そのまま驚く奈々子の横をすり抜けて、社長室を飛び出していった。

咄嗟に遠田も咲子を追いかけようと立ち上がった。

「奈々子！　邪魔しないでくれ！」

しかし、そんな遠田の前に妹が立ちはだかる。

「ちょっと落ち着いたら？」

「これが落ち着いてられるか！」

思わず大きな声を出すが、奈々子は先ほどと違って少しも動じた様子がない。焦る兄を前に、肩を竦めてため息をつく。

「咲子さんがあんな状況で飛び出して行って、兄さんがそんな形相で追いかけて行ったら、ホテル中の噂になるわよ。もうちょっと落ち着いてから探しに行ったら？　その方が咲子さんも落ち着けるでしょ。今は、私にあんな場面を見られて気まずいでしょうし」

そう言った奈々子が遠田の体を押して、ソファに座るように促す。

咲子の性格を考えれば、奈々子の言い分にも頷けて、遠田は渋々ソファに座り直した。けれど、心は咲子のことでいっぱいになっている。

そんな兄に構うことなく、奈々子は先ほどまで座っていたソファの辺りを覗き込んだ。そして、ソファの背と座面の隙間からスマートフォンを見つけ出す。

「あ、やっぱりあった。鞄の金具が緩んでて、ちょっとしたことですぐ蓋が開いちゃうのよね」

妹のマイペースさに、遠田の焦燥が募る。妹の助言など聞かずに追いかけるべきだったと、遠田は立ち上がろうとした。

「それで？　咲子さんと付き合ってるの？」

ソファに座り直した妹から問われ、遠田の眉が上がる。答えようがなくて、遠田は黙り込む。

「兄さん？」

「子どもたちはどうした？」

あからさまに話題を逸らされて、奈々子がムッとした表情を浮かべる。

「陽君が迎えに来てくれて、私が戻るまで見てくれてるから大丈夫。ついでに、見合い話をもう一度考えて欲しいって伝言を預かってきたんだけど……見合いを断ったのって、咲子さんのため？」

その問いに、遠田はため息をつく。だが答えを聞くまで、奈々子は納得しないだろう。

「そうだ」

「で？　付き合ってるの？」

重ねての問いに、遠田は渋々答える。

「いや……まだ……」

――答えはもらってない。

「え？　付き合ってないのにあんなことしてるの⁉　嘘でしょう？」

妹がびっくりした顔でソファから身を乗り出した。

「ちょっと兄さん⁉　咲子さんを遊びで弄ぶとかやめてよ？　あの人はそんなことしていい人じゃないでしょ！　わかってるの？」

「そんなことはわかっている！　遊びで付き合うつもりもない！　今まさに口説こうとしていたところに、お前が戻って来たんだ！」

まるで自分が咲子と遊びで付き合っているような妹の言い様に、腹が立って言い返す。だが、実際は妹が思っているよりも、もっと状況は悪かったりする。何しろ、彼女の夢と引き換えに、子どもを産んでもらおうとしていたのだ。

いくら夢のためとはいえ、咲子がよくこの取引を引き受けてくれたと思う。今になって、二人の関係が崩れなかったことを奇跡と思った。

言い返されて、きょとんとしていた奈々子は、納得したように頷いてソファに背を戻した。

「あ、そういうこと……ふーん。本気なんだ？」

「ああ」

「じゃあいいわ。陽君には、兄さんの見合い話は諦めるように言っておく」

何故かあっさりと引き下がった妹が、荷物を確認して立ち上がる。いつもの奈々子であれば、もっと根ほり葉ほり質問攻めにしてきそうなものなのに、と遠田は拍子抜けした。

「反対しないのか？」

「何で？　咲子さんなら反対する理由ないじゃない。今まで兄さんが付き合ってきた誰よりも安心できるわ。むしろ咲子さんなら応援するわよ」

肩を竦めてそう言われる。

「でも、咲子さんは手ごわそうね？　あの手の人を兄さんが落とすのは、苦労しそう」

にやりと笑った奈々子の言葉に、遠田は顔を顰める。

「ま、頑張って！　これでも私、兄さんには幸せになってほしいと思ってるのよ？　じゃあ、陽君と子どもたちが待っているから、もう行くわね」

「ああ。有川君によろしく言ってくれ」

「わかった」

奈々子が社長室を出るのを見送るために、遠田も立ち上がる。このあとすぐに咲子を探しに行くつもりだった。

「あ、そうだ……あの問題があったんだった……」

秘書室のドアの前まで来たところで、奈々子が何かを思い出したように顔を顰めて立ち止まった。

「兄さん」

「何だ？」

妹の呟きに不穏なものを感じて、遠田も立ち止まる。

「今回、兄さんに縁談を持ってきたのはね……兄さんに幸せになってほしいっていうのもあったんだけど、愛理さんが帰国するって聞いたからなの。しかも一人で」

久しぶりに聞いた元妻の名に、遠田の眉間に深い皺が刻まれた。

険しくなった兄の顔に、奈々子も表情を曇らせる。

「今も兄さんが一人でいるって聞いたら、あの人が何をするかわからないと思って。だから、私も陽君も、早急に兄さんの縁談を纏めようと思ったの。……咲子さんを掴まえるつもりなら、早い方がいいわよ。気を付けてね？」

「わかった。忠告感謝するよ」

いまだ、遠田の人生に影を落とす元妻の名に、遠田の心はひどく波立った。けれど、これ以上妹に心配させるのが嫌で、遠田は平静を装った。

「じゃあ、咲子さんには謝っておいてね？」

そう言って、奈々子は今度こそ帰っていった。

☆

社長室を飛び出した咲子は、廊下を足早に歩きオフィス棟を出た。

自分でもどこに向かっているのかわからないまま、とりあえず一人になれる場所を探して、ホテル棟を彷徨い歩く。気付けばホテルのランドリー室にいた。

見渡す限り、ランドリー室には今は誰もいない。懐かしい場所に咲子の気持ちが緩んだ。

業務用の洗濯機が回る音を聞きながら、壁を背にずるずるとその場に座り込む。

体育座りで膝に額を押し付ける。顔といわず全身が熱い。

――待って！　待って！　今、何が起こったの⁉

咲子の頭の中は完全にパニック状態だった。

遠田が見合いを断ったという話を聞いていたはずだ。その流れで、彼が再婚しないつもりでいることも聞いた。それを聞いた咲子は、牽制だと思った。

一瞬でも、子どもと離れられるか不安になった自分に対しての。でも違った。

――また何か思い詰めて、突拍子もないことを思いついたの？

可能性としてはそれが一番あり得そうだ。

本当に勘弁してほしい。これ以上、咲子の心をかき乱してくれるなと思った。

膝を抱える咲子から、ため息が零れて落ちる。

――あー、思わず逃げてきちゃったけど、これからどうしよう？

どんな顔で社長室に戻ればいいのかわからない。

社長が追いかけて来なくてよかった――いまだ思考回路が纏まらない頭でそんなこと

を考える。もし、あのタイミングで遠田が追いかけてきていたら、あわや廊下で修羅場になるところだった。それを思うと、今さらのように背筋がざわつく。

——社長も、それくらいの判断はまだできたってことよね……

もうちょっと落ち着いてから戻ろうと思った。

壁に背中を預けた咲子の耳に、足音が聞こえてきてそっと顔を上げた。直後、ランドリー室に入って来た人間と咲子の目が合う。壁際に座り込む咲子に気付いた相手が、ぎょっとした顔で飛び上がった。

「うわ!!　牧原か！　こんなところで何してんだよ？」

見知った相手に、咲子は力なく笑う。

「あー、梅本君。久しぶり」

同期入社で今は客室係のチーフを務めている梅本だった。咲子は軽く手を上げて、挨拶する。まだ立ち上がる気力はなかった。

そんな咲子を見下ろして、不審そうな表情を浮かべた梅本は、何かを察したのか肩を竦めた。

無言で手にしていた洗濯物を所定の位置に置いて、咲子に向き合う。

「牧原、今時間あるのか？　その様子だとあるな。ちょっと待ってろ」

「え？　梅本君？　ちょっと！」

咲子が返事をするより早く、梅本がランドリー室を出て行った。呆気に取られてその背中を見送ってしまう。

「お待たせ」

咲子が立ち上がるよりも早く、梅本は缶珈琲（コーヒー）を二本持って戻って来た。

「ほら、やる」

そう言って、甘いカフェオレの缶を咲子に差し出してくる。ランドリー室のすぐ横にある職員の休憩室の自動販売機で買ってきてくれたのだろう。

「ありがとう」

同期の気遣いに、咲子は遠慮なくそれを受け取った。梅本は、咲子の横の壁に背を預けて立つ。二人とも缶のプルトップを開けて、珈琲（コーヒー）に口を付けた。甘すぎる珈琲（コーヒー）が、パニックになっていた咲子の心を落ち着かせる。

束の間、洗濯機が回る音だけが、ランドリー室に響いていた。

不意にくすりと笑い声を立てた梅本に、咲子は座ったまま彼を見上げる。

横目で咲子を見下ろした梅本がにやりと笑う。

「いや、こうしていると入社当時を思い出すなって思って。牧原って仕事で何か失敗すると、よくここで一人反省会してただろう？　ミス・パーフェクトって言われる今も変わんねーのかと思ったら、おかしくて」

梅本の言葉に、咲子も昔を思い出してふっと笑いが込み上げた。同時に肩の力が抜ける。新人の頃は色々と失敗をした。そのたびに、ここで一人反省会をしたものだ。そういうときは、大抵仲のいい同期たちが、咲子を迎えに来てくれた。

懐かしく愛おしい思い出に、咲子は自然と表情を綻ばせる。

「他に行く場所が、思いつかなかったのよ」

「何？　社長の懐刀と言われるミス・パーフェクトが失敗か？」

咲子の表情が柔らかくなったことに気付いた梅本が、にやりと笑って揶揄ってくる。

「そ、そんなじゃないけど……」

——言えない。社長と抱き合っていたところを、奈々子様に見られたなんて……

思い出した現実に、咲子は顔を赤く染めて俯く。いつにない咲子の様子に、梅本が目を瞠った。

「ま、何があったか知らないけど……」

何故か梅本が、不自然に言葉を途切れさせた。

「梅本君？」

不思議に思った咲子が見上げると、梅本はランドリー室の外を見て固まっている。不審に思って、咲子は壁から体を起こして外を見た。

「あ……」

いつからそこにいたのか、遠田がランドリー室の入り口で仁王立ちしている。

「社長」

眉間に皺を寄せた男が、咲子の呼びかけに片眉だけ器用に上げてみせた。咲子の位置からだと眼鏡が電灯に反射して、その表情がよくわからない。

けれど、ひどく苛立っていることだけは、よくわかった。

「牧原君」

呼びかけられて、咲子は立ち上がる。

「話の途中だ。社長室に戻ってもらえるかな？」

「はい……」

頷いた咲子は、ため息をついて遠田の元に戻る決意をする。

「君は……？」

遠田の鋭すぎる眼差しが梅本に向けられて、彼は気をつけの姿勢で名乗る。

「客室係のチーフをしている梅本正明です！」

「ああ、そうだったな。それで？　チーフの君はここで何をしているんだ？」

「すみません！　洗濯物を出しにきて、牧原と少し話をしてました」

不機嫌な遠田の姿に気圧されたように、梅本の声が小さくなっていく。サボりを見とがめられた学生のようだ。

咲子がフォローしようと口を開きかけた。

「仕事に戻ります！　失礼しました！」

だが、それより早く九十度に頭を下げて、逃げるように梅本がランドリー室を出ていった。

「あ！　梅本君！」

咄嗟に呼び止めた咲子に、梅本は「今度連絡する！」と言って去っていく。

咲子は、その姿をただ見送ることしかできなかった。

不機嫌な遠田と二人きりでランドリー室に残され、気まずい沈黙が落ちる。

何か言わなければいけない気がして、咲子は会話の糸口を探った。

「よく、ここがわかりましたね？」

「……彼と仲がいいのか？」

二人同時に口を開いて、再び沈黙が落ちた。遠田が大きくため息を吐いて、咲子はびくりと肩を竦める。

「怯えさせるつもりはなかった。すまない」

そう言って、幾分柔らかくなった遠田の雰囲気に、咲子も緊張を解く。

「昔、仕事で落ち込んだときは、ここで反省会をしていたと聞いたことがあったから、探しに来た」

――そんな話、したことあったっけ？

咲子自身が忘れていた他愛もない話を、遠田が覚えていたことに驚く。同時に、ここのことを話すほど、自分が遠田に気を許していた事実に、心の奥がくすぐったさを覚えた。

「それで……さっきの彼とは……親しいのか？」

ひどく言いにくそうに遠田がもう一度、梅本のことを聞いてくる。その少し不機嫌で、困ったような様子に、咲子はようやく遠田が何を気にしているのか察した。

「彼は同期なんです。昔、ここで落ち込んでたとき、珈琲（コーヒー）を奢（おご）ってもらった仲です。ちなみに梅本君は、同期の一人と結婚して、今年二歳になる子のパパです」

「え？　あ、そうなのか……」

咲子の説明に、あからさまにホッとした様子を見せる遠田に、思わずくすりと笑みが漏れた。笑えた自分に緊張がほどけた。

「随分と親しそうに見えたから。君のあんなリラックスした顔を見たことがないと思ったんだ」

――あなたのそんな顔も、私は見たことありませんでしたが？

頬を染め口元を手で覆（おお）った男は、気まずいのか視線をうろつかせている。そんな上司のいつにない姿が、咲子の心を甘く揺らして戸惑う。

「私たちの代は、かなり仲がいいんです。今も時間が合えば、同期で飲み会をしたりバーベキューをしたりしています」

「そうなのか？　君も参加するのか？」

何かを探るように問いかけてくる遠田に、咲子は首を傾げながらも頷く。

「予定が合えば行きますよ？　最近は忙しくて顔を出す機会も減りましたが……」

「そうか。他にも仲のいい友人たちはいるのか？」

遠田が何を聞きたいのかわからずに、咲子は困惑する。

――また何か変なことを考えてる？

遠田が思い詰めるとろくなことがないと、咲子は実感している。

「社長？」

「いや、すまん。梅本君みたいに仲のいい独身の男友達が他にいるのか気になってしまって……」

咲子の不審な眼差しに気付いたのか、顔を背けた遠田がそんなことを言うものだから、全身がカッと熱くなる。

――いや、待て、待て！　さっきから本当に何が起こってるの？　何だこの付き合いたてのカップルみたいな会話は!!

顔を赤らめ俯いた咲子は、動揺する。

――これじゃあまるで、さっきの告白が本気みたいじゃない……

きっと遠田は、また突拍子もないことを考えているだけで、本気にするだけ馬鹿を見る。そう思うのに、何故か心がずっと震えていた。

「詮索するようなことを言ってすまない」

「いえ……大丈夫です」

何が大丈夫なのか自分でもよくわからないが、咲子はそう答えていた。

そのとき、廊下から社員の話し声が聞こえてきて、二人ともハッとする。遠田がちらりと廊下を見て、大きく息を吐いた。

「社長室に戻らないか？」

促されて、咲子は頷く。こんなところで社長と秘書が互いに顔を赤らめたまま向かい合っていたなんて、どんな噂をばらまかれることになるかわからない。

二人はランドリー室を出た。

「あ！　社長……！」

廊下にいた社員たちが遠田の姿に驚いた声を上げて、立ち止まった。

「ご苦労様」

遠田は堂々と社員たちに声をかけると、その横を通り過ぎた。咲子は彼らに軽く会釈をすると遠田のあとに続く。

地下にあったランドリー室から社員の通用口を抜けて、ホテル棟の正面に出た。オフィス棟に向かう途中で、遠田がふと足を止める。中庭に出るテラスを見つめて、咲子を振り返った。

「天気がいいし、少し外を歩かないか？」

誘われて、咲子は一瞬迷った。視線が中庭に向けられる。昼の柔らかな日差しに、整えられた緑がみずみずしく輝いて見えた。

今、二人きりで社長室に戻って、この何とも言えない空気のまま話をするよりも、外の方が気分も変わる気がした。

「いいですね」

「では、外へ」

遠田がゆっくりとした足取りでテラスから中庭に出た。その二、三歩後ろを咲子はついて歩く。

いつもと何ら変わらない行動のはずなのに、今日はどうしてか落ち着かない。

外に出た途端に昼の日差しが咲子の目を射て、思わず瞳を細める。

その瞳に遠田の大きな背中が映った。あの大きな体に抱き潰されてから、まだ三日も経ってない。だというのに、状況はより複雑で、予想外の方向に転がっていっている。

この先、何が飛び出してくるのかもわからない。

——社長ってびっくり箱みたい……

そんなことを思う。ここ数日だけで、今まで知らなかった遠田の顔をいくつ見ただろう？

そのたびに、咲子の心はアップダウンを繰り返している。

「咲子？」

いつの間にか足が止まっていたのか、遠田がこちらを振り返って不思議そうな顔をする。

「すみません！　今、行きます！」

ハッと我に返って咲子は歩き出す。

「別にそんなに急がなくてもいい。ちょっとした気分転換だ」

そう言って、遠田が優しく目元を緩めた。そんな柔らかな表情を浮かべられると、咲子の鼓動が速くなってしまう。

――心臓に悪い。

咲子が追い付くのを待って、今度は並んで歩き出す。

平日の午後ということもあってか、ホテルの中庭に出ている人間はあまりいなかった。

その中を遠田と二人で散策するのは、何だか不思議な気がした。

「さっき社長室で言ったことは本気だ」

不意に、囁（ささや）くように言われて、咲子は驚いて遠田を見上げた。

真摯な眼差しが自分に向けられていることに気付いて、遠田の本気を悟る。

「随分、急な方向転換ですね……」

「自分でもそう思う。だが、子どもだけじゃなく、私は咲子が欲しいと気付いたんだ」

あまりにストレートすぎる遠田の言葉が、咲子の心を甘く揺らす。同時にひどく戸惑った。

「正直……社長をそういった目で見たことはありませんでした……」

咲子の言葉に遠田が苦笑する。手が伸ばされて、手を握られた。持ち上げられて、不意に手の甲に口づけられる。あまりに気障な仕草に絶句する。なのに、遠田の行動は妙に堂に入っていて咲子の顔が一気に赤く染まった。

普通なら、こんなことをされたら笑ってしまう。けれど、遠田がすると何もかもが完璧な紳士の仕草に思えた。

「では、この先私を、そういった対象として見てもらえる可能性はあるだろうか？」

——う、わ！

強烈な色気にあてられて、膝から力が抜けそうになった。

「咲子⁉」

咄嗟に後ろに下がって逃げようとしたが、足がもつれて転びそうになる。驚いた遠田が咲子の手を引き寄せて体を支えてくれた。

「あり、がとう……ござい……ます」

遠田の胸に飛び込む形になった咲子は、どぎまぎしたまま礼を言う。近すぎる距離に気付いて、慌てて遠田から距離を取った。

「大丈夫か？」

「はい」

改めて向かい合って立つ。周りに人がいなくてよかったと、心の底から思った。

「それで？　答えをもらえるだろうか？」

「こ、答え？」

「私は咲子にとって、恋愛対象になれるのだろうか？」

答えを求める男の声は、蜜のようにとろりとした甘さを孕んでいた。その声だけでもやばいと思うのに、咲子を見つめる眼差しはもっと甘い。

――ちょ、ま、待って！　待って！　頭の中が沸騰しそう！

色々と急展開すぎて、心も頭もついていかない。口をぱくぱくと開閉して、硬直する咲子を見下ろして、遠田が笑みを深くした。

「答えは急がないことにするよ」

一転して急にそんなことを言い出すから、咲子は驚く。見上げた遠田の瞳には悪戯っぽい光が瞬いていた。

「社長？」

遠田の指が伸びてきて咲子の顎にかかり、親指がそっと唇を辿る。

その艶めかしい感触に、背筋が淡い疼きを覚えた。

それは初めてキスしたときの感触を思い出させて、咲子は遠田から目を離せなくなる。

遠田がにやりと艶冶な笑みを浮かべた。

「少なくとも咲子のその反応は、私には悪いものに思えない。十分私にも可能性があると思うことにするよ。今はそれで満足しておこう」

軽く唇を押して、遠田の指が離れていった。残された感触に、まるでキスをされたかのような錯覚に襲われて、咲子の体の内側が熱を持つ。

「さて、そろそろ仕事に戻ろうか。これ以上、仕事中にプライベートを持ち込んで、咲子に嫌われたくないからね」

茶目っ気のある笑みを浮かべた男にそんなことを言われて、咲子は呆気に取られる。

一瞬、今までのことは、自分が見た白昼夢だったのかと思ってしまう。

ぽかんとする咲子を見下ろし、遠田は楽しそうに声を立てて笑い出した。

「冷静沈着な秘書じゃない咲子の表情は可愛いね」

唐突にそんなことを言い出すから、咲子はますます混乱する。

——揶揄われた？

遠田の言動に、あたふたと狼狽える咲子の反応を、面白がっているのだと思うと腹が立つ。

けれど、「もっといろんな咲子の顔を見たい」なんて言われたら、怒りの矛先をどこに向ければいいのかわからなくなる。

「今は咲子の気持ちを考えて保留にするが、答えはいずれちゃんともらうよ」

まるで愛おしい者を見るような眼差しで微笑んで、遠田がそう宣言する。

——ここにきて、そんな顔で笑うなんてずるい……

多分、彼は確信犯だ。

思わせぶりな声や態度、眼差しを自在に使い分けて、咲子の心を翻弄している。

これは流されたら、大変なことになる。

そう思ったが、おそらく、咲子に逃げ道はない。

「本当に仕事に戻ろうか。いつまでもこんなところにいては、色々と噂になりかねない」

遠田の提案に咲子は頷けなかった。

「すみません。先に戻っていただけますか？　私はもう少し、外の空気を吸ってから帰ります」

とてもじゃないが、今の状況で遠田と社長室に戻る勇気はなかった。

それを察したのか、遠田は穏やかに微笑んだ。

「わかった。なるべく早く戻ってきてくれ。待っている」

そう言って、遠田は中庭から出て行った。その姿を秘書として見送ったまでが、限界だった。

遠田の姿が視界から消えた途端、咲子はその場にしゃがみ込んだ。

――社長のことがわからなくなりそう。

あんな顔をして咲子を乞う男なんて知らない。

咲子が知っている遠田は、仕事が好きで、家族思いで、思い詰めると突拍子もないことを言い出す上司だ。男としての遠田なんて知らなかった。

でも、あの顔は一緒に過ごした週末に、嫌というほど見た。思い出してしまえば、心ばかりではなく、体も熱を上げる。

遠田が灯した体の奥の熱を持て余し、咲子は大きく息を吐いた。

――社長のこと、そんな目で見てなかったはずなのに……

今まで遠田との恋愛なんて考えたこともなかった。けれど、彼を異性として意識してなかったかと言えば、それはまた違う。

恋愛対象として遠田に可能性があるかなんて、聞くまでもないだろうと咲子は思う。

――そうじゃなかったら、あんなお願い、多分してない……

いくら取引のためとはいえ、遠田に初めての相手をしてくれなんて頼まなかった。

その時点で、咲子の答えはもう出ている。

——社長とこの先も一緒にいる？　あれって子どもの母親としてだけじゃなく、結婚も含めた意味で、私が欲しいってことよね？

結婚して、遠田の子どもを産む。

思わず想像して、咲子の唇から乾いた笑いが漏れた。

「あはは……あり得ないんですけどー」

そう思うのに、さっきから心はずっと高揚している。

躊躇（ためら）いも戸惑いもある。なのに、遠田に絡めとられる未来を想像して、嫌悪感を抱かない時点で、おそらく咲子の負けだ。

近い将来、自分はきっと遠田の腕の中に陥落する——そう思った。

第4章　取引の行方

——誰かこの状況の説明を求む。

咲子はデスクの前に立つ遠田をちらりと見上げて、そんなことを考えた。

目が合って、眼鏡越しに遠田が柔らかに目元を緩めた。

——いや、笑って欲しいわけじゃないんですけど？

「社長？　先ほどからどうされたんですか？　何か御用がおありですか？」

「私のことは気にしないで仕事を進めてくれ」

——いや、無理でしょ。

咲子は今、秘書室の自分のデスクで今日最後の書類を纏めていた。その書類を作り始めてからというもの、何故か遠田が咲子のデスクの前に立っている。

そんなに急ぎの書類だったかと内心で首を傾げた咲子は内容を確認するが、別に遠田がここで待つほど緊急度が高いものとも思えない。

何よりも遠田の表情はにこにことしており、仕事を待っている顔ではなかった。

資料と格闘しながら、咲子は居心地の悪さを覚えていた。

もう一度、ちらりと遠田を見る。やはり彼は、にこにこと微笑んでいた。

——何だろう？　こんな顔をどこかで見たことあるかも？

束の間考えて、咲子は友人が飼っている犬を思い出した。おもちゃを持って走り寄って来て、遊んでもらうのを待っているときの顔にそっくりだった。

——耳と尻尾があったら完璧ね……

遠田の背後にないはずの尻尾が見える気がして、咲子はくすりと小さく笑った。

不意に笑みを見せた咲子に遠田が首を傾げる。その顔が本当に友人の犬にそっくりに見えてきて、咲子は噴き出しそうになるのを必死に堪えつつ、書類を完成させる。

「お待たせしました。完成です」

これでやっとこのおかしな状況から解放されると、咲子はホッとして遠田に報告する。

「終わったんだな?」

遠田が咲子のデスクに手をついて、身を乗り出しながら確認してくる。

――そんなに急ぎの仕事だったかしら?

プリンターから吐き出される書類に視線を向けながら、咲子は首を傾げる。

まだ企画段階のものだが来期、ホテル内のレストランを新しく増やす計画があり、その新店舗を任せるシェフの候補者リストを纏めたものだ。

重要と言えば重要だが、ここまで遠田が待ちわびるほどのものとは思えなかった。

「仕事は終わったんだな?　このあとの予定はもうないな?」

念を押すように確認してくる遠田に、咲子は頷く。

「ありません」

「じゃあ、今日の夜の咲子の予定は?」

――私の予定?　何で?

遠田が何を考えているのかわからずに、咲子は戸惑う。

「特にありませんけど……」

「では夕飯を一緒に！」

にこりと満面の笑みを浮かべた遠田が、デスクを回り込んで咲子の手を掴んで椅子から立ち上がらせた。思わぬ遠田の誘いに咲子は面食らう。

「君が公私の区別がつかないのは嫌いだと言うからね。仕事が終わるのを待っていたんだ！　これからはプライベートの時間だから、咲子を食事に誘っても問題ないはずだろう？」

――なるほど。あの遊んでくれるのを待つ犬みたいな顔は、そういうことか。

不可解すぎる遠田の行動に納得するが、「さあ、食事に行こう！」と勝手に話を進める遠田に、咲子は我に返る。

「ちょっと待ってください！」

咲子の手を引いて歩き出そうとする遠田に、ストップをかける。

「何か予定でもあった？」

呼び止める咲子に遠田が不思議そうに首を傾げる。

「予定はありませんけど！」

「じゃあ、問題ないよな」

――いや、そうだけど！　そうじゃなくて！

気持ちがついていかない。恋愛対象になるかと問われたのは、今日の昼間のことなのだ。

「戸締りをしたいのと、鞄を取らせてください！」

「ああ。そういうことか。気付かなくてすまない」

ようやく遠田の動きが止まった。手を離されてホッとする。掴まれた手が熱を持っている気がして落ち着かない。

咲子は遠田に気付かれないようにそっと息を吐き出す。

仕事の打ち合わせや忙しい仕事の合間に、一緒に食事を取ることはあったが、これは明らかにそれとは違うだろう。

帰る支度をしながらちらりと遠田を見れば、彼はとても上機嫌で咲子を待っている。

そっと遠田から視線を外した咲子の頬が熱くなる。

——これってデートってことだよね？　何か変な夢でも見ている気分。

余程、これから仕事の打ち合わせで会食をしようと言われる方が納得できてしまう。

そんな自分の女子力のなさに、がっくりとため息をつきたくなる。

「どちらに行かれるつもりですか？」

黙っていると変なことばかり考えそうで、咲子は遠田に話しかける。

下手をすると、このホテルのレストランで、従業員が見ている前で口説かれかねない。

さすがにそれは勘弁してほしかった。

「遠州だ。あそこなら個室だし、咲子とも何度か食事に行っているから、誰も怪しんだりしないだろう」

案外まともな返答をされて、咲子はホッと胸を撫で下ろす。遠州は遠田お気に入りの料亭だ。ご飯も美味しいが、遠田の言う通り、誰かに見られる心配が少ない。もし、見られたとしても仕事だと誤魔化せる。

「極力、咲子の嫌がることはしないつもりだよ。君に嫌われたくないからね」

咲子が何を心配しているのか察して、遠田が苦笑する。強引なようで、咲子が何に困って嫌がるのかを、ちゃんと見極めているあたりはさすがだと思う。

「女将に、咲子が好きな季節の冷製茶わん蒸しを頼んであるよ」

――それは断りたくない……

咲子にとっては究極の誘い文句を使われて、心が白旗を振る。

誰にも言ったことはないのに、咲子の好物をしっかり見抜いていたらしい。

「さて、用意ができたなら行こうか」

帰り支度を終えた咲子を遠田が促す。その後ろについていきながら、咲子は一応の反論を試みる。

「……冷製茶わん蒸しにつられたわけじゃないですよ？」

その途端に、遠田が声を立てて笑い出す。

「もちろん。わかっているよ」

こちらを振り返った男のひどく楽しそうな顔に、咲子の心が音を立てた。

「咲子は、本当に美味しそうにご飯を食べるね」

遠州の絶品料理を堪能していた咲子は、向かいに座る男に視線を向ける。

冷酒の杯を片手にこちらを見つめる遠田の眼差しはひどく柔らかかった。

愛しい者を見るような遠田の表情に、咲子は座りの悪さを覚える。

——お、落ち着かない。

自分に、こんな眼差しを向けられる日がくるなんて想像したこともなかった。

——この人は、自分が今どんな表情を浮かべているかわかっているのだろうか？

きっとわかってない。

スーツの上着を脱ぎ、ネクタイを緩めた遠田はくつろいだ様子で酒を楽しんでいる。

遠田と食事をすることは別に珍しくないのに、咲子は何だか緊張していた。

世界的に有名な料理ガイドで星を獲得した料亭なのに、料理の味がわからなくなりそうだ。

遠田と二人でいることを、今さらのように意識している。

「よく食べるから、見ていて気持ちいい」

「それって褒めてます？」

言外に食いしん坊と言われている気がして、箸が止まりそうになる。

「褒め言葉だよ。咲子と食事をするのは楽しいと実感したんだ。君は何を食べさせても美味しそうに食べてくれるからね。食べさせがいがある」

何の衒いもなくにこにこと笑顔でそんなことを言われると、毒気を抜かれる。

「食べることは好きですから……」

「いいことだと思うよ。食事を楽しむことは、人生を楽しむことだと、私は思っているからね」

遠田の笑みが眩しくて、咲子は俯いて料理に視線を戻す。鯛の蕪蒸しを箸で崩して口に運ぶ。

口の中に広がる蕪の甘みと出汁の染みた鯛の味に、緊張も忘れて頬が緩む。

――んん。美味しい！

食いしん坊と言われても仕方ない表情を浮かべる咲子を、遠田が瞳を細めて眺める。

その柔らかで満ち足りた表情に、料理に夢中になっていた咲子は気付かなかった。

「いつも思っていたが、咲子は箸遣いがとても綺麗だね。テーブルマナーも完璧だし、ご両親の教えなのか？」

感嘆するような遠田の言葉に、咲子は箸を止める。

「……父が、ホテルには色々な国の人間が来る。その国の宗教や食事、文化を知り、尊重することが最高のもてなしだといつも言っていたんです。特に食事は生活に根差したものだから、絶対におろそかにしてはいけないって、かなり厳しく躾けられました。マナーを守ることで、互いに楽しく世界を広げていけるって」

久しぶりに父の教えを思い出した。両親が亡くなって、もう十四年が経とうとしている。哀しみは随分和らいで、残っているのは優しい思い出ばかり。

だけど、こんなときは、やはりどうしようもない喪失感が襲ってくる。

「そうか。それは私も見習いたい素敵な教えだな」

穏やかな遠田の言葉に、鼻の奥がつんと痛んだ。咲子の中に息づく両親の教えを、優しく肯定されて、頑なな心が解けていきそうになる。

「自慢の父と母でした」

「だろうね。きっとホテルマンとしても料理人としても、素敵な人たちだったのだろうね。会ってみたかったな」

遠田が本気で咲子の両親の死を悼んでくれていることが伝わってきて、胸がいっぱいになる。

「ありがとうございます」

咲子はわずかに視線を下げて、礼を言う。それが限界だった。余計なことを言えば、泣き出してしまいそうな予感がする。

「辛いことを思い出させたか?」

気遣う遠田に、咲子は首を横に振る。

「いいえ。久しぶりに両親のことを思い出せてよかったと思います。今は亡くなったことに対する痛みよりも、忘れていくことの方が怖いです」

「そうか。でも、咲子の中にはちゃんとご両親が生きている。食事のマナーがいい例だ」

「そうですね」

熱くなる目の奥に力を込めて、咲子は微笑んでみせた。

「君のご両親に」

遠田はそう言うと盃を掲げ、咲子も合わせて盃を手にする。二人は無言で酒を呷って、両親の死を悼んだ。

酒と料理を楽しみながら、時々仕事の話をする。いつものありふれた二人の日常。その中にほんの微かに混じる色がある。二人ともそれに気付いているのに、あえて触れずに時間を過ごした。

食事が終わって、遠田にタクシーで自宅まで送られる。タクシーの後部座席に並んで座る二人の間に、会話はない。

――もう少しだけ……社長と一緒にいたい。

離れがたい思いが胸を満たすが、言葉にできずに咲子は沈黙する。

どちらが先に口火を切るのか――互いにタイミングを計っているような緊張感が漂っていた。

その空気に耐え切れずに、咲子は窓の外に視線を向けた。

食事の礼に遠田を自宅に誘おうかと思ったが、お茶だけで済むわけもない。

迷う気持ちがため息となって吐き出された。たいして飲んでもいないのに、吐息は熱を孕んでいる。視線を自分の膝に落とした咲子の視界に、横から伸ばされてきた遠田の手が映った。

彼が咲子の手を握る。一本一本指を絡めるように繋がれて、咲子の肌が熱を持つ。

そこに、遠田の明確な意志を感じた。

「行き先を変更してもいいか？」

だから、問われて咲子は、こくりと無言で頷いた。

タクシーの行き先が遠田の自宅へ変更された。彼のマンションへ向かう間、絡められた指先が解かれることはなかった。遠田が咲子の指を離したのはタクシーの支払いをするときだけだった。

招き入れられた遠田の寝室で、咲子は立ち尽くす。

「緊張してる？」

遠田が咲子の顎を掴んで、問いかけてくる。咲子は瞼を伏せて、「少しだけ」と、答えた。

本当は心臓が爆発しそうなくらいに、緊張している。

離れがたい思いのまま、ついてきてしまったが、遠田との距離を測りかねている。

そんな咲子を見下ろして、遠田がくすりと小さく笑った。

「咲子の嫌がることはしないよ」

甘さを孕んだ声音で、遠田が囁きを落とした。

——あ、くる。

そう予感した通りに、遠田が咲子を抱き寄せて、唇を重ねてきた。

唇をついばまれ、口を開くように促される。咲子は大人しく遠田の舌を自分の口内に受け入れた。

「……ふっ……」

舌先を強く吸われて、咲子の唇から甘い吐息が零れ落ちる。

背に回された遠田の手が、服の上から咲子の背骨の形を辿るようにゆっくりと撫で下ろした。

たったそれだけのことに、体から力が抜けそうになる。腰を支える遠田の手が、さらにぐっと咲子を引き寄せる。

二人の体がより密着して、咲子の下腹部に硬いものが押し付けられた。

それが遠田の昂りだと気付いて、咲子は羞恥に瞼を強く閉じる。

「ふっ……ん……！」

一瞬、息を呑んだ咲子の腰をさすり、遠田の口づけが深くなる。ぴたりと吸い付くように唇が重ねられ、舌で弄(もてあそ)ばれる。

口の粘膜を探る男の舌遣いが、淫靡(いんび)に咲子の性感を煽(あお)る。交わる唾液が呑み込みきれずに口角を伝い落ちた。

遠田の情熱的な口づけは、咲子に戸惑いを与えると同時に、この先に待ち受ける行為を期待させる。

口づけの甘さに、わずかに残っていた体の緊張が解けて消えた。

「咲子」

唇が離れて遠田が咲子の名前を呼ぶ。その声音に含まれる甘さが、咲子の心を揺らす。

完全に力の抜けた咲子の体を、遠田がまるで宝物のように抱きしめた。優しい手つきで髪を梳(す)かれる。

遠田の手の優しさに、咲子はほっと小さく息を吐いた。耳を押し付けた胸から、遠田の鼓動の速さを感じて、煽(あお)られているのは自分だけではないと知る。

「シャワーを浴びておいで」

抱擁(ほうよう)が解かれて、優しく促(うなが)された。そっと背を押されて、咲子は浴室に向かう。

洗面所を兼ねた脱衣所に入り、鏡に映された自分の顔に気付いて、咲子は赤面する。

「うわー」

小さな悲鳴を上げてしまう。鏡に映る自分は、見たこともないほどに、蕩（とろ）けた女の顔をしていた。

こんな顔を遠田の前に晒（さら）していたのかと思うと、羞恥（しゅうち）に座り込みたくなる。しかし、そんなことをしている暇はなかった。遠田を待たせているので、あまりぐずぐずもしていられない。

何より咲子の体が遠田を求めている。

咲子は洗面台に手をついて、一度大きく深呼吸をしてから、震える指で服を脱いだ。

遠田の口づけに、体は素直に反応していた。肌が内側から火照（ほて）り、胸の頂（いただき）が立ち上がっている。下着を脱いだとき、すでに腰の奥が潤（うる）んでいることに気付かされた。

広い浴室に入り、シャワーコックを捻（ひね）る。温（ぬる）めの湯を頭から浴びて、咲子は気持ちを落ち着けようとした。しかし、火照（ほて）った肌は、ぬるい水流にすら過敏に反応して、鳥肌を立てる。

――どうしよう。

肌の熱も気持ちの昂（たかぶ）りも、鎮（しず）まるどころか高まるばかりだ。

きっとこの熱を鎮（しず）められるのは、遠田だけ――

そう気付かされる。

シャワーを浴び終えて脱衣所に出た咲子は、バスタオルで体を拭いて髪を乾かした。そして、次の行動に迷って立ち尽くす。

――ど、どうしたらいいんだろう？

服を着た方がいいのか、バスタオルを体に巻いたまま遠田の元に戻ればいいのか。困って視線をうろつかせると、咲子の脱いだ服の横に、いつの間にか用意されていたバスローブが目に留まる。

――これを着ればいいのかな？

多分、遠田のものだろうそれを手にして、咲子はしばし逡巡する。

――悩んでても仕方ない。

思いきってそのバスローブを素肌に纏う。明らかにブカブカなバスローブの袖を折り畳んで、腰紐をしっかりと結ぶ。それでも大きくて、胸元がすぐにはだけそうになるのを手で押さえて、寝室に戻る。

遠田は、ベッドの端に腰かけて待っていた。上半身は裸で腰にタオルを巻いている。その髪がわずかに湿っていることに気付いた。

ここのゲストルームには、シャワーが完備されていたことを思い出す。遠田はそちらでシャワーを浴びたのだろう。

「やっぱり私のでは大きかったか」

バスローブを引きずる咲子を見て、遠田が苦笑する。

手を差し伸べられて、咲子はおずおずと遠田の元に歩み寄った。

胸元を押さえるのとは反対の手をそっと握られる。手を引かれて、二歩前に出ると、ベッドの端に腰かける遠田の腕の中に囲われた。

立ったまま遠田の端整な顔を見下ろす。いつもは見上げることが多いのに、立場が反転して不思議な感覚に囚われる。

「髪がまだ濡れてますよ」

「君が待ちきれなくてね。いい年をしてみっともないだろう?」

そんなことを真面目な顔で言う男に、咲子は呆れて笑ってしまう。

「風邪を引きますよ?」

遠田の頬に触れて、身を屈めた咲子が囁く。二人の吐息が触れるほど、顔の距離が近付く。

「私の体調が心配なら君が温めてくれ」

瞳に明らかな情欲を滲ませた遠田が、咲子のうなじに手をかけて引き寄せ、唇を重ねた。

——ずるい人。

こんな風に甘えられたら、咲子が抗えないと知っているのだ。

遠田は生まれながらの支配者だと、こんなときに実感する。人の心の動かし方をよくわかっている。まんまと彼の術中にはまっているとわかっていても、流されてしまう。

結局は咲子も、この男の魅力に心を囚われた人間の一人なのだ。

口の中を遠田の舌がかき回す。我が物顔で咲子の口の中を這う舌は、一つ一つ咲子の性感を掘り起こしていく。口の中にこんなにも色々な感覚があったのだと、遠田の口づけで教えられる。

遠田のキスは麻薬みたいだと咲子は思う。

甘くて、濃くて、咲子の心と体を蕩かせる。

もっとこのキスが欲しくなる。

「ん……んん」

咲子は、無意識に手を遠田の首に回す。唇がより深く合わさる角度を探して、首を傾げた。吸い付くように互いの唇がピタリと重なって、口づけがさらに激しくなる。

絡め合った互いの舌を吸い、口腔を探り合う。

遠田の手がバスローブの腰紐にかけられて、結び目が解かれた。

咲子には大きすぎたバスローブは、簡単に肩から滑り落ちる。かろうじて両ひじに袖が残ったが、咲子の肌が露わにされた。空気に晒された肌が、ざっと一気に鳥肌を立てる。

「あ、いや……」

自分の格好に気付いて、咲子は驚きに小さな悲鳴を上げた。

咄嗟に手で体を隠そうとしたが、それより早く遠田の手が阻んだ。バスローブの袖が抜かれて、床に落ちる。

全裸で遠田の前に立っている自分に、たまらない恥ずかしさを覚えた。

逃げようと身を捩るが、両手を遠田にがっしりと捕まれて、それも叶わない。

「離して……く……ださい……」

懇願は聞き届けられなかった。遠田は無言のまま咲子の体を眺める。

キスだけで昂った体に、遠田が余すところなく視線を走らせる。

快楽の予感に硬く立ち上がった胸の頂、滑らかな下腹部と下生え——すべてが遠田の前に晒されていた。

男の強すぎる眼差しに、全身が薄紅に染め上げられる。咲子は体を震わせて、瞼を強く閉じた。

あまりの恥ずかしさに頭がおかしくなりそうだ。

「綺麗だ……」

遠田の感嘆の言葉に、咲子は泣きたくなる。

——そんなはずない。

咲子は、遠田のかつての恋人たちを知っている。皆、性格はともかく、華やかで美しかった。中にはモデルや女優の卵など、その容姿を売りにしている者もいた。咲子なんて、彼女たちの足元にも及ばない。それを知っているだけに、泣きたくなる。

「咲子」

名前を呼ばれた。目を開けてという言外の命令に逆らえず咲子は恐々と目を開ける。

とろりと甘い蜜のような光を孕んだ瞳が、咲子を見上げていた。

自分だけを見つめるその眼差しに、咲子はくらりと眩暈を覚える。よろめく体を遠田が支え、ベッドの上に誘った。

ベッドの上に横になった途端に、温かく滑らかな男の体に包まれる。遠田の長い脚が絡みついてきて、密着した肌の熱さに全身が痺れる。漲る男の熱が、直に咲子の肌に擦りつけられた。

「まるで思春期の少年みたいに、君の体に興奮してるんだ。いい年をして、咲子の前では自制が効かない」

自嘲を込めたそんな囁きが、耳朶に落とされる。

耳朶の柔らかい肉を食まれて、くすぐったさに咲子は首を竦めた。

遠田の額が咲子の額に押し付けられる。

「できるだけ優しくしたいんだが、余裕がないからできなかったらごめん」

真顔で何てことを謝るんだと思った。同時に、初めて遠田と過ごした夜のことを思い出す。

この男の理性が簡単に蒸発することを、身をもって教えられた。

でも、嫌いにはなれなかった。

初めての体に、かなりひどいことをされたと思うのに、心は遠田を許していた。

目的が別にあったとしても、あのとき、我を忘れるほど必死に咲子を求めてくれた男の情熱が、咲子は嬉しかったのだ。

孤独に慣れ過ぎて、誰を求めることも、求められることもなかった心が、あのとき確かに歓喜していた。

今もそうだ。こんな風に咲子が欲しいと全身で訴えてくる男に、咲子の心は強く掴まれる。

情けなく眉尻を下げる男への愛おしさが募って、咲子はくすりと小さく笑う。そして、遠田の首に腕を回し、彼の顎に口づけた。

「咲子?」

「……優しくしてくれなくてもいいです」

今、このときに咲子を求めてくれる想いがあればそれでいい。

「俺をあまり甘やかすと、ろくなことにならないぞ?」

崩れた一人称で、そう言う男の眼差しがきつくなる。壮絶な色気を纏った男の唇が、咲子に重ねられた。奪われるキスの激しさに、咲子は強く瞼を閉じる。

舌が引き抜かれるかと思うくらいに強く吸われて、腰が跳ねた。

ほんの少し早まったかと思ったが、もう遅い。

遠田を甘やかしたいと思ってしまった時点で、咲子の負けだ。

「ぁ……ん……ん」

唇から離れた途端に、勝手に甘い声が零れて落ちた。

「可愛い声……もっと聞かせて……」

にやりと笑った男が咲子の濡れた唇を、親指で拭う。

遠田の唇が、指が、咲子の肌の上を辿り、早急に体を蕩かせにかかる。

首筋から鎖骨にかけて舌が肌を辿り、心臓へと近付いていく。乳房の真ん中に吸い付かれて、赤い花が咲いた。

立ち上がり尖りきっていた胸の先を口に含まれる。ちゅくっと音を立てて吸われて、肩が跳ねた。

「ん……う……ん」

先日の一夜で、咲子の弱いところを把握した遠田は、的確に愛撫を施し、甘い声を引き出そうとする。

胸の頂を唇に挟まれ、くいっと引っ張られて、甘い衝撃に背が浮いた。舌先でちろちろと舐められると、まるでとろ火で炙られているようなじわじわとした快楽が下腹に溜まっていく。

「あ……っん」

唇から零れ落ちる声は甘く、自分のものではないように思えた。

過敏になっている胸の頂に舌が押し当てられる。下から掬い上げるみたいに何度も弾かれ、甘噛みされた。同時に反対の頂を指の腹で押し潰され、たまらなくなる。

「やぁ……んん……！」

胸への刺激によって生まれた熱が、咲子の秘所を濡らす。胎の奥から蜜が溢れてくる感覚に、羞恥を覚えた。自分の体があまりに淫らに思えて、恥ずかしくなる。

下腹部に溜まる熱を持て余し、咲子は脚を擦り合わせた。それがかえって徒になる。不自然な動きに気付いた遠田が、脚に手を伸ばしてきた。

「……あっ！」

両脚を掴まれて、大きく開かれる。

「やぁ！」

いきなりのことに咲子は驚きに声を上げた。胸への愛撫でぬかるんでいたその場所が、遠田の目に晒されていると思うと、羞恥に視界が赤く染まる。

「いや……待って……！」

身悶え、何とか脚を閉じようと抗ってみるが、肩に脚を担がれて抵抗を封じられた。

咲子は、いやいやと子どものように首を横に振る。

「見ないで……ください……！」

「どうして？　恥ずかしがることは何もない。咲子はどこも綺麗だよ」

この上なく甘く、人を従わせることに慣れた口調でそう言うなり、遠田の唇が内腿の柔らかな肉に口づけ、強く吸い付く。赤い花が咲くほどきつく吸われて、びくびくと太腿が震えた。

そうして遠田の舌が脚の付け根まで辿り着く。

「濡れているね……」

嬉し気にそんなことを言われて、咲子は叫び出したくなった。両手で顔を覆い、唇を噛みしめる。

「きゃあん！」

遠田の手が太腿にかかり、頭が沈む。濡れた息が秘所に触れたと思った瞬間、熱くて濡れた何かが秘所をなぞった。

それだけで電気が走ったような強い快楽が咲子を襲う。下腹が波打ち、無意識に腰が揺れた。

――な、何⁉

慌てて視線を下げると、秘部に遠田が顔を埋めている。何をされているのか、一瞬わからなかった。けれど、肉厚な舌が明確な意思を持って、咲子の秘所を割り開く感触に、ようやく何が起きているのか理解する。

「いや！　ダメ……！　そ、そんな……こと！」

軽いパニックに陥って、脚を捩って逃げようとした。だが、遠田の肩に脚を担がれているせいで、それもできない。

「あ……や……ぁ――！」

咲子の抵抗をものともせず、遠田の舌がささやかに膨らむ花芽の鞘を剥き、たっぷりの唾液をまぶして花芯を舐った。

あまりに強い快楽に咲子は抵抗を忘れた。全身が強張り、爪先がピンと伸びる。胎の奥がどろりと蕩けて、蜜が噴き零れた。

彼を押し返そうとしていた手に力が入って、逆に遠田の頭を秘所に押し付けてしまう。そんな自分の淫らすぎる行為に気付くことなく、咲子は初めて味わう種類の快楽に溺れた。

遠田は溢れた蜜ごと花芽を啜り、秘所の中に肉厚な舌を潜り込ませてくる。ぐちょぐちょと淫らな水音を立てて舌を出し入れされた。

硬く尖らせた舌で体の中を探られる強烈な快楽に、咲子はよがり泣く。体は小刻みに震えて、唇からはひっきりなしに泣き声が漏れた。

本人が言った通り、この男を甘やかすとろくなことがないと身をもって実感させられる。けれど、同じ状況になったら、きっとまた咲子は遠田を甘やかしてしまうだろう。そんな自分の甘さを知っている。

反応も声も抑えることができない。それどころか、咲子が恥ずかしいと訴えるたびに、「それでいい。もっと乱れて」とそそのかされる。

遠田の舌の動きが激しさを増し、咲子の視界の端が白く染まり始める。ビクンと腰が跳ねて、内壁がひくついた。

「あ、ぁああ！」

花芽を強く吸われて、咲子は快楽の階を一気に駆け上る。恍惚が弾けるのは一瞬だった。

全身を強張らせ、快楽を貪る咲子を見下ろして、遠田が艶冶に微笑む。

「ま……って……だめ……！　今……！」

遠田の中指が蕩けた蜜口に埋められた。舌より硬い感触に、秘所が歓喜にうねってそれを締め付ける。絶頂の余韻が冷めないうちの新たな刺激は強烈すぎて、咲子はいやいやと激しく首を振った。だが遠田は、容赦なく奥まで指を突き入れ、中の弱点を押し撫でる。

「やぁあん！」

快楽に追い詰められた咲子は、甘い悲鳴を上げて、立て続けに快楽を弾けさせた。繰り返される緊張と弛緩に、何も考えられなくなる。

ただ、遠田の望むまま、甘い艶声を上げ続けた。

「あ、たま……おか……しく……な……」

「可愛いよ。咲子。俺のことしか考えられないくらいに、もっとおかしくなればいい」

そそのかす男の言葉が、咲子をより惑わせる。

これだけ咲子をおかしくさせているのに、いまだ余裕を見せる男が憎らしい。

遠田の指を伝って、蜜がシーツに流れ落ち、淫らな染みを作っていく。指が二本、三本と増やされて、咲子の体の中をくつろげる。

濡れて柔らかく開いたその場所は、痛みもなく遠田の指を呑み込んでいた。中で蠢く指に応えるように、咲子の腰が描く揺らめき出す。

「あ、いぃっ……くぅ！」

再び快楽の階を上り、絶頂を極めた。歓喜に震える秘所が遠田の指をきつく食い締める。

ずるりと指を引き抜かれる感触にすら感じて、体がビクビクと震えた。

虚ろになった秘所が、食むものを求めて、淫らにひくついている。

脚をより大きく開かれて、蜜口に遠田の先走りに濡れた昂りを擦り付けられた。

「あ、まっ……」

　ぐっと体を開かれる圧迫感を覚えて、咲子は遠田を制止しようとした。けれど、咲子の懇願より早く、遠田は腰を一気に沈めてしまう。

「……んくぅ……」

　指よりも太く長いものに体を押し開かれる衝撃に、咲子は息を詰まらせた。下腹に力が入って、中にいる遠田を締め付ける。その刺激に、体内にあるものがびくびくと脈打って、ますます硬く大きくなるのを感じた。

「な……んで……大……きく……なるの……！」

「それは……咲子の中がとても気持ちいいからかな……」

　揶揄するような軽い口調とは裏腹に、乱れた髪の隙間からじっと、まるで睨むように見つめられる。欲情しきった獣の眼差しに、咲子の鼓動が速くなった。

　二人の視線が絡んで、口づけが降りてくる。喘ぐ呼吸ごと、遠田に唇を奪われた。

　口の中も体の中も遠田でいっぱいにされる。

　腰の奥と口腔とを同じリズムでめちゃくちゃにされ、これでもかと濡らされた。息ができないくらいに口内を貪られ、頭の中が白く染まっていく。遠田の唇がいつ離れたのかもわからなかった。

　肩で大きく息を吐いた遠田に、ぐいっと腰を抱え上げられ、胡坐をかいた彼の上に座らされる。自重で遠田を胎の奥まで受け入れることになり、苦しさに咲子の呼吸が浅くなった。

「え、な……に？　……ああっ！」

驚きに目を丸くしていると、そのまま下から激しく突き上げられた。悲鳴を上げた咲子は、遠田の首に縋りついて、その衝撃に耐える。

遠田の背に短い爪を立てるが、それにすら遠田は愛おしげに笑った。

咲子の耳朶を食み、背中を撫で下ろしながら、男は咲子の感じる場所ばかりを攻め立ててくる。

「あぁ、咲子。可愛い……」

愛おしさを詰め込んだような声で名前を呼ばれて、たまらなくなった。

視界がぶれるほど激しく揺さぶられ、咲子は必死に遠田の腰に脚を回し、汗に濡れた広い背中にしがみつく。律動に合わせて、胸の頂が遠田の硬い胸筋に擦りつけられて、それにすら感じてしまう。

耳朶を打つ男の荒い呼吸、滴る汗、上がり続ける体温を感じて、咲子は強く瞼を閉じる。

再び快楽の頂点へ追い立てられるまで、時間はかからなかった。

「あ……い、い……くぅーー！」

仰け反った喉に噛みつかれて、咲子はイッた。極めた刹那、胎の奥が激しく蠕動し、遠田の精を搾り取ろうとする。遠田のものが一際大きく膨らみ、咲子の中で弾けた。

「は、あっ」

どくどくと脈打ちながら、熱い奔流を注ぎ込まれる。最奥を濡らされる感覚に感じて、咲子は体を震わせた。余韻で小刻みに震える体が脱力し、遠田の肩に額を押し付ける。

男の指が、咲子の濡れた髪をそっと梳いた。

「咲子。好きだよ」

うっとりと囁かれたあとの口づけは、今までのどのキスよりも甘く感じた。

☆

社長を甘やかしてはいけない。

翌朝、咲子は身をもってそれを実感していた。

全身の筋肉痛と腰の痛みに、昨夜の自分の言動を深く反省する。遠田が用意してくれた朝食を一緒に取りながら、咲子は唇から溢れそうになるため息を何とか堪えた。

「体が辛いなら無理せずに、今日は休んだらいい」

目の前に座った遠田が、甘ったるい表情でそんなことを言うものだから、思わず恨みがましい視線を向けそうになった。寸前で思い止まった咲子は、遠田お手製のレモネードを口にする。

爽やかな酸味とはちみつの甘さに、喘ぎすぎて痛む喉が宥められる。

「バカなこと言わないでください」

レモネードで潤したばかりだが、返事をした咲子の声はひどく掠れていた。それも当然だろう。朝方近くまで、目の前の男に体を貪られていたのだから。

やりすぎで、腰が立たなくなるなんて経験を自分がすることになるとは思わなかった。立ち上がろうとした瞬間、腰が砕けて座り込んでしまったときの衝撃は、なかなか言葉にできない。

それに気付いた遠田が、嬉々として咲子の世話を焼き始めるから、余計にたまらなかった。

朝から遠田に体を洗われ、そのあと彼のシャツを着せられ、髪を乾かしてもらった。

「だが、喉も嗄れているし、まだ体は辛そうだ」

――誰のせいですか⁉　誰の！

こんな事態に陥っているのは、遠田を甘やかした咲子の責任もある。それはわかってはいるが、目の前ですっきり爽やかに微笑む遠田に、理不尽さを感じてしまう。

「上司の私がいいと言ってるんだ。意地を張るものではないよ？」

遠田の言葉に、咲子は眉間に皺を寄せる。

こんな理由で仕事を休みたくない。だけど、正直今すぐベッドに逆戻りしたいくらいには、体が辛かった。

生真面目な社会人としてのプライドと、疲労困憊した体の間で、咲子は激しく迷う。

新聞を読みながら、そんな咲子の様子を窺っていた遠田が、仕方なさそうに微笑んだ。

新聞を丁寧に畳んでテーブルに置いた遠田が、立ち上がって咲子の方に歩み寄ってくる。

「咲子」

「はい」

食卓に着く咲子のすぐ傍に立った遠田を見上げた。彼は眼鏡越しに、少しだけ困ったような眼差しを向けてくる。遠田の手が、そっと咲子の頬に触れた。

「今日は仕事を休みなさい。これは社長命令だ」

「でも！」

こんなときに強権を発動する遠田に、咲子は咄嗟に反論しようと声を上げる。けれど、唇に触れた指が、咲子の反論を封じた。

「君が真面目なのはよく知っているよ。咲子が抜ける穴は正直大きい。でも、そんな顔で、目の前で仕事をされたら目の毒だし、他の男に見せたくはないな」

穏やかに微笑む男の言葉の意味がわからない。

——そんな顔？

疑問が表情に出ていたのか、遠田の笑みが深くなる。艶冶な流し目が向けられて、咲子の胸がどきりとした。

咲子と視線を合わせるために屈み込んだ遠田の囁きが耳朶に落とされる。

「色疲れが顔に出ているよ。とても色っぽいけどね。昨日の夜、何をしていたのか他の人たちにもばれてしまうよ？」

悪戯っ子のように笑った遠田の言葉に、咲子の顔はみるみる羞恥に染め上げられる。

――誰の！　誰のせいですか‼

言葉にならずに咲子は唇を震わせた。だが、それだけでは済まない事実を知らされる。

「それに……」

遠田の指が咲子の顎と首の境目を艶めかしい手つきで辿る。昨夜の余韻を残していた肌は、それだけの刺激でざわめいた。

首の中央辺りを指で押さえた遠田が、ちょっと気まずそうに目を伏せる。

「実はここに、派手な痕を付けてしまったんだ……」

そこは咲子が鏡で見なければわからない位置で、タートルネックの服でなければぎりぎり襟口から見えてしまう微妙な場所だった。

咲子の脳裏に、昨夜、遠田にそこを噛まれて達したことが思い浮かぶ。

「あ……う……い……」

怒ればいいのか、羞恥に悶えればいいのか、わからず咲子は完全に固まった。

今朝は、遠田に体を洗われた衝撃で、ろくに鏡も見ていなかった。

——いくら化粧前だったとはいえ、気付かないって……!!

「だから今日は大人しく休みなさい」

ダメ押しされて、咲子は項垂れる。

「なるべく早く帰ってくるから、家で待っていてくれると嬉しい」

にこりと微笑んだ遠田が、咲子の髪を指に絡めて弄んだ。

もう抵抗する気力もなくした咲子は、無言で小さく頷くことしかできなかった。

その後、出勤の用意を済ませた遠田を見送って、咲子は再びベッドに潜り込む。

——あんな痕を付けられてたのに、言われるまで気付かないってどんだけ!

先ほど、鏡で確認した喉元には、遠田の歯形が残っていた。

同時に、快楽に溺れるままひどく乱れた昨夜の記憶が甦ってしまい、咲子は一人じたばたと身悶える。ひとしきりベッドで暴れたあと、咲子は脱力して枕に顔を埋めた。

鼻腔に遠田がいつも使っているフレグランスが淡く香った。すっかり肌に馴染んだ遠田の香りに、咲子はほっとする。大きな枕を抱きしめて、瞼を閉じた。

遠田の態度は急激に甘く、優しいものへと変化している。それに戸惑う咲子の心は、振り回されて悲鳴を上げていた。だけど、同じだけの強さで、惹きつけられてもいる。

——早く帰って来て……


さっき別れたばかりの遠田のぬくもりが、もう恋しくなっていた。

尊敬できる上司への単なる好意でもなく、状況に流されているわけでもない。

咲子の心は確実に遠田に囚（とら）われている。

この胸に湧き上る想いこそが、人が恋と呼ぶものなのだろう。

☆

咲子を自宅に残して出勤した遠田は、朝から精力的に仕事をこなしていた。

睡眠時間はいつもより圧倒的に少ないのに、気力が漲（みなぎ）っている。咲子と約束した通り、今日は残業せずに、真っ直ぐ彼女の待つ自宅に帰るつもりだった。

「何かいいことでもあったんですか？」

咲子の代理を依頼した第二秘書の町村（まちむら）が思わずと言った様子で、尋ねてきた。

珈琲（コーヒー）をデスクの上に置いてくれた町村に礼を言って、遠田は自分の頬に触れてみる。

どうやら自分は、傍で見ていてもわかるほど浮かれているらしい。

「わかるか？」

ちらりと町村を見上げると、町村は穏やかに微笑んで頷いた。

「ええ。とても嬉しそうな顔をしていらっしゃいます。社長のそんな顔は久しぶりに拝見しました」

父の代から秘書室にいる町村には、なかなか隠し事ができない。年齢を理由に第一線は退き、内勤で遠田たちを支えてくれている老齢の男は、にこにこと遠田の顔を見つめている。

「そうか。そんなにわかりやすいか？」

遠田は緩んだ表情を隠すように、口元を手で覆い隠す。

「こちらにまで幸せが伝わってくる、いい表情でしたよ。隠されることはないと思いますが？」

「だったらいいが……そのうちに、町村さんにもいい報告ができると思う」

「そうですか。どんな報告なのか、今から楽しみにしておきましょう。それでは何か御用があればお呼びください」

町村はそう言うと、一礼して社長室をあとにした。

遠田はもう一度自分の顔に触れて表情を引き締めるが、どうにも緩んできてしまう。それくらい、今朝の咲子は可愛らしかった。思い出して、遠田の唇にははっきりと笑みが浮かぶ。

遠田に世話を焼かれる照れと気まずさから、どういう態度を取ればいいのかわからず、怒った顔をしている様子は、たまらなく可愛らしかった。

ものを慣れない咲子の態度が、遠田を喜ばせる。

そんなことを言えば、彼女はきっと眉間に皺を寄せて、内心の動揺を隠そうと必死になるだろう。

普段、あまり感情を表に出さない咲子が、自分だけに見せる様々な表情に、遠田は魅せられていた。もっと違う咲子の表情を、引き出したくてたまらない。

いい年をして溺れている自覚はあったが、久しぶりに感じる恋しさは急速に膨らんでいくばかりだった。

——咲子の顔が見たい。

今朝別れたばかりだというのに、もうそんなことを思ってしまうほどに、遠田は浮かれていた。

珈琲を飲んで気持ちを落ち着けようとしたとき、内線電話が鳴った。

「はい」

『町村です。有川様がお見えですが、お通ししてもよろしいですか？』

「有川君が？　わかった。通してくれ」

『かしこまりました』

義理の弟の不意の来訪に、不穏なものを感じて遠田は眉間に皺を寄せた。奈々子が縁談を持ってきたのは昨日のことだ。

「失礼します」

ノックの音とともに、妹の夫である有川陽斗が、社長室に入ってきた。

遠田家の隣に住んでいた彼とは年の離れた幼馴染のようなもので、奈々子と結婚する前から遠田にとっても弟的な存在だった。

「お久しぶりです。明彦さん。お忙しいところ、急にすみません」

「いや、構わないよ。こちらもご無沙汰してしまって悪かったね。座ってくれ」

頭を下げる義弟を、遠田は応接ソファに座るように促す。二人は対面でソファに座った。

「それで一体どうしたんだい？　昨日、奈々子が来たばかりなのに、君が来るなんて」

親族の気安さで単刀直入に用件を聞くと、有川は困惑も露わに眉尻を下げた。

「昨日、奈々子から伝えさせてもらった縁談の件なんですが……」

言いにくそうに告げられた有川の言葉に、遠田は自分の予感が当たったことを知る。ため息をつきそうになるのを、何とか堪えた。

「その件は断ると奈々子に伝えたはずだが？」

「ええ。聞いてます。咲子さんとの件も合わせて……」

「だったら、その話はもう終わったことだと思うんだが、まだ何かあるのか？」

蒸し返されると思っていなかった縁談の話に、遠田の表情が硬くなる。明確に拒絶の意思を乗せた眼差しを有川に向ける。義弟は困ったように、肩を竦めて見せた。

「それが……先方に、縁談は断ると伝えたんですが、納得してもらえなくて……会ってから断られるのならわかるが、会う前に断られるのは納得できないと言われたんです。先方のお嬢さんが、明彦さんとの縁談に非常に乗り気みたいで、せめて一度会って欲しいと懇願されてしまって」

言いにくそうに続けられた有川の言葉に、遠田は器用に片眉を上げて、不機嫌さを露わにする。

「会ってどうするんだ？　会ったところで結果は変わらない。むしろ会ってしまえば、先方は期待してますます話がややこしくなるだけだろう？　それがわからない君ではないと思うが？」

遠田の鋭い眼差しを受けて、有川は苦笑しながら降参とばかりに両手を上げる。

「そうですよね。わかってはいるんですが、なかなか無下にできない筋からの話だったので、一応直談判はしたというアリバイ作りをしにきたんです。あとは愛する妻が、明彦さんと咲子さんがどうなったか見てこいと騒ぐのでね。偵察にきました」

あっさり白状した義弟に、遠田は大きなため息を吐く。

「君たち夫婦は、随分暇なようだな？」

「あはは。そんなことはないんですけどね。まぁ、久しぶりに明彦さんに会いたかったし、咲子さんとのことにも興味があったので。それで、咲子さんは今日、突然休みになったみたいですが、首尾の方は？」

顔にでかでかと興味津々と書いてある義弟が、身を乗り出してくる。遠田はそれに、呆れた眼差しを向けた。

咲子とのことを誰かに話したい気持ちはあるが、妹夫婦に関わられると、うまくいくものもいかなくなるような気がして、遠田は口を噤んだ。そして、じろりと義弟を睨みつける。

そんな遠田をまじまじと眺めて、有川はソファに座り直した。

「そんな怖い顔で睨まないでくださいよ。ただの好奇心じゃないですか？」

にやりと笑う男は、なかなかに腹の中が読めない。一見、言動は軽いが、その実、策略家な一面を持っていることを知っているだけに、油断がならない。

「昨日の今日で、首尾も何もあるか」

あえてとぼけてみせれば、有川は遠田の心を見透かすみたいな視線を向けてくる。束の間、観察するようにこちらを見ていた有川は、一つ頷いて笑みを深めた。

「ま、明彦さんがそう言うなら、そういうことにしておきましょう。見合い話はきちんと断っておくので、安心してください。奈々子も適当に誤魔化しておきます。でも、そのうちちゃんと進捗を教えてくださいね」

「そんな義理はないはずだが？」

「そうつれないことを言わないでくださいよ。これでも明彦さんの幸せを奈々子共々願っているんですから。だけど、結果はいずれ明らかになるんでしょうね。その日が一日でも早いことを願っていますよ」

軽い調子で話していた有川が、不意に表情を翳らせた。

「愛理さん。本当に一人で戻ってきます。気を付けてください」

義弟の口から出た愛理の名に、遠田の中の罪悪感が疼く。離婚問題で揉めていた当時、愛理――元妻は、まだ幼かった有川と奈々子の前で手首を切ったのだ。そんな事態を防ぎきれなかった自分を遠田はずっと悔いている。

「わかった。だが、あれからもう十年以上経つんだ。いくら愛理でも、そこまで私に執着していると思えないがな」

意識的に目元を緩めてそう言った遠田に、有川も表情を和らげる。

「そうだといいですね」

苦笑した有川が瞼を伏せた。彼らの中に残る元妻の残した影響に、遠田は胸を痛める。

「じゃあ、今日はこれで」

有川はソファから立ち上がった。

「帰るのか？」

「ええ。これ以上、ここにいても忙しい明彦さんのお邪魔でしょうからね。それに、実は移動の合間に立ち寄っただけなので、あまりゆっくりもしていられないんですよ。奈々子と見合い相手への義理はこれで果たしたと思うので、失礼しますよ。今度ゆっくり、酒でも飲みましょう」

　そう言った有川は、いつもの軽さを取り戻していた。

「わかった。楽しみにしているよ」

　遠田は社長室の出口まで有川を見送った。騒々しい義弟が去って、遠田はすっかり冷めてしまった珈琲(コーヒー)を飲む。

　一息ついた遠田は、内線電話を繋いで町村を呼び出した。

『はい。町村です』

「町村さん。悪いんだが、一つ頼まれ事をしてくれないか？」

『何でしょう？』

「愛理が今どうしているのか調べてほしい」

　電話の向こうで、町村が息を呑む音が聞こえた。

☆

思いがけぬ休暇を手に入れた咲子は、午前中をベッドで過ごしたが、昼を過ぎる頃には暇を持て余していた。

——暇だ……

ソファの上で、膝を抱えてテレビを見ているが、内容は頭を素通りしていく。

チャンネルを適当に変えながら、咲子は自分の現状に思わず笑ってしまった。

「これじゃあ社長の仕事好きをどうこう言えないな……」

休んでいることに罪悪感を覚えてしまうあたりで、すっかり自分もワーカホリックの仲間に入っていたことを自覚する。

何もしないでいい休みは久しぶりすぎて、時間をどう使っていいかわからない。

——とりあえず一回、家に帰って着替えを取って来ようかなー。

この部屋で帰りを待っていてほしいと頼まれてはいるが、いつまでもぶかぶかな遠田の服を着ているのは落ち着かない。

——ついでに新しいスカーフでも買おうかな。

遠田が付けた歯形に触れる。朝より薄れてはいるが、見る人が見ればわかってしまう程度にくっきりと痕が残っている。明日からの仕事を考えれば、隠すものが絶対に必要だ。予定が決まれば、咲子の動きは早かった。スーツに着替えて外出支度を整え、鏡を覗き込む。

――う。やっぱり目立つな。

首元の歯形に外出を躊躇いそうになる。どうしようかと考えて、鞄の中に入れているシルクのハンカチの存在を思い出す。少し大きめのそれはミニスカーフにも使えるだろう。

華やかな柄のハンカチは気に入っていた。広げて首に巻けば、歯形は見えない。

――よし。これで大丈夫！　あとは……

遠田の今日のスケジュールを思い浮かべて、咲子はこれから自宅に着替えを取りに行ってくるとメールした。

そのまま咲子は遠田のマンションを出て、自宅に戻った。

そして、クローゼットの前で再び自分の女子力のなさを突きつけられる。

「忘れてた……」

遠田の部屋で過ごすために、家から持っていける服がない。咲子はがっくりと項垂れる。

多分、遠田は咲子がどんな格好をしていても、気にしないだろう。そういう人だ。

特筆するところは左目の泣き黒子くらいしかない、地味で平凡な容姿の咲子を、それでも彼は可愛いと言ってくれる。

そんな遠田のために、少しでもおしゃれをしたいと思うのは、咲子の女心だ。

こんな風に誰かのために、綺麗になりたいなんて考えるのは一体いつ以来だろう？

久しぶりに覚えるときめきに、咲子はくすぐったさと戸惑いを同時に覚えていた。

――スカーフと、もう少し女性らしい服を追加で買おう。

買い物に行くのに、動きやすい服に着替えていると、仕事用のスマートフォンが着信を告げた。

ディスプレイに表示された遠田の名に、すぐさま電話に出る。

「はい。牧原です」

『咲子』

耳を震わせる遠田の声に、咲子の胸は甘く疼く。遠田の声もどこか甘さを孕んで聞こえるのは、きっと咲子の気のせいではない。咲子の頬が自然と緩む。

『今どこに？』

「自宅です」

『そうか。このあとの予定は？』

「少し買い物をしたいんですが……」

『構わないよ。夕食は何かリクエストはある？　昨日は私の行きたいところに行ったから、今日は咲子の好きなところに行こう』

そう言われて咲子は戸惑う。急に行きたいところと言われても思いつかない。

迷う咲子を見透かしたように、遠田が小さく笑ったのが、スマートフォン越しに聞こえてきた。

『美味しい物好きの咲子には、行きたい場所がたくさんありそうだな。寿司と中華とステーキならどれがいい？』

揶揄う男の言葉に情けなく眉尻を下げる。

――こういう聞き方をするときは、大抵一番初めに言った場所が、社長の行きたい場所だってこと気付いてる？

「お寿司がいいです」

『咲子はそう言うと思っていたよ。では十九時に予約しておく。十八時には迎えに行くから、楽しみにしていて』

そう言って遠田が告げた店名は有名な江戸前寿司の老舗だった。咲子を食いしん坊のように言いながら、遠田自身がかなりの食道楽だ。久しぶりに行く寿司屋に、遠田の声が弾んでいる気がして、咲子は彼に気付かれないようにそっと笑いを漏らす。

――電話でよかった。

電話をしながら上機嫌に笑っているだろう遠田を、容易に想像できてしまう。

「楽しみですね」

『ああ。それではあとで……』

通話が切れて、咲子はクローゼットの前で再び迷い出す。これから買い物に出て、服を選ぶ余裕はなさそうだ。

遠田に恥をかかせるくらいならスーツの方が無難だろう。

いつもの黒いパンツスーツに、首元に華やかな柄のスカーフを巻く。仕事のときは滅多に付けない大ぶりのピアスで、ほんの少しのおしゃれを楽しむ。

——今の私の精一杯はこれかな……

最後に明るい色のルージュを塗って、咲子は苦笑する。必要に駆られてのこととはいえ、首元のスカーフがいつものスーツ姿に花を添えてくれているのが救いに思えた。

宣言通り仕事を終えて、十八時に遠田は帰って来た。連絡を受けて、マンションのエントランスで遠田を待っていると、通りにタクシーが横付けされる。中から遠田が降りてきた。

「ただいま」

「おかえりなさい」

出迎えた咲子に、遠田がひどく嬉しげに目を細めた。

「いいね。疲れて帰ってきたときに、咲子が出迎えてくれるのは」

微笑む遠田のストレートすぎる言葉がくすぐったくて、はにかんでしまう。初々しい咲子の表情に笑みを浮かべた遠田が、自然に腰を抱き寄せてくる。左目の泣き黒子に音を立てて口づけられた。

いつ誰が見ているかわからない場所での抱擁に、咲子は焦る。だが、遠田は気にした様子もなく、咲子の腰を抱えている。

「用意ができているなら、早速出ようか」

咲子の腰を抱いたままエスコートするように遠田が歩き出す。咲子は遠田に促されるまま、歩き出した。マンションのエントランスを出て、タクシーに乗るまでの短い間、咲子は誰かの強い視線を感じた。

――誰？

思わず周囲に視線を巡らせる。それくらい強い視線に思えた。視線の主は、簡単に見つけられた。

道路を挟んだ反対側の歩道で、咲子と同年代くらいのとても綺麗な女性がこちらを見ていた。

睨みつけるような眼差しの強さに、咲子は怯む。

彼女は咲子と目が合った途端、ふいっと視線を逸らして逃げるように去って行った。

「咲子?　どうした?」

不意に立ち止まった咲子を、遠田が不思議そうに呼ぶ。

「あ、いえ。何でもありません」

たまたま目が合った女性が気になったとは言えず、咲子は遠田と一緒にタクシーに乗り込んだ。

タクシーが動き出してからも、咲子は先ほどの女性のことが気にかかった。

——さっきの人……もしかして、社長の昔の恋人?

あんな強い視線を向けられる理由は、それくらいしか思いつかなかった。最初は偶然かと思ったが、彼女の眼差しは遠田に腰を抱かれている咲子に、真っ直ぐに向けられていた。

——町村さんに相談した方がいいかな?

第二秘書の顔を思い浮かべて、そんなことを考える。遠田の昔の恋人の中には、復縁を望んで再三にわたるストーカー行為を繰り返した挙句、彼を刺そうとした人もいた。

過剰な心配な気もするが、今までの経験上、遠田の周りに女性の影がちらつくときはろくなことがなかったのだ。念のために、手を打っておくに越したことはないだろう。

「気になることでもあるのか?」

車窓を流れていく景色を眺めていた咲子は、遠田の問いに横を向く。

「眉間に皺が寄ってる」

咲子は思わず自分の眉間に触った。いつの間にか、遠田の前で表情を隠せなくなっている。

途端に遠田がくすりと笑うから揶揄われたのだと気付いた。

「社長！」

「いや、すまない。咲子が可愛らしいから、つい。それで？　何が気になるんだ？」

「……今日休んでしまったので、明日の仕事がちょっと気になっただけです」

今は遠田に伝える段階ではないと判断して、咲子は嘘ではないが本当でもないことを口にする。

「咲子は本当に真面目だね」

咲子の答えに、遠田が目元を柔らかく緩めた。

「たまにはゆっくり休むのも大事だよ。今日は買い物に行ったんだろう？　何が欲しかったんだ？」

「新しいスカーフが欲しくて……」

首元を触れながらの答えに、遠田が納得したように頷いた。遠田の手が伸ばされて、咲子のスカーフの結び目に触れる。

「確かに新しいスカーフは必要だな。綺麗に隠れている」

原因になった男がにやりと艶冶に微笑んだ。遠田の指がスカーフの感触を楽しむように流れて、男が残した噛み痕の辺りで止まった。

「この下に、私だけが知っている秘密があると思うとたまらないな」

流し目付きで囁かれて、咲子は背筋をぞくりと震わせる。遠田が咲子の耳朶に顔を近付けた。吐息の触れるくすぐったさに、咲子は首を竦める。

「新しいスカーフを贈るから、またここに痕を付けてもいい？」

落とされた囁きに、肌が一瞬で粟立つ。それは嫌悪ではなく、明らかな期待だった。快楽を知った体が、遠田の言葉に反応していた。

「……馬鹿なこと言わないでください……」

平静を装って、遠田の手を掴んで首から離す。だが、語尾が震えてしまった。

「残念」

軽い口調で言った遠田が顔を離した。咲子の虚勢など、遠田にはお見通しだろう。

小さく息を吐き出した咲子の指を、遠田が絡め取る。

今さらながらに運転手の目が気になった。咲子は横目で遠田を睨んで、手を抜こうとする。

けれど男は、むしろ楽しそうに、指を一本、一本しっかりと絡めてくる。いわゆる恋人繋ぎだ。そこに絶対に手を離さないという遠田の意思を感じて、咲子は顔を赤らめる。

戸惑い、恥じらう咲子の表情を眺めて、男は満足そうに微笑んだ。その甘すぎる笑みに、咲子はふいと車窓に顔を向ける。

それを咎めるように、悪戯な男の指が動き出す。絡め合った指が外れて、やわやわと手の甲が刺激される。びくりと震えると、中指と人差し指の間を撫でられた。

濃密な夜を思い出させるような、艶めかしい手つきに、翻弄される。

横目で「やめてくれ」と訴えても今度は遠田が車窓を向いて、咲子から視線を外してしまう。そうしながら、咲子の手を弄ぶのだ。

疼きにも似た感覚を、咲子は必死に耐える。

次々に仕掛けられる戯れに、咲子は先ほどまでの懸念をすっかり忘れてしまっていた――

何事もなく時間は過ぎていき――初めて遠田と肌を重ねてから、もうすぐ三週間が過ぎようとしていた。遠田と夜を過ごすことにもすっかり慣れた。というか、慣らされた。一度、一線を越えてしまったら、あとは何度でも同じとばかりに、遠田は開き直った様子で、咲子を誘う。それを断れない自分もどうかと思うが、遠田に名前を呼ばれてしまえば抗えない。

気付けば三日と空けずに遠田と夜を過ごしていた。

「……次の連休に旅行に行かないか？」

「旅行ですか？」

眠りに落ちかける直前、遠田の提案に咲子は重くなっていた瞼（まぶた）を開ける。

腕枕をしてくれる男は、先ほどから咲子の後ろ髪を弄（もてあそ）んでいる。その指の感触が気持ちよくて、瞼（まぶた）が再び落ちそうになる。長い時間絡まり合っていた体は、疲れて今すぐにでも休息を欲していた。

「咲子？」

答えを促（うなが）す男が弄（もてあそ）んでいた咲子の髪を、つんつんと引っ張る。

咲子は頭の中に次の連休のスケジュールを思い浮かべた。

「この次の連休って、奈々子様のところのパーティーが入ってませんでした？」

遠田も参加を予定している、奈々子の嫁ぎ先が主催する創立記念パーティーが、遠田のホテルで行われることになっていたはずだ。

「ああ。だから、そのあとに出かけないか。一泊二日くらいで……」

「一泊二日？」

「嫌か？」

問われて、咲子はゆるりと首を横に振る。嫌なわけがない。遠田と過ごす時間は、咲子にとっても手放せないものになってきている。

――奈々子様たちのパーティーのあとには、特に予定は入ってなかったはず。

「どこに……？」

「それは行っての楽しみにしようか。私がプランを練る」

「わかりました」

「では、楽しみにしていてくれ」

柔らかく微笑んだ男の表情に満足して、咲子は瞼を閉じる。

とろりとした眠気に誘われながら、咲子は頭の中のスケジュール帳に予定を書き込んだ。

そこで、ふと引っかかりを覚える。

――あれ？　もしかして生理きてない？

カレンダーを思い浮かべた咲子は、驚きに目を開く。眠気が一気に吹き飛んだ。

咄嗟に体を起こそうとして、腰に回された遠田の腕に阻まれる。

「咲子？」

眠りかけていた咲子が急に動き出したことに、遠田が驚いた顔をする。

「どうした？」

「あ、いえ……あの……」

何をどう説明していいのかわからず、咲子は言葉を濁す。

「スケジュール帳に予定を書き込んでおかないと、忘れそうで……」

確証もないことを遠田に告げることを躊躇って、適当な言い訳を口にする。

咲子の言葉に遠田は、軽く目を瞠って微笑んだ。

「咲子は本当に真面目だな」

遠田が咲子の後ろ髪を再び弄ぶ。

「旅行の手配は私がするから、君はただ楽しみにしてくれていればいい」

「ありがとうございます……」

——まだ社長には言えない……

「明日も早い。もう休んだ方がいい」

そう言って遠田が咲子の髪を梳く。その言葉に促されて、咲子は瞼を閉じる。

寝入る振りをして、頭の中でもう一度、生理の予定を数え直してみる。

——やっぱり、五日遅れてる……？

出張が多かったときや、仕事が忙しいときに狂うことはあったが、咲子の生理周期は比較的安定していた。

その生理が遅れている——考えられることは一つしかない。

他に思い当たる体調の変化はあるかと考えてみる。何となく体が疲れやすいと感じることはあったが、こうして遠田と夜を一緒に過ごしているせいかと思っていた。

行為に慣れてきたこともあり、その分一緒に過ごす時間はより濃く甘いものになっている。

毎回、咲子は自分の体力の限界に挑戦している気分になっていた。

遠田が子どもを望んでいることもあり、これまで避妊は一切していない。

妊娠している可能性が高いとは思うが、咲子にははっきりと判断ができなかった。

遠田に相談してみようかと思ったが、もし違っていたら、彼をがっかりさせてしまう。

――明日……検査だけでもしてみよう。

妊娠検査薬を使うにはまだ微妙な時期のようにも思えたが、そう決める。

遠田に相談するのは、それからでも遅くないはずだ。

――本当に、妊娠したのかな……？

考えた途端に、咲子の胸の奥から温かいものが溢（あふ）れてくる。不安もあるが、それ以上の喜びと期待が咲子の心を満たす。

――社長と私の子ども。

今はまだ想像でしかない。けれど、咲子は泣きたくなるほど、その存在が愛おしいと思った。

両親を亡くしてからずっと胸の奥深くに潜（ひそ）んでいた孤独が癒（いや）される気がした。

咲子は淡い期待と幸せな気持ちを抱え、眠りについた。

翌日——いつも通りに出勤した咲子は、これまたいつも通りに仕事に追われていた。

一人になりたいと思うときに限って、なかなか遠田の傍を離れることができない。

今現在、遠田は主要都市四か所に大型ホテルを経営する傍ら、ライフスタイル提案型の小規模ホテルをアジアやハワイを中心に展開している。

新進気鋭のデザイナーに内装や家具を一任した、プライベート重視のゆったりとくつろげる設計が、二十代から四十代のハイクラスなゲストに受けて、順調に業績を伸ばしている。

来月には台湾のホテルがプレオープンの予定で、それに合わせて遠田も現地に飛ぶことになっていた。その打ち合わせや報告が、現地から次々に上がってきているため、どうにも身動きが取れない状況だった。

——次は会議の予定が入っていたから、その隙に……

遠田を会議に送り出して、やっと一息つけると思ったところで、秘書室に連絡が入る。

『ああ、咲子。奈々子が創立パーティーのことで打ち合わせに来てるらしい。申し訳ないが、少し相手をしてやってくれ。君に相談したいことがあるらしい』

「わかりました」

会議直前の遠田からの電話指示に、電話を切った咲子は、あまりのタイミングの悪さにため息をついた。

——抜け出すのは無理そうね。妊娠検査薬は、仕事が終わってから買いに行けばいいか……

早く結果が知りたくて、自分の気持ちが空回りしていることに咲子は気付く。

——今は焦っても仕方ないってことかな？

苦笑した咲子は、気持ちを切り替えるために深呼吸する。

奈々子と会うのは、社長室で遠田に抱きしめられているのを見られて以来だ。

正直、どんな顔をして会えばいいのかわからない。

覚悟を決める間もなく、秘書室の扉がノックされ、奈々子が顔を出した。

「こんにちは！　咲子さんいる？」

「お待ちしてました」

咲子はデスクから立ち上がり、ぎこちなく微笑んで奈々子を出迎える。

「忙しいところごめんなさいね。咲子さん」

「いえ、何かご相談があると伺ったのですが……」

「ええ。ちょっと咲子さんに話があってきたの」

——私に話？　何だろう？　もしかして社長のこと……？

内心で不安になりながら、咲子は奈々子を応接ソファに案内する。

「奈々子様。珈琲でよろしいですか？」

「ありがとう。お願いするわ」

微笑んで頷いて、咲子は簡易キッチンで珈琲とお茶請けを用意した。

「お待たせしました」

応接ソファに座る奈々子のテーブルの前に、差し出す。

「ありがとう。咲子さんも、ちょっと座ってくれない？」

促されて、咲子は奈々子の前のソファに座る。

「突然、ごめんなさいね。今日はどうしても咲子さんに謝りたいことがあって……」

奈々子がパンッと音が鳴るほどの勢いで、両手を合わせた。

「咲子さん!!　ごめんなさい！」

いきなりの謝罪に咲子は驚く。

「奈々子様……あの、顔を上げていただけますか？」

遠田とのことを質問攻めにされる覚悟はしていたが、まさかの謝罪に咲子は戸惑う。

奈々子から謝罪を受ける心当たりが、咲子にはまったくない。

「できれば事情を説明していただけますか？」

両目をぎゅっと閉じて手を合わせていた奈々子は、器用に片目だけを開けた。

咲子と目が合って、へにゃりと情けなく眉を下げた奈々子は、手を解いた。

「そうよね。事情も説明しないで、いきなり謝られても咲子さんも困るよね」

苦笑した咲子に、奈々子は大きく一つ息を吐き出した。カップを手にした奈々子が、喉を湿らすように珈琲（コーヒー）を一口飲んだ。

「あのね、この間兄さんに持って来たの、お見合いの話だったんだけど……」

気まずそうに奈々子が話を始める。

——社長のお見合いの話？

ここ最近、色々とありすぎて、すっかり忘れていた。

だが、それと今日のいきなりの謝罪がどう繋がるのかがわからない。

「あれね……兄さんからは会うつもりはないって、きっぱりと断られたんだけど、相手がそれを納得してくれなくてね……陽君も頑張って断ってくれたんだけど、そもそもこちらが言い出した話だったもんだから……」

そこまで言われれば、咲子にも先はなんとなく予想できた。

「今週末のうちの創立パーティーで、ぜひ紹介してくれって言われて断れなかったの！本当にごめんなさい！」

もう一度、顔の前で手を合わせて謝ってくる奈々子に、咲子は困ったように眉を寄せた。

——それを私に謝罪されても……

咲子の胸の内に困惑が広がる。奈々子に返す言葉を探すが見つからない。

咲子の戸惑いが伝わったのか、奈々子は情けなさそうに眉尻を下げた。その表情は兄妹だけあって、遠田の困ったときの表情に似ていた。

「兄さんから咲子さんと今、微妙な状態だって聞いてたから……このせいでうまくいく話がダメになったらと思うと、本当に申し訳なくて……付き合ってるんでしょ？　兄さんと……」

「あっ……え……」

面と向かって確認されて、咲子は狼狽（うろた）える。咄嗟（とっさ）に表情を取り繕（つくろ）うこともできない。

遠田の妹に、改めて尋ねられれば、一気に羞恥（しゅうち）が込み上げてくる。

咲子は真っ赤になったまま俯（うつむ）いた。

いつにない咲子の反応に、奈々子が慌てたように言葉を重ねてくる。

「あ！　私、反対するつもりは一切ないから!!　誤解しないでね！　咲子さんならむしろ大賛成よ！　ただ、今回のことで兄さんと揉めたら大変だと思って！」

「奈々子様！　と、とりあえず落ち着いてください」

テーブルに手をついて身を乗り出してきた奈々子に、咲子は両手を前に突き出して、彼女の話を遮（さえぎ）る。

「あ、ごめんなさい。つい興奮して、私ったら……」

自分のはしたない格好に気付いた奈々子が、ソファに座り直した。咲子はほっと息を吐き出す。

「お話はわかりました」

「怒ってない？　私のこと……」

しゅんと肩を下げて、上目遣いにこちらを見る奈々子に、咲子は苦笑する。

「怒ってませんよ」

「本当に？」

「はい」

奈々子たちの心配もわかるだけに、咲子は怒れなかった。そもそもこれは咲子が、怒ることじゃない。ただ、タイミングが悪いとは思うが、これはかりはどうしようもないことだ。

見合い話も、ここ数年、女性関係でトラブル続きだった兄を思っての行動だったのだろう。

家族を亡くした咲子には、兄を思っての奈々子の行動は羨ましくはあれ、不快に思うことではなかった。

見合い相手が誰かは知らないが、取引先などの令嬢だろう。今後の関係性を考えれば無下にできないのも、想像できた。

「やっぱり咲子さんは大人だなー。私ならこんな話聞かされたら、不安になるし、頭にくるわ」

「そんなわけでもないんですが……」

感心する奈々子の様子にいたたまれなくなって、咲子は俯く。

――あなたのお兄さんがあまりに情熱的で、真っ直ぐすぎて、不安になる暇がありません。なんて言えるわけがない。

不思議と咲子はこの見合い話にあまり不安を感じていなかった。

遠田は、突拍子のないところはあるが、基本的に愛情深くて、誠実な人だ。

もし、仮に見合い相手が遠田にとって運命の相手であれば、彼はちゃんと咲子にそう言うだろう。

だが、遠田は揺らぐことはないと思えた。

この三週間――決して長くはない時間だが、遠田が咲子に向けてくれた想いは、とても真摯なものだった。きちんと自分が愛されていると感じられるほどに、遠田は咲子のことを大切にしてくれている。そんな遠田が、そうそう簡単に心変わりするとは思えなかった。

だから、この見合い話にも、咲子は落ち着いていられた。

遠田の気持ちを欠片でも疑うつもりはない。

「兄さんのためとか言って、身を引いたりしないって約束してくれる?」

──どこの恋愛小説のヒロインだ。

奈々子の発言に咲子は思わず心の中だけで突っ込むが、それを表に出すことはない。不安そうにこちらを見つめてくる奈々子に、咲子は穏やかに微笑んで、「しません」と答える。

その言葉は、自分でもびっくりするくらいきっぱりとしていた。奈々子が真意を探るように、咲子の瞳を見つめ返してくる。

束の間、二人の間に沈黙が落ちて、奈々子がにこりと微笑んだ。

「よかった。それを聞けてホッとしたわー。咲子さんなら、兄さんのお見合い話を聞いたら身を引いちゃうんじゃないかって心配だったの。でもよかったわ」

多分、少し前の咲子であれば、奈々子の言う通り、身を引くことを考えただろう。

でも、今はもう引けない。引きたくない。

それだけ、遠田への想いが咲子の中で大きく膨らんでいる。そのことに気付かされた。

──いつの間に、こんなにも社長のことが好きになっていたのだろう？

自分でもびっくりするが、遠田への想いは甘い喜びに満ちていて、咲子は自然と微笑みを浮かべてしまう。

それを見た奈々子は、肩の荷が下りたと言うように大きく息を吐き出した。そうして、冷めてしまった珈琲（コーヒー）を、一気に喉に流し込んだ。

「おかわりを、お淹れしましょうか？」

「ううん。大丈夫。このあと、勇太をスイミングに連れて行かないといけないの。もう時間だから、今日は失礼するわ。いきなり押しかけて、本当にごめんなさいね」

「いいえ。お気遣いいただいてありがとうございます」

「もう一度、縁談の相手には兄さんに脈はないって説明しておくから、本当に余計なことに巻き込んで、ごめんなさい」

何度も頭を下げる奈々子を何とか宥めて、咲子は彼女を秘書室の外に送り出す。

「話し合いは終わったのか？」

廊下の向こうから遠田の声が聞こえてきて、咲子と奈々子は振り返る。目線を上げた咲子は、心配そうに眉間に皺を寄せて、こちらに向かって歩いてくる遠田の姿を見つけた。

咲子と目が合って、遠田の目元が柔らかく緩む。

「会議は終わりましたか？」

「ああ。あとでメールで議事録が届くから纏めておいてくれ」

「わかりました」

遠田が会議の資料を手渡してくるのを、受け取った。

「奈々子が迷惑をかけなかったか？」

「まるで、いつも人が迷惑をかけているみたいに言うの、やめてくれる？」

不満そうに奈々子が唇を尖らせて抗議する。だが彼は、苦笑するだけで取り合わない。

「咲子に迷惑をかけてないとでも？　それで相談は終わったのか？」

遠田の確認に、奈々子が気まずげに眉を寄せた。

「……おかげさまで終わったわ」

ちらりと咲子に目線を向けてそう言う奈々子の仕草に、何か不穏なものを感じたのか、再び遠田の眉間にぐっと深い皺が寄る。

「奈々子？」

「あ！　勇太のスイミングの時間に遅れちゃうから、もう帰るわ！」

遠田の追及から逃げるように、奈々子がわざとらしく腕時計を見て叫ぶ。

「奈々子！　待て！　事情を説明していけ！」

遠田が引き留めようとしたが、奈々子は「咲子さんに聞いて！　週末のパーティーはお願いね！」と言って、さっさと歩き出してしまう。

廊下に遠田と咲子だけが残された。

「咲子？」

「中に入りませんか？　こんなところでする話でもないでしょうから……」

遠田の呼びかけに、咲子は秘書室を示す。無言で頷いた遠田が先に秘書室に入り、奥の社長室に入っていく。咲子もそのあとに続いて、社長室に入る。

「それで？　奈々子は君に一体どんな無理難題を吹っかけてきたんだ？」

ドアが閉まると同時の問いかけに、咲子は苦笑する。

「……週末の奈々子様たちのパーティーに、社長のお見合い相手が出席すると伺いました」

隠しても仕方ないかと正直に伝えると、遠田の眉間にぐっと皺が寄った。

「あれは！　きちんと断る！　私には咲子しかいない。だから……！」

焦った様子で、遠田が咲子の腕を掴んでくる。焦燥を滲ませる男の眼差しに、咲子は穏やかに微笑んで、その腕をぽんぽんと叩いて落ち着くように合図する。

「咲子？」

「私は、この話に不安になった方がいいですか？」

咲子の問いに、遠田は一瞬目を瞠ってから、眉間の皺を開いた。

ふっと苦笑して、遠田が咲子を抱き寄せる。普段、職場でこんなことをされたら全力で拒否するが、今日は大人しく遠田の腕の中に収まった。深い安堵のため息が、咲子のつむじに落とされる。

「いいや。ならなくていい」

「わかりました」

咲子の返事に遠田の腕に力が入る。

「咲子は、私の操縦法をよく理解しているようだな」

苦笑した男の言葉に、咲子は無言で微笑んでみせる。

ふっと息をついた遠田が、眼差しに色気を滲ませて咲子の左目の泣き黒子に口づけた。

「咲子、今日の夜は一緒に……」

吐息まじりの男の誘いに、咲子はゆるりと首を横に振る。

「咲子？」

「今日はちょっと用事があるので……」

遠田の誘惑から逃げるように、咲子は視線を下げる。

「それは、私と過ごすよりも大事なことか？」

拗ねた様子で額を合わせてくる男の誘惑に負けてしまいたくなる。

けれど、ここで負けてしまえば、ずるずると自宅に帰ることができなくなるのは目に見えていた。

「社長と過ごすのと同じくらい、私にとっては大切な用事が一つあるんです。それに、そろそろ着替えを取りに行きたいので、今日は帰ります」

きっぱりと告げた咲子に、遠田は残念そうに嘆息する。

「わかった。あまり無理を言って、咲子に嫌われたくないからね。今日は私が引こう。だが、その大事な用事とやらが終わったら、私と一緒に過ごしてくれるね？」

「はい……」

込み上げる羞恥を何とか堪えて、咲子は頷いた。

赤くなる咲子のうなじを見下ろした遠田が、満足げに微笑んで咲子の顎を持ち上げる。

「では今は、これだけで我慢しよう」

吐息まじりの囁きが落とされる。耳朶を揺らす男の色気のある声に、背筋が震えた。

キスをされるのだとわかっていたが、咲子は逆らわずに遠田の唇を受け入れた。

☆

キス一つで我慢すると言った男は、仕事終わりにあっさりとその言葉を翻そうとした。

甘い言葉で咲子を籠絡しようとする男を何とか振り切って、咲子は職場を出る。

そして、自宅の近くにあるドラッグストアに入った。妊娠検査薬を探して、店内を足早に歩く。

——あ、あった！

目的のものはすぐに見つかった。棚から二個セットになっているものを選ぶ。

パッケージに『生理予定日の約一週間後より検査ができます』と書かれている。

——今日で生理が遅れて、六日目……どうしよう？　明日、検査した方がいいのかな？

あまり早く検査しても、結果がきちんと出ないと聞いている。

迷った咲子は、予備にもう一個買っておこうと棚に手を伸ばした。そのとき、背後から「ねえ、あなた……」と声をかけられる。

自分に話しかけられていると思わず、咲子は振り返ることなく検査薬を手にする。

「ねえってば！　無視しないで！」

いきなり背後から肩を叩かれて、咲子は驚いた。

「え？」

振り返ると、咲子と同年代くらいの女性が、ものすごく真剣な眼差しでこちらを見ていた。

——誰？

見覚えのあるような、ないような女性に、咲子は戸惑う。

仕事柄、できるだけ人の顔と名前を覚えるように努力しているが、彼女のことは見覚えはあっても、誰なのかわからない。

背中の半ばまで伸ばされた緩くウェーブのかかった茶色の髪。アーモンド形のクリッとした吊り目気味の瞳。鮮やかに塗られた赤いルージュがよく似合う美人。

その女性が、睨(にら)むような強さで咲子を見ていた。

「あの……？」

「あなた、妊娠しているの？」

「え？」

見ず知らずの人間からの質問に咲子は戸惑う。

「妊娠してるの？」

すぐにもう一度、問いが重ねられる。女性の眦（まなじり）がきつくなっていく。内心、気圧（けお）されながらも咲子は客室係として培ったポーカーフェイスで、彼女に対峙した。

「お願い……教えて……！」

表情とは裏腹の縋（すが）るような声音に、咲子の戸惑いは強くなる。この棚の前に立っている時点で、答えはほぼ決まっているようなものだが、彼女は強くこちらを見つめて咲子の返事を待っている。

――よくわからないけど……答えるまで解放してもらえそうにないな……

それだけの強く切実な想いを咲子は感じ取った。

「……今はまだ、可能性の段階ですけど……」

「そう……そうなんだ……」

咲子の答えに目の前の女性の瞳から明らかに力がなくなっていった。肩が下がって、ひどくショックを受けているのがわかる。

「ありがとう」

「え？　ちょっと!!」

礼を言って唐突に身を翻（ひるがえ）した女性が、咲子の前から走り去る。呆気に取られて、咲子は彼女の後ろ姿を見送ることしかできなかった。

――今のは一体何？

咲子は呆然として首を傾げるが、答えは見つからない。

彼女が誰なのか考えながら、咲子はひとまず会計を済ませた。

咲子が彼女について思い出したのは、ドラッグストアを出た直後だった。

――あ、前に社長のマンションの前で私たちを見ていた人だ！

思い出した咲子は、思わず足を止めた。人の邪魔にならないように道路の端に寄り、鞄から仕事用のスマートフォンを取り出す。

一瞬の迷いのあと、咲子は遠田の第二秘書の町村の番号を呼び出した。

遠田の父親の代から仕えている彼は、遠田の歴代の恋人について咲子より詳しいはずだ。

何事もないのならそれでいい。

ただ、これまでの経験上、遠田の周りに女性の影があるときは、注意が必要だった。

『はい。町村です』

待つことなく、町村はすぐに電話に出てくれた。

「夜分遅くにすみません。牧原です」

『何かありましたか？』

穏やかな町村の声に、咲子の表情が緩む。咲子は自分が緊張していたことに、気付かされる。

「少し気になることがありまして……」

咲子は手短に今あった出来事を町村に伝えた。

『覚えている限りでいいので、その女性の特徴を教えてくれませんか？』

町村の声に緊張がまじって、嫌な予感を覚える。

咲子は女性の外見を思い出しながら、その特徴を伝えた。

『その女性は買い物中の牧原君に声をかけてきたんですね？　何を聞かれましたか？』

咲子は一瞬、返答を躊躇（ためら）う。

――妊娠検査薬を買おうとしていました、とは、さすがに言いにくい。

「買おうかどうしようか迷っていたものを、買うの？　って聞かれました」

『そうですか……』

言葉を濁（にご）す咲子に気付くことなく、町村は何かを考えるように黙り込んだ。そのことにホッとする反面、町村の沈黙が気になって仕方ない。

『その女性については、私に心当たりがあります。社長には私の方から報告して、対策を考えます。牧原君は、まだ外ですか？』

「はい」

『では、夜も遅い時間なので、気を付けて家に帰ってください。タクシーを使うなら請求はこちらに回してください』

「わかりました」

町村の言葉は少し大げさにも思えたが、咲子は素直に頷いておく。

『報告ありがとうございました』

「いえ……それでは夜遅くに失礼します」

咲子は通話を切ったスマートフォンの画面を見下ろして、ため息を一つつく。

――町村さんに心当たりがあるってことは、やっぱり社長の元カノってことかな？

このタイミングで現れた女性の影に、咲子は思わず苦笑した。遠田の女性運の悪さを知っているだけに、何とも言えない気持ちになってしまう。

咲子は大きく息を吐いて、気持ちを切り替えた。

――こんなところで、考え込んでも仕方ないか。町村さんが動いてくれるなら大事にはならないでしょう！

スマートフォンを鞄にしまって、咲子はゆっくりと歩き出した。

自宅に帰り、スーツを脱いで部屋着に着替える。

久しぶりの自宅に、ホッとすると同時に物足りなさを覚えて、咲子は首を傾げた。

ソファに座って、違和感の理由にすぐに気付く。

ここ最近、仕事でもプライベートでも、咲子の隣には遠田がいた。一緒に過ごすことが当たり前になりすぎていて、あの大きな人が傍にいないことを寂しく思っているのだ。

——慣らされたなー。

小さく笑って、咲子はテーブルの上に置いたままになっていたドラッグストアの袋を開ける。中から妊娠検査薬を取り出したタイミングで、玄関のインターホンが鳴った。

——え？　誰？

来客の心当たりがなくて、思わず部屋の壁時計に目を向ける。夜の九時を過ぎようかという時間だ。こんな時間に訪ねてくるような人物に、心当たりはない。ふと、先ほどの女性の顔が頭を過って、咲子の中に警戒心が湧く。

——まさかね……

躊躇っている間も、インターホンがもう一度鳴らされた。

一瞬、どうしようかと迷って、咲子は妊娠検査薬をテーブルに置き、玄関に向かう。

恐る恐るドアスコープを覗いて、驚愕した。

「社長!?」

咲子の声が聞こえたのか、ドアの向こうで遠田が、「こんな時間にすまない。咲子、私だ。

開けてくれないか？」と言われて、咲子は慌てて玄関の扉の鍵を開けた。

「どうされたんですか？」

咲子の質問を聞いているのかいないのか、遠田は咲子の顔を見るとホッとした様子で大きく息を吐いた。

「社長？」

「遅くにすまない。町村さんから連絡をもらって心配になって……無事でよかった……」

大げさにも思える遠田の行動に、咲子は戸惑う。

それが表情に出ていたのか、苦笑した遠田が咲子を抱き寄せた。

「驚かせたな。私は咲子のことになると余裕がなくなるらしい」

素直に彼に身を任せながら、遠田の雰囲気に不穏なものを感じ取る。

——何かあるの？　さっきの女性のせい？

町村との電話でも感じた予感が、遠田の行動で確信に変わる。咲子が遠田の背中をトントンと叩くと、すんなりと解放された。

「散らかってますが、上がってください」

玄関先で聞くような話ではないだろうと、咲子は遠田を部屋に招き入れる。

「邪魔するよ」

「どうぞ。お茶でも淹れますから、ソファに座っててください」

「ありがとう」

礼を言って居間に入った遠田の足が不意に止まった。どうしたのかと咲子が遠田を見ると、彼の視線がテーブルの上に向けられている。

――あ！

出したままにしていた妊娠検査薬に気付いて、咲子は眉を寄せる。

「咲子？」

咲子を見つめる遠田の瞳が期待に輝いていて、咲子は内心でため息をつく。

――こうなったら仕方ない。

咲子は腹を括った。

「咲子が今日、どうしても帰りたかった理由はこれか？」

「そうです。生理が遅れてて……」

「何故、教えてくれなかった？」

当然のことを問われて、咲子はどう答えたものかと迷う。期待に輝く遠田の瞳を見ていられなくて俯いた。

「期待させて、もし違っていたら、がっかりさせてしまうと思ったんです。だから、まず先に自分で確かめようと」

声が尻すぼみに小さくなっていく。遠田の反応が怖くて、どんどん自信がなくなっていった。

足元を見つめて、顔を上げられずにいる咲子のつむじに、遠田のため息が落とされた。そこに落胆が含まれている気がして、咲子の肩がびくりと跳ねる。

「咲子」

名前を呼ばれた。優しいその声音が、今は怖いと思ってしまう。

動けない咲子の体を、遠田がそっと抱き寄せた。

壊れ物を扱うように、優しく触れる男のぬくもりに、咲子の強張っていた体から力が抜ける。額を遠田のスーツの肩に当てると、鼻先にすっかり馴染んだ遠田のフレグランスの匂いを感じた。

「私は君を追い詰めた？」

遠田の問いに咲子は首を横に振る。

――違う。ただ、どんな形であれ、遠田の期待を裏切りたくないのだ。

「初めにあんな取引を持ちかけたのは私だからね……真面目な咲子が、気にしないはずはなかったな」

嘆息まじりにそう言って、遠田が咲子の髪を梳く。

その優しい手つきに、咲子は何だか泣きたくなった。

「咲子」

もう一度、名前を呼ばれた。まだ顔を上げる勇気が持てない咲子は、ただ首を振る。

頑(かたく)なな咲子の態度に、遠田は苦笑して両手で咲子の頬を包んだ。

強引に顔が上げられる。吐息の触れる距離で見上げた男の瞳は、柔らかな光を宿していた。

「私は確かに子どもが欲しかった。もう恋愛をする気も結婚をする気もなかったから、年齢を考えれば呑気に構えてもいられなかった。私の子どもを産んでくれる人と考えたとき、真っ先に浮かんだのは咲子だった。咲子以外に考えられなかった」

言葉を切った遠田が苦笑する。こつりと額(ひたい)が咲子の額(ひたい)に合わさる。

「その時点で答えは出ていたはずなのに、馬鹿な私は気付かなかった。ものすごく単純で、簡単な答えだ。私は咲子に傍にいて欲しい。この先もずっと……そして、君と家族になりたい。一番初めを間違えてしまったから、咲子にいらない気遣いをさせてしまったな。すまなかった」

「そんなことはありません……」

遠田の言葉が嬉しくて、嬉しすぎて、咲子の心が温かいもので満たされる。

「子どもができていれば、もちろん嬉しい。だけど、まずは咲子が私の傍にいてくれないと、意味がないんだ。そこをちゃんと伝えていなかったな」

「ちゃんと……伝わってましたよ?」

泣き笑いのような表情でそう言えば、眼鏡の向こうで遠田が柔らかに微笑む。

その柔らかな笑みが好きだと思う。自分を包むぬくもりに安堵する。

いつの間に、遠田への恋心はこんなにも大きくなっていたのだろう？

この男が好きで、好きすぎて、だから臆病になっていた。遠田の愛情表現はとってもわかりやすくて、ストレートだ。真っ直ぐに咲子に向けてくる想いを疑ったことはない。

ただ、咲子に自信がなかったのだ。この男に愛されるだけのものを、自分が持っているのかと。

でもそれすら、咲子の杞憂だったのだろう。

自分はちゃんと遠田に愛されている。

言葉でも態度でもそれをきちんと表してくれる男に対して、自分は何故こうも臆病になっていたのかと思う。

「だったらいいんだが……これは二人の問題だから、できればすぐに相談して欲しかった」

拗ねてみせる男が愛しくて、咲子は遠田の背に腕を回して抱きつく。

「次はちゃんと相談します」

「そうしてくれ。咲子一人が背負う問題は何もない。いつだって私は、君の傍にいたいと思っている。喜びも悲しみも、二人で分け合いたいんだ。私がいることを忘れないでくれ」

ぎゅっと抱きしめ返されて、咲子は小さく頷く。

「それにもし今回、妊娠してなかったとしても、また頑張ればいいだけの話だ。私はまだまだ枯れてないから、心配しなくていい」

遠田の宣言に、咲子は噴き出す。

「そこはまったく心配してませんでしたよ？」

「そうか？　なら、よかった」

クスクスと笑う咲子に、遠田はホッとしたように目元を緩めた。

「やっと笑ったな。咲子は笑っている方が可愛い」

遠田の指が咲子の頬に触れる。親指の腹で、目の下をすっと撫でられた。咲子は遠田の手のひらに頬を押し付ける。

「検査してくるので、待っててくれますか？」

「もちろんだ」

頷く男に勇気をもらって、咲子は妊娠検査薬を手にトイレに入った。念のために説明書を読んでから、検査薬を開封する。トイレのドアがノックされた。

「咲子。できれば結果は一緒に待ちたいんだが……」

そわそわと落ち着かない様子の遠田の言葉に、咲子は束の間、迷う。迷ってすぐに、一人よりは二人で結果を待ちたいと思った。

「わかりました。ちょっと待ってください」

検査薬を使ってから、手を洗ってトイレを出る。

トイレの前に立っていた男が緊張した様子で、顔を強張（こわば）らせていた。仕事のときだって、こんな顔は見たことがない。そう思えば、何だか咲子まで緊張してくる。

「咲子」

手を取られて居間に戻る。ソファに座った遠田が、膝に咲子を乗せた。

その体勢を恥ずかしがるより先に、遠田が真剣な顔で咲子の手元の妊娠検査薬を覗（のぞ）き込む。

咲子は腕時計で時間を確認して、「あと二分くらいです」と遠田に告げた。

遠田が自分の時計でも時間を確認して、食い入るように検査薬を見つめる——

結果を確認して、緊張していた体から一気に力が抜けた。

脱力した体を、遠田が柔らかに抱き止められる。

——やっぱり、妊娠してなかったか。

咲子は遠田の肩に額（ひたい）を押し付けて、目を閉じる。

予想していた結果ではあったが、突きつけられるとやはりそれなりの落胆が咲子を襲う。

検査する時期が少し早かったのかもしれない。

数日おいて検査したら、陽性になる可能性がまだ残っている。

――でも変ね。私ちょっとだけ、ホッとしてる。

落胆なのか安堵なのか、自分でもよくわからない感情が湧き上がってきて、咲子は自分の感情に戸惑った。

「咲子？　大丈夫か？」

遠田に柔らかく呼びかけられて、咲子は瞼を開いた。

気遣う男の眼差しに、咲子は苦笑する。

「……大丈夫です。この結果は何となく予想していたので、まぁ、当然かなって思ったりしたんですけどね……むしろ……」

そこで言葉を切る。今、感じているこの感情をどう説明しようかと思って迷う。

「むしろ？」

遠田が咲子の後ろ髪を優しく梳きながら、言葉の続きを促してくる。

「結果が陰性だったことに、ちょっとホッとしてる自分に驚いてます」

――子どもができてたら嬉しいって、私にまた家族ができるって思ってたのに……

「覚悟が、できてなかったんですかね……？」

思わず漏れた呟きに、遠田が咲子の頭を引き寄せる。遠田の胸に額を預けて、咲子は小さくため息をついた。

遠田が再び咲子の後ろ髪を梳き始める。その優しい手つきに心が緩んでいく。

「私も正直に言おう。私も、この結果にちょっとホッとしている」

「社長？」

遠田の意外な発言に驚く。

「おかしいと自分でも思う。自分の子どもが欲しくて、始めた取引だったはずなんだがな……」

くすりと遠田が小さく笑った。その笑い声に苦い気持ちが混じっている気がして、咲子は遠田の表情が見たくなる。頭を動かそうとしたが、後ろ頭に回された遠田の手にそれを阻まれた。

「咲子が妊娠しているかもしれないと思ったら、喜びも期待もあった。けれど、同時に怖くなった。私は親になれる人間なのかって……おかしいだろう？」

問いかける男の声は、どこまでも柔らかかった。

「自分はよい父親になれると思っていたし、なりたいとも思っている。でも、いざとなったら、不安になった。本当に自分は父親になれる人間なのかって……今となっては、あの根拠のない自信がどこから出ていたのか自分でも不思議だよ」

髪を梳く遠田の手が止まった。今度は阻まれることなく顔を上げることができた。

遠田が慈しむように咲子を見下ろしていた。だけど、男の表情に戸惑いを感じて、咲子は咄嗟に遠田の頬に手を伸ばす。指先にざらりとした髭の感触がした。

その感触が愛おしいと思う。遠田が、咲子の手を上から包み込んできた。

「親になるには、私たちはお互いにまだまだ未熟で覚悟が足りないみたいだな。だが、二人一緒なら、どんなことでも乗り越えられるって思わないか？」

問われて咲子は小さく頷く。

「まずは焦らず二人でゆっくりと家族になろう。それから、新しい家族を迎える準備をしよう」

遠田の言葉に咲子の心は温かいもので満たされる。

感じていた不安は遠田も一緒だったのだと思えば、揺れていた心は驚くほどに、穏やかになる。

「家族になろうって、プロポーズの言葉みたいですよね」

どうしようもない照れくささに襲われて、茶化すようにそう言えば、遠田が愛おしい者を見るような眼差しで、目を細める。

「そのものの意味で、プロポーズだ。本当はこんな風に咲子に伝えるつもりはなかったんだがな。これでも私なりに、色々とプロポーズの策を考えていたんだが」

残念そうに眉尻を下げる男に、咲子は笑ってしまった。

──この人が考えるプロポーズのシチュエーションって、ものすごく大げさで大変そう。これで、よかったかも？

せっかくの遠田の想いを無下にすることを考えながら、咲子はひっそりと胸を撫で下ろした。

「イエスと言ってくれ。咲子」

額を合わせた遠田が咲子に答えをねだる。

「イエス以外の返事を聞く気はあるんですか？」

「ないな」

きっぱりと答えた男は、咲子の額に、鼻筋に、唇に触れるだけのキスを繰り返す。

触れては離れる淡い口づけの感触に、肌がざわめく。

「咲子」

名前を呼ばれて、遠田への恋しさが募った。再び触れるだけで離れていこうとした唇を追って、咲子は遠田の首に手を回して、引き寄せる。

「社長の……明彦さんの家族になりたいです」

その耳朶にそっと囁きを落とす。途端に腕の中の男の体がびくりと跳ねた。腰に回されていた腕に強い力が籠もり、遠田が咲子の肩に額を押し付けてくる。

「まいったな……」

「社長?」

嘆息まじりの男の言葉に咲子は首を傾げる。

「まったくうちの秘書殿は、どうしてこんなに私の心を掴むのがうまいんだろうな?」

ため息が首筋に落とされて、くすぐったさに咲子は首を竦める。

「嫌ですか?」

「まさか。大歓迎だ」

顔を上げた男の唇が降りてきた。咲子の吐息ごと奪うように唇を重ねられ、キスが深くなる。

そのまま咲子はソファに押し倒された。

二人分の体重を受け止めたソファが、ぎしりと音を立てる。

「愛してる。咲子」

月並みで、ありふれた、告白。テレビや小説、漫画の中で、繰り返されてきた愛の言葉——

それがこんなにも衝撃を与えるものなのだと咲子は知らなかった。誰も教えてくれなかった。

——まるで、直接心臓を握られてるみたい。

痛みと錯覚してしまいそうな幸福感が咲子を包む。

答えを返す前に、遠田の唇が再び咲子の唇を塞(ふさ)いだ。

——ずるい。

同じ言葉を、同じだけの想いで返したいのに、咲子の答えを奪う男の余裕のなさが愛おしくて、ちょっとだけ憎らしい。

伝えたいことはたくさんあるのに、背中を緩やかに一撫でされただけで、咲子はぐずぐずに蕩(とろ)けてしまう。

絡ませた舌の甘さに、くらくらする。どうしてこんなに自分の体は快楽に弱いのだろう。そう思うのに、抗(あらが)えぬまま咲子は遠田に自分の体を委(ゆだ)ねた。

「んんう……っ！」

上顎(あご)の粘膜を舐(ねぶ)られ、腰が弾(はず)んだのを見逃さず、遠田は咲子の脚を割った。脚を開かれて、部屋着のワンピースのスカートが上にずり上がる。

太腿が露(あら)わになり、遠田の指が肌を撫で回す。腿が持ち上げられて、遠田の腰と密着させられた。すでに硬くなっているものが触れて、肌が熱を上げる。

——あたま、溶けそ……う……

キスが解けて、遠田が体を起こした。眼鏡を外し、露(あら)わになった男の素の表情に胸が騒ぐ。

眼鏡のレンズ越しではなく重なった視線に、透けて見えるのは熱情だった。

欲情を隠さない男の眼差しが、真っ直ぐに咲子を見下ろしている。

ネクタイを解く遠田の指先に、艶冶な男の色気を感じて、下腹部が疼いた。

「咲子」

この人に名前を呼ばれるのが好きだと思う。まるで宝物みたいに、名前を呼んでくれる男の声がたまらなく愛おしい。

「明彦さん……」

普段、滅多に呼ばないその名を呼ぶ。言葉にできない愛おしさを込めて——

遠田の瞳が柔らかく細められた。

「もっと呼んで……咲子。私の名前を」

頬に手が添えられて、親指が咲子の唇をなぞる。淡い疼きが背筋を滑り落ちていく。

「明彦さん」

望まれるままに、遠田の名を呼ぶと、強く抱きしめられた。

遠田に抱きしめられると、自分が女なのだと実感する。自分とは違う硬く大きな体。この体に包まれるとほっとする。深く息を吸った瞬間、遠田の匂いを感じた。香水の爽やかな香りと微かな汗の匂い。すっかり身に馴染んだ眩暈がするほどの官能の香り。

気付くと遠田も咲子の首筋に鼻先を埋めて、咲子の匂いを嗅いでいた。

「咲子はいつも、いい匂いがする」

遠田がうっとりとそう囁く。羞恥とくすぐったさに咲子は頬を染めた。ワンピースを脱がされる。首筋から鎖骨にかけて遠田の唇が這い、咲子の白い肌に赤い花を咲かせていく。

ちりちりとした痛みを散らしながら、左胸の先端に遠田の唇が辿り着く。硬く尖った胸の頂を、口に含まれ転がされる。過敏になっているその場所に、ぬるい吐息を感じて、顎が仰け反った。

「ん……っ！」

胸の先を嬲られるまま甘い声を上げていると、太腿に手が這わされた。スカートの奥に入り込んできた手に、ストッキングごと下着を引き下ろされる。

首筋に唇を寄せたまま、剥き出しの脚を撫でられた。直接的な刺激ではないのに、じわじわと肌が熱を上げていくのがわかる。

「あ……う……」

反対の手で乳房を包まれ、下から撫でるように持ち上げられた。大きさや柔らかさを確かめるみたいな触れ方に、押し殺した声が零れる。立ち上がった胸の頂を指の腹で押し潰された途端、愉悦が溢れた。

「咲子……」

遠田が咲子の手を掴んで体を引き起こす。促されるまま、遠田の体を跨ぐように膝立ちの姿勢を取らされる。

「あっ……」

遠田の指が咲子の秘所に触れた。ゆっくりと中に指が潜り込んでくる。すでにぬかるんでいたその場所は、喜びに戦慄きながら遠田の指を受け入れた。

蕩けるような快感に、膝から力が抜けそうになり、咲子は咄嗟に目の前の男の首に腕を回す。そうして、ぬるぬると出し入れされる指の感触に耐えた。

快感に震える体を宥めるように、大きな手のひらが何度も背を撫で、優しい口づけが落とされる。

「ふ、うん……っ！」

花芽を親指の腹で弾かれて、思わず遠田にしがみついて声を上げる。中から蜜がどっと溢れて、咲子の太腿を伝い落ちた。その感触にすら、肌は快楽を拾い上げる。

「あー、だ……め……そこ！」

緩やかだった指遣いが激しくなり、咲子は体を跳ねさせた。蜜壁の感じる部分を執拗に指で擦られて、目の前が白く染まる。

近付く絶頂に、咲子は遠田の頭を胸に抱え込む。乱れた男の髪が咲子の首筋をくすぐり、ふっと短く吐き出された遠田の吐息さえも、咲子を乱れさせた。

――あ、……くる……

三本の指を受け入れているそこが、物欲しげに蠢く。「ん、ん」と息を詰めて、遠田の指に合わせて腰を揺らすと、鎖骨を噛んだ遠田が「イキたい?」と問いかけてくる。返事をしようと口を開くが、言葉ではなく吐息が溢れた。咲子は首を縦に振って頷くのが精一杯になる。

「やぁ……! な……ん……で……!」

途端に、秘所から指が抜かれて、咲子は思わず抗議の声を上げる。潤んだ瞳で睨みつけると、男はうっそりと笑った。

「イキたかったら自分で挿れて……咲子」

腰を掴まれて体の位置を調節され、秘所に遠田の昂りを押し付けられる。硬く立ち上がり、先走りに濡れたそれが浅く出し入れされた。

「はぁ……ん……」

――奥……奥まで……欲しい。

満たされない欲求に、咲子は唇を噛む。触れた遠田の熱に、それだけで秘所がきゅんと疼く。

浅く入れられた先端部分に反応し、舐めるように自分のあそこが動いた。そんな自分を、あさましいと思うのに、腰の動きを止められない。

「咲子」

耳朶を食んだ男の、命じることに慣れた声音に逆らえない。

咲子は後ろ手で、遠田の欲望を支えて、ゆっくりと腰を落とした。

「あ、……は……ぁ……ん」

ぐっと腰を落として、秘所が遠田の形に開かれるのがわかる。じんじんと疼くような熱が、首の後ろや指の先にまで広がった。

中ほどまで呑み込むと、ぞわぞわと背中が総毛立つ。微かな痛みと、それを上回る快楽に、咲子が甘い息を吐けば、もっと奥まで挿れろと言うように遠田が腰を揺する。

「やあ……ん！」

それだけの刺激に、焦らされていた快楽が一気に弾けて、咲子の膝から力が抜ける。自重により、一気に最奥まで貫かれた。満たされる喜びに、秘所が複雑にうねって遠田を締め付ける。

咲子はギュッと目を閉じ、声もなく大きく口を開けて遠田にしがみつく。

「苦しいか？」

「大……丈……夫で……す」

「だったら動いて、咲子」

できるだろう？　と囁く男の声は甘い毒を孕んでいた。ぞくぞくとした新たな愉悦が、背筋を這い上がってくる。

頬や瞼に柔らかく口づけられ、促すように緩やかに腰を揺すり上げられるともうダメだった。

「ぃあ、ああ……ん……！」

気付いたらあられもない声を上げて、体を揺らす遠田に応えて腰を動かしていた。

自分の気持ちのいいところに擦り付けて、咲子は思うさま快感を味わう。濡れた粘膜は、嬉しそうに遠田の昂りを食み、複雑にうねる。もうこれ以上はないと思っていた遠田の欲望が、咲子の体の中でさらに膨らんだ気がした。

「あ、い……っぱ……い」

「何が？」

「明……彦……で体の……中……膨らん……で、大きい……」

呟いた答えに、「あまり煽るな」と遠田が吐き捨てるように言った。

「ん……」

唇が重ねられた。舌が吸われて、遠田が腰を使い出す。口の中もあそこも遠田に満たされて、いっぱいになる。

苦しいのに気持ちがよくて、体が止まらなくなる。

互いのリズムを合わせて、淫らに腰を揺すり合う。

——気持ちいい。

次々に押し寄せる快楽を処理しきれず、神経が焼き切れそうだった。

それなのに、もっと欲しくなる。

あまりの激しさに、膝から振り落とされそうで、汗に濡れた胸にしがみつく。

遠田の胸からも咲子と同じほどに乱れた鼓動が聞こえた。見上げれば、乱れた髪の下から、瞳を眇めた男と目が合った。どちらからともなく、唇が重ねられる。

「はふっ……ん、ん……！」

さらに脚を抱えられ、激しく揺らされた。

「……あ、あ、イッ……ク……」

咲子の言葉に応えるように一際強く突き入れられて、背筋を甘い疼痛が滑り落ちた。

跳ね上がりそうな体を強く抱きしめられ、最奥まで彼を受け入れる。胎の奥が激しくうねって、彼の精を搾り取ろうと一気に蠕動する。

「クぅ……」

頭上で男の艶めかしい吐息が聞こえた。

押し上げられた絶頂の中、胎の奥に男の飛沫が吐き出されたのを感じる。

とろりと甘い愉悦に溺れながら、咲子は恋人の体を抱きしめた。力強い腕の中に囲われて、言葉にできない幸せを噛み締める。そのまま咲子は、束の間の休息に落ちていった――

その後――数日経ってもやってこない生理に、咲子が二回目の検査薬を使ったのは、遠田の見合いの朝だった。

くっきりと表示された結果は『陽性』だった――

第5章　取引の完了を阻むもの

「うん。ここ胎嚢が確認できるね。最終生理から考えても六週目の終わりってことで間違いないよ」

先ほどの経膣エコー検査の録画を見せてくれながら、遠田の友人だという医師が説明してくれる。

画像の一点を示す医師の指の先に、黒い点とその中にある白いリング状のものが見えた。思わず咲子はその一点を凝視する。

――本当に妊娠してるんだ……

今朝、妊娠検査薬の反応が陽性を示してからずっと、どこか夢の中にいるようで現実感が薄い。

今、自分のお腹に命が宿っている。そのことがまだ少し不思議だった。

咲子はまだ膨らみもない自分の下腹部を見下ろして、もう一度エコー画像を見る。

じわじわとした喜びが胸を満たし始め、咲子は膝の上に置いた手を握り締めた。

その手を、横から伸びてきた大きな手が包み込む。いつも以上に温かい手のひらが、横にいる男の興奮を伝えてきた。その手のぬくもりが、これが夢ではなく現実なのだと、咲子に教えてくれる。

目の奥が熱くなって視界が滲み、咲子は咄嗟に俯いた。

「妊娠してるってことで間違いないか？」

横に座って一緒に診察結果を聞いていた遠田が、感情を無理やり抑えたような声で確認をする。

「そうだな。心拍も確認できるし、経過も順調そうだ。おめでとう」

医師の言葉に咲子の手を包む、遠田の手に力が入った。

「ありがとう」

「妊娠の初期段階だ。まだまだ油断できない時期だから、大事にしてやれ」

「もちろんだ。時間外だったのに、悪かったな」

「本当だよ。こんなことは今回限りにしてくれ」

苦笑する医師に咲子はいたたまれなくなって、思わず「すみません」と頭を下げる。

今朝、検査薬が陽性を示していることを遠田に伝えた途端、彼は友人でもあるこの医師に連絡を取った。

日曜日の今日――奈々子たちのパーティーもあることだし、受診は週明けにしようと遠田を説得したが、聞き入れてはもらえなかった。

早朝だったにもかかわらず、かなり強引に時間外の診察予約を入れてしまった。

遠田の運転する車で病院に連れてこられ、診察を受けて今に至る。

「あなたが謝ることではないですよ。これは完全な遠田のわがままだ。今度、こいつに高級な地酒でも奢（おご）らせるので、気にしないでください」

穏やかに微笑んだ医師の言葉に、咲子も表情を和（やわ）らげる。

「酒でも飯でも好きなものを好きなだけ奢（おご）ってやる」

その横で胸を張ってそんなことを言う遠田に、咲子と医師は顔を見合わせて苦笑する。

「それは期待できるな。遠慮はしないから、あとで文句を言うなよ？」

にやりと笑う医師に、「言うわけないだろ？」と遠田も余裕の笑みを浮かべた。

診察室の雰囲気が緩んだところで、今後、気を付けるべきことや、母子手帳の交付書類、次回の診察の予定などを聞いて、二人は礼を言って診察室を出る。

休日の朝ということもあり、人のいない待合室は静寂に包まれていた。柔らかなピンクと可愛いキャラクターに包まれた空間に、遠田と一緒にいることが何だか不思議で仕方ない。

三か月前には想像もできなかった。遠田とこんな関係になることも、自分が妊娠することも――

そう思うと、くすりと小さな笑みが漏れる。

「咲子？」

静かな空間に響いた咲子の笑い声に、遠田が首を傾げて咲子の名を呼ぶ。

「すみません。何だか、ちょっとおかしくて……三か月前の自分にこの状況を言っても、きっと信じないだろうなって思ったら……」

咲子の言葉に、遠田の目元が柔らかく細められた。

「そうだな」

穏やかに微笑んだ男の瞳が輝きを増し、咲子に手が伸ばされた。

不意に抱き上げられて、咲子の唇から悲鳴が上がる。

咲子を軽々と抱き上げたまま、遠田がくるくると回り出した。

普段より高くなった視界と、回る視界が怖くて、咲子は遠田の首にしがみつく。

「こら！　遠田！　待合室で騒ぐな！　さっき妊娠初期だから無茶をさせるなって言ったばかりだろうが！」

咲子の悲鳴を聞きつけて、診察室から顔を出した医師が、遠田をしかりつける。

注意されて、遠田の動きが止まり、ホッとして咲子は大きく息を吐き出す。

自分を抱き上げる男の顔を見下ろせば、笑みを向けられた。満面に喜びと幸福を溢れさせる男の表情に、咲子の心が温かいもので満たされる。

「すまない。嬉しくてつい」

悪びれたところもなく謝る男に、医師が呆れたように肩を竦めた。

「はいはい。嬉しいのはわかるが、ここが病院なのを忘れないでくれ。上には入院患者もいるんだ。いちゃつくのなら帰ってからにしてくれ！」

「わかったよ」

呆れを隠さない声でそう注意を残して、医師が診察室へ戻って行った。

「大丈夫か？　咲子？」

今さらのように問われて、咲子は苦笑して頷く。

「驚きましたけど、大丈夫です」

そっと体を床に下ろされる。けれど、腰に回された遠田の手が離れることはなかった。

腕の中深く抱き寄せられる。

「ありがとう。咲子」

礼を言う男の声に、咲子の胸が熱くなる。視界が再び滲みそうで、咲子は遠田の肩に額を押し付けた。

胸を満たす喜びに言葉が出てこない。咲子を抱く男の腕に力が籠もった。

「体を大事にしてくれ……ああ、早くこの子に会いたいな……」

気の早すぎる遠田の言葉に、咲子は無言で頷くことしかできなかった――


「あまり長い時間、立って歩かないように。疲れたらすぐに休んで構わない。ああ、具合が悪くなったらすぐに連絡をくれ！」

妊娠が確定してからの数時間の間だけでも、もう何度聞いたかわからない心配の言葉に、咲子は疲れた表情で、眉間に皺を寄せる。

だが、隣を歩く遠田はそれに気付く様子もなく、過保護の権化と化して、尚も言葉を重ねている。

曰く、重いものは持つな、体を冷やすな。まだまだ続く言葉を聞き流しながら、咲子は遠田をパーティー会場であるホテルの大広間へ誘導しつつ廊下を歩む。

もうすぐ奈々子の嫁ぎ先が主催するパーティーの開始時刻が迫っていた。親族の一人として参加する予定の男は、まるで仕事のことなど忘れたみたいに、咲子の世話を焼こうと忙しない。

遠田にとっては待望の妊娠だ。彼の気持ちはよくわかるし、咲子自身今も喜びが胸を満たしている。だが、そろそろ遠田の過剰な気遣いが鬱陶しくなってきているのも事実だ。

遠田の言う通りにしたら、咲子は一歩も身動きできなくなる。下手をすれば、寝室に閉じ込められそうだった。

今でこれならこの先が思いやられると、咲子は内心でため息をつく。

「体調に何かあれば真っ先に社長に連絡します。それは約束します。ですから、今はお仕事に集中してください」

「あまり無理せずに、疲れたらすぐに座るように」と念を押す男にはいはいと頷いて、咲子は遠田を会場に送り出す。

やれやれと一息ついて、咲子は会場を見回した。遠田はさっそく知り合いに囲まれている。

広い会場の中、目立つ男の姿に咲子は瞳を細めた。

人の中心にいることが当たり前の遠田の姿は堂々として、そこだけ空気が違って見えた。恋する女の欲目を差し引いても、遠田は魅力的な男だと思う。

実際に、彼が会場に入ってから女性たちの視線が彼に集まっている。

その中に、遠田の見合い相手となる女性がいると思うと、胸の奥がわずかにざわめいた。

――社長は断ると言ってくれた。

不安になることなど何もないはずだ。咲子は誠実な男の言葉を信じるだけだ。

後ろから「牧原」と名を呼ばれて、咲子は物思いから覚める。振り返れば、宴会部門のチーフをしている同期が立っていた。

「佐々木君？　どうしたの？」

「ちょっといいか？」

「構わないけど、何？」

難しい顔をした佐々木に手招きされて、咲子は促されるまま会場の外に出る。

「実は控え室に体調を崩したお嬢さんがいるんだが、頼めるか？　うちの女性スタッフを付けようと思ったんだが、振袖なんだ」

ちょっと困ったような佐々木の言葉に、咲子はああと頷く。

慣れない着物に、体調を崩したのだろうと予想をつける。ウェディング部門にいた頃は、よくそういったお客様への付き添いをしていた。それを知っている佐々木の依頼を、咲子は快く引き受ける。

「控え室は上？」

「三階だ。俺は会場にいるはずのお嬢さんの母親を探す」

「わかったわ」

咲子は体調を崩したというその女性の部屋番号を佐々木に確認して、エレベーターに乗り込む。

そこで、遠田に何も言わずに会場を出てきてしまったことに気付いたが、あとで連絡すれば問題ないだろう。

エレベーターを降りて、廊下を進み、目的の部屋に辿り着く。ドアをノックすれば、中からか細い声が返ってきた。

「失礼します」

咲子は声をかけてから部屋の中に入った。部屋の中央のソファに、翡翠色の振袖を着た女性が座っていた。咲子が部屋に入ってきた気配に、女性は俯いていた顔を上げる。蒼白な顔色と、浅い呼吸が彼女の具合の悪さを物語っていた。

奈々子と同年代くらいだろうか。二十代の半ばくらいに見える女性は、綺麗な黒髪を結い上げ、つぶらな瞳が印象的な、可愛らしい人だった。その瞳が不審げに咲子を見上げてくる。いきなり見知らぬ他人が部屋に入ってきたのだ。警戒されても仕方ない。

咲子は膝を折り、彼女よりも目線が下になるように屈んだ。そして、スーツの上着のポケットから、名刺入れを取り出した。

「私は当ホテルの従業員で、牧原と申します」

名刺を受け取った女性は、咲子の名前を見てハッとした様子で、顔を上げた。まじまじと顔を見られて、咲子は戸惑う。

名刺と咲子の顔の間を、何度も彼女の視線が往復する。

——どこかでお会いしたことがあったかな？

内心で首を傾げるが、彼女とは多分、初対面だ。

不思議に思いながらも、咲子は穏やかな微笑みを浮かべて話しかける。

「お加減がすぐれないとお聞きして、参りました。何かお手伝いできることはありますか？」

「ありがとうございます。実は慣れない着物と人の多さにちょっと眩暈がして……」

恥ずかしそうに瞼を伏せる様子は初々しく、女の咲子ですら庇護欲をかき立てられる雰囲気があった。

「それはお辛いですね。お名前をお聞きしてもよろしいでしょうか？」

「杉浦美波です」

「杉浦様ですね。よろしければ、こちらをお使いください」

名前を確認した咲子は、足台を用意して美波に勧めた。着物の裾を気にしながらも彼女は足台に足をのせる。ホッとしたため息が聞こえてきた。美波がくつろげるように、クッションの位置を微調整し、着物の袖や裾に皺が寄らないように整える。

「すみません。ご迷惑をかけて……着物は慣れてないから嫌だって言ったんですけど、母が今日は大切な日なんだからって強引に決めてしまって、振袖なんて成人式以来です」

美波は情けなさそうに八の字に眉を下げた。その顔があまりに可愛らしくて、咲子は目元を緩めずにはいられなかった。同時に、美波の体調不良の原因を何となく察した。

以前、ウェディング部門にいた頃のことを思い出す。招待客の若い女性や親族の女性の中には、慣れない着物に今の美波と同じように調子を崩す人がいた。早朝からの着付けに、帯や胸紐などでみぞおちの辺りを締め付けられるせいで、体調を崩す人が多いのだ。咲子は、そういった場合の対処法を心得ている。

「振袖を着るのが、成人式の一回だけなのはもったいないって、母が主張するので断れなくて……」

少しは咲子に対する警戒心が和(やわ)らいだのか、美波がそんな不満を漏らす。もともと人懐(ひとなつ)っこい性格なのか、話している間にも、美波の口調は砕けたものに変わっていった。

「よくお似合いですよ」

咲子は余計なことは口にせずに、そう言った。実際、振袖は美波の清楚な美しさを際立たせている。彼女の母親がこの振袖を彼女に着せたいと思う理由も、わからないでもない。

翡翠(ひすい)色の振袖は裾(すそ)の方にいくに従って色が濃くなり、下は黒とも見まごう深緑に染められていた。そこに金糸や金彩で蝶が描かれ、それ以外にも御所車(ごしょぐるま)に、牡丹や藤などが彩(いろど)りを添えている。そこに金糸で織られた帯が、華やかさを加えていた。この振袖は、色白でほっそりとした印象の美波に、とてもよく似合っている。

「そうですか？　今時、お見合いに振袖って、どうかと思うんですけど？」

その言葉を発したとき、美波がまるで咲子の様子を観察するようにじっと見つめてきた。

——お見合い？

体が一瞬、緊張で強張りそうになる。だが、咲子はそれを表に出すようなことはしなかった。今日この日にあの会場で、お見合いがそう何件も行われるとは思えなかった。十中八九、美波が遠田のお見合い相手なのだろう。

先ほど名刺を渡したときの美波の反応を思い出して、納得がいく。

奈々子たちがどこまで彼女に事情を説明しているかわからないが、咲子が遠田に近い位置にいる人間だと、名刺で察することができたのだろう。

「色々とありがとうございます。おかげでだいぶ楽になりました」

クッションに寄りかかったままの美波がお礼を言ってきた。明るく笑う表情に、咲子はホッと胸を撫で下ろす。

「それはよかったですね」

そう言いながらも、咲子は現状に戸惑っていた。さりげなく腕時計を確認すると、パーティーの開始まで三十分を切ったところだった。

——さて、どうしたものか……

「はぁー、楽になったけど、やっぱり着物を脱ぎたい！」

クッションから体を起こした美波がそう言いながら、帯締めの結び目に手をかけている。今にも帯締めを解きそうだ。

咲子はもう一度、時計を見て、束の間考えてから、美波に顔を戻す。

「一度、お脱ぎになりますか？」

「え？　いいんですか？　でも、脱いだらもう二度と着られないかも……」

咲子の言葉に美波が驚いたように目を瞠り、迷う素振りを見せる。言ってみただけの希望が、まさか叶えられるとは思わなかったのだろう。

「一度、帯を解かれた方が楽になるのは確かですから。着付けがご心配であれば、私がお手伝いいたします」

「え？　牧原さんが？　着付けできるんですか？」

「一応、着付けの免状を持っております」

瞬きを繰り返し、きょとんとした表情を浮かべる美波に、苦笑しながら咲子は答える。

咲子にとって着付けは趣味と実益を兼ねた特技だった。ウェディング部門にいた頃には、美波のように着物で具合を悪くした女性とよく遭遇した。その介抱をしているうちに、着付けそのものに興味を覚えた。習ううちに楽しくなって、気付けば免状まで取っていた。

ウェディング部門にいた頃は、色々と重宝されたものだ。着付けのできるスタイリストや美容師の手が足りないときは、よく駆り出されていた。今でもたまに、応援を頼まれることもある。腕はそこまで鈍ってないはずだ。

「え！　じゃあ、脱ぎたいです！」

瞳を輝かせた美波は、足台から足を下ろして不意に立ち上がろうとした。

「……あっ！」

しかし、急に動いたせいで、また眩暈がぶり返したのか、小さく声を上げてソファに座り込んでしまう。その顔色は、また青くなっていた。

「大丈夫ですか？」

咲子は急いで美波の傍に歩み寄る。

「すみません……大丈夫です……急に動いたから……」

額を押さえた美波が、弱々しく微笑んだ。

「このまま休んでいてください」

咲子はそう言って、グラスに水を注いで、美波に差し出す。

「よろしければこちらを」

「ありがとうございます」

咲子がグラスを差し出すと、美波は受け取った水に口を付けた。そして、一気にグラスの半分ほどを飲み干した。「ふぅー」とため息をついて、美波が顔を上げる。

「冷たくて美味しい。ありがとうございます」

にこりと笑った美波の顔に再び赤みが差してきた。

「動けそうであれば、一度帯を解きましょう」

「お願いします」

グラスをテーブルに置き、立ち上がろうとする美波に咲子は手を貸し、今度はゆっくりと立ち上がらせる。

「帯の結び方を確認したいので、後ろを向いていただけますか？」

「はい」

頷いた美波が、咲子に背を向ける。咲子は美波の帯結びを確認する。

——ふくら雀か。これなら大丈夫ね。

幸いと言っては何だが、美波の帯結びは古典的な振袖の帯結びだった。これなら自分でも結べる。咲子は一つ頷くと、着付けをしやすいように少し広い場所に美波を誘導した。そして、美波の帯を解き、着物を脱がせる。長襦袢の襟を押さえるための胸紐がきつく結ばれて、みぞおちの辺りに食い込んでいた。

——こんなに食い込んでいたら、具合も悪くなるわ。

咲子が胸紐を解くと、美波が大きく安堵の息を吐いた。

「ああー、楽になった！」

美波が嬉しそうに小さく歓声を上げる。その素直すぎる美波の反応に、何だか微笑ましくなってしまう。

「着付けの準備が整うまで、ソファでお休みください」

「はい！」

元気に返事をして美波はソファに座った。そして、先ほどテーブルに置いたグラスを手に取り、飲みだした。咲子はその間に、着付けがしやすいように帯や着物、小物類を整える。時計で時刻を確認すると、パーティーの開始まで二十分を切っている。

これから着付けをしたら、パーティーの開始時刻には少し遅れてしまうが仕方ない。

咲子が時間の計算をしていると、「ねえ、咲子さん」とすっかりソファでくつろいでいる美波に呼びかけられた。いつの間にか、名字から名前呼びに変わっていて、咲子は驚く。

だが、それを表に出すことなく、「何でしょう？」と美波の方へ顔を向けた。

「遠田社長ってどんな人？」

「社長ですか？」

「そう！　遠田社長のこと！　イケメンで仕事ができるってことはよく聞くし、実際見せてもらった写真は、確かにイケメンだと思うの。でも、プライベートはどういう人？　秘書さんなら知っているでしょ？」

その言葉に、やはり彼女が遠田の見合い相手なのだと確信する。すべての事情を知っていて咲子に鎌をかけているのか、それとも、本当に自分の見合い相手のことについて知りたいだけなのか――

咲子は彼女の真意が知りたくて、着物を畳んでいた手を止めて、美波と向き合う。

美波はにこにこと無邪気に微笑んで、こちらに身を乗り出している。けれど、その眼差しは咲子の表情をつぶさに観察しているようだった。

――んー。やっぱり前者なのかな？　私、探られてる？

そう思うが、どうにも美波の印象が一定しないように感じて、咲子は違和感を覚えた。その違和感が何に起因するものかはっきりせず、咲子は内心で首を傾げる。

美波はもともと人懐っこい性格なのだろうが、ここにきての距離の詰め方が、何だか無理をしているように見えた。

――何かものすごく頑張って、天真爛漫な子を演じているような……？

何故、美波がそんなことをするのかがわからず、咲子の困惑は深くなる。

「ねえ、咲子さん、答えてくれないの？　それともやっぱり答えられない？　社長さんのプライベートって秘密だったりする？　……だったら、咲子さんの印象だけでも教えてくれない？」

焦れたような美波の言葉に、咲子は物思いから覚める。思うよりも長い時間、美波の顔を見つめたまま黙り込んでいたようだ。

美波は眉間に皺を寄せて、拗ねたように唇を尖らせている。その子どもっぽい表情に、思わず苦笑が漏れた。

——ここであれこれ考えてもわかるわけないか。

美波とは出会って一時間も経っていない。咲子が美波の真意を推し測るには無理があった。

「申し訳ありません。何とお答えするべきか、少し迷っておりました」

美波に対して柔らかく微笑んで、咲子は着物を畳む手を再び動かす。そうしながら、遠田について考えてみた。

——私にとっての明彦さん……

「……びっくり箱みたいな人ですかね……」

束の間、考えて出てきた答えに、咲子はくすりと小さく笑いながら答える。

咲子の答えに美波が驚いたようにきょとんと目を瞠った。

「びっくり箱？」

「ええ、びっくり箱みたいな人です」

普段の遠田の言動を思い出して、咲子は笑って頷く。

「仕事の上でもアイディアマンで常に先を見て、多角的に物事を考える方なんですが、先走りすぎて考え抜いた結論だけ仰(おっしゃ)ることがあって、時々、ひどく驚かされることがあるんです。プライベートだと特にその傾向が強いかもしれません」

子どもを産んでほしいと言われたときのことを思い出してみても、遠田の言動は予想外すぎて、咲子はいつも振り回されてきた。

でも、それが嫌じゃない。むしろ次に何を始めるのか、こちらの好奇心をくすぐってくる男の言動に、咲子はいつも惹きつけられている。

「ふーん。なるほどね……びっくり箱か……」

じっと咲子を見ていた美波は、咲子の答えに納得したように一つ頷いた。そうして、何かを考えるように黙り込み、手の中のグラスを弄(もてあそ)ぶ。その様子を横目で観察しながら、咲子は時刻を確認する。もうすぐパーティーの開始時刻だ。そろそろ着付けを始めないとまずいだろう。

「ご用意ができましたが、もう少し休まれますか？」

着付けの用意を終えた咲子は、頃合いを計って美波に声をかける。

「あ、大丈夫です！　お願いします！」

咲子の声に我に返ったように顔を上げ、美波が立ち上がった。顔色はすっかり良くなっており、先ほどまでの具合の悪そうな様子はない。

「では、こちらに来ていただけますか？」

美波は咲子の指示に素直に従って、部屋の姿見の前に立った。

「失礼します」

咲子は美波の補正を直して、後ろから長襦袢（ながじゅばん）を肩にかける。袖（そで）を通してもらって、襟（えり）合わせを決めた。襟（えり）合わせが崩れない程度の力加減で、胸紐を結ぶ。先ほど、美波はこの紐が原因で体調を崩していたから、食い込まないように気を付ける。

「どうですか？　苦しくないですか？」

確認する咲子に、美波は胸元を見下ろし、着心地を確かめるように手を動かした。

「うん。大丈夫そうです。さっきみたいに苦しくない」

「そうですか。では、このまま進めますね」

美波の様子を確認しながら、二十分ほどかけて着付けを終わらせる。

——うん。久しぶりだったけど、綺麗にできたわね。

少し離れた位置から帯の形を確認した咲子は、満足して小さく息を吐き出す。

「できました。苦しくはありませんか？」

最後の確認で声をかければ、美波は姿見の前でくるくる回って全身の様子を見ている。

「すごい！　咲子さん、本当に着付けができるのね。朝、着付けてもらったときみたいに、苦しくないし、大丈夫そう」

美波は何度も自分の振袖姿を鏡に映して確認すると、咲子の方を振り返ってにこりと笑みを浮かべた。

「それはよかったです。では、パーティーも始まりましたし、会場に戻られますか？」

「はい。色々とご面倒をかけてしまって、すみませんでした。とても助かりました。ありがとうございます」

深々と礼をする美波に、「お役に立てたようでよかったです」と微笑み、咲子は美波をエスコートして、会場に戻る。

会場の入り口で、美波の母親と佐々木が待っていた。簡単な事情説明は佐々木の方でしてくれていたのだろう。出会ってすぐに、美波の母親は「娘がお世話をかけました」と丁寧に礼を言ってくれた。

美波親子は「今日は約束があるので、後日また改めてお礼をさせていただきます」と言って、足早に会場に入っていく。咲子と佐々木はその二人に軽く礼をして見送った。

「急に悪かったな、牧原。助かった」

「どういたしまして。こっちも久しぶりに着付けができて楽しかったわ。役得ね」

真面目な佐々木が気にしすぎないように、軽口で返す。

「そう言ってもらえるとありがたい。あー、それで、牧原……」

何故か言いにくそうに言葉を切った佐々木が、咲子の顔をまじまじと見下ろした。

「何？」

「いや、あのさ……社長がめちゃくちゃ牧原のことを心配して、探してたんだけど、もしかして牧原も調子悪かったのか？　それだったら、本当にすまん！」

頭を下げる佐々木に、咲子は驚きに目を瞬かせる。そうして、状況を理解して額を押さえた。

――あー、そういえば、結局社長に連絡してなかったな。

今現在、過保護の権化と化してる男のことを思って、咲子は天を仰ぎたくなる。

――あとで宥めるの大変かも……

「大丈夫よ。体調が悪いわけじゃないから、気にしないで」

「そうなのか？」

窺うようにこちらを見る佐々木に、咲子は頷く。

「具合が悪かったら、頼まれた時点で断って、他の誰かを探したわ」

「それならいいが……」

「気になるなら今度会ったときに、お茶でも奢って」

「わかった」

「じゃあ、私は会場に戻るわね」

「ああ」

佐々木に別れを告げて、咲子は会場に入る。そして、今も心配しているだろう男の姿を探した。

すぐに会場の中ほどで、人に囲まれている遠田を発見する。同時に、視界の端に遠田に向かって歩み寄る美波親子と奈々子の姿が見えた。咲子は咄嗟に踏み出しかけた足を止める。そのまま眺めていると、遠田に歩み寄った奈々子が、美波親子を彼に紹介している様子が見て取れた。

――今はまずいか……

咲子は人の邪魔にならないように壁際に佇む。パーティーが始まって、十五分以上経っているせいか、開会の挨拶も終わり人々はグラスを片手に、三々五々に散って歓談しているようだった。

見るとはなしに遠田たちの方に視線を向けると、四人は和やかな雰囲気で話している。周囲にいた人々も言わずともこれが見合いだと察したのか、緩やかに距離を取りつつも好奇心を隠せない様子で、彼らを見守っていた。

――こうして見ると、お似合いかもなー。

遠田が知れば盛大に拗ねそうなことを、咲子は考える。でも実際、遠田と並ぶ美波の姿は、ひどく似合いの二人に見えた。遠田は言うまでもなくイケメンで、美波は女の咲子ですらも守ってあげたくなる可愛らしい雰囲気の女性だ。

年は少し離れているが、美男美女の二人は絵になった。

周りもそう思っているのか、遠田と話しながら頬を赤らめる美波を微笑ましそうに見ている。

案外冷静にその光景を見ている自分に、咲子は何故だろうと首を傾げた。

恋人——まだそう呼ぶには気恥ずかしさが先に立ってしまうが、そんな男が目の前で見合いをしている。だというのに、自分は遠く離れた場所で、二人の邪魔をしないように眺めているだけ。

もし、他人からこの状況を聞かされたら、相手の男へ不信感を募らせただろうし、黙っている女性を歯がゆく感じたことだろう。

だけど、咲子は泣くでも喚くでもなく、ましてや不安にさいなまれることもなく、ただ静かに二人を見守っている。

パーティーが始まる前に覚えていたはずの、微かな胸のざわめきも不思議と感じない。

咲子はまだ平たい自分の腹部に、そっと手を当てた。自然と眼差しが見合いをする二人から離れて、自分の下腹部に向かう。

ここに新しい命が宿っていることを知ったのは今朝だ。

まだ半日しか経ってないのに、咲子はその命が愛おしくてたまらない。

咲子はふっと息を吐いて、口元を緩める。慈悲深くも不敵にも見える不思議な笑みを浮かべて、咲子は顔を上げた。

この命を誰よりも欲したのは遠田だ――

今は離れた場所にいる遠田に、再び視線を戻す。

穏やかな雰囲気で美波と話す男の表情は、咲子が見慣れたものだった。あれはビジネスマンとしての、対外用の顔だ。美波に対峙する彼は、彼女との会話をそれなりに楽しんでいるようだが、それは年長者として妹を見守るような雰囲気とありありと見て取れた。

眼鏡の奥、穏やかに瞬きをする瞳に、熱が宿る瞬間を咲子は知っている。

遠田の瞳に宿る熱情を知っているのは、今は咲子だけ――

そう思えば、美波に微笑む男の温度のない瞳に、心が波立つこともないのだと知る。

傲慢とも思われそうな自分の気の強さに、図らずも気付かされて、咲子は頬が熱くなった。思わず瞼を伏せる。

けれど、この自信は、咲子へのこまやかな情を隠しもせずに、態度や言葉で惜しみなく表してくれる男がくれたものだ。

火照る頬を誤魔化すように、咲子は落ちてきた前髪をかき上げる。

そのとき、遠田と話していた美波と目が合った。嬉しそうに笑った美波が手を振ってくる。その邪気のない様子に、咲子も思わず微笑んでしまう。

――何だか色々考える自分が、悪人みたいな気分になってしまうわ。

咲子が肩の力を抜いたとき、美波につられたようにこちらを見た遠田が、咲子に気付いた。

目が合った遠田は、ホッとしたように表情を緩めた。遠目なのに、眼鏡の奥の彼の目が柔らかく綻(ほころ)んだのがわかった。慈(いつく)しむ眼差しを向けてくる男に、咲子の心が音を立てる。

ときめきと呼ぶには穏やかで、温かいもので心が満たされる。

こんな風に自分を見る男の気持ちは、欠片(かけら)だって疑えない。

咲子も微笑んで、大丈夫だと伝えるために、遠田にもわかるように一つ大きく頷いて見せた。

彼女の意図を過(あやま)たずに理解した男は、口元の笑みを深くする。

美波が何かを言って、遠田の視線が再び彼女に戻る。それを見届けて、咲子は会場をそっと抜け出した。

——久しぶりに着付けをして、ちょっと疲れたかも……外の空気でも吸って、休憩してこよう。

遠田には居場所をメールしておけば許してくれるだろう。そう思って、咲子は会場をあとにした。

中庭に出て、少し外の空気を吸って気持ちを切り替えてから、咲子は会場に戻った。

「咲子」

名前を呼ばれて、視線を向けると、遠田が歩み寄ってくる。

「姿が見えなくなって心配した」

「申し訳ありません。少しトラブルがあって……」

「ああ、佐々木君と杉浦さんのお嬢さんに事情は聞いた。よくやった」

柔らかに目元を緩める男に褒められて、咲子はちょっとくすぐったい気持ちになる。

「体調は？」

「問題ありませんよ」

「そうか。それならいい。何か飲むか？」

「はい」

遠田がウェイターを呼び止め、咲子のためにジュースと自分のためのワインを手に戻ってくる。

咲子はジュースを受け取って、口を付けた。

——美波様との見合いはどうなったのだろう？

そう思ったが、遠田がここにいるということは、もう終わったのだろう。

ちらりと横目で遠田を見ると、彼もこちらを見ていた。目が合って、遠田がくすりと何かを思い出したように笑った。

「社長?」

その笑みの意味がわからずに、咲子は首を傾げる。

「いや、咲子と初めて話をしたときのことを思い出してな」

「え、ああ、そういえば……」

遠田の言葉に、咲子も昔を思い出す。

——社長と初めて話したときも着付けがきっかけだったな。

遠田の友人の結婚式の手伝いの最中に、新郎の妹が今日の美波と同じように具合を悪くした。周りには気付かれないように我慢していたようだが、余興の手伝いをしていた咲子がたまたま気付いた。祝いの席で具合が悪いと言い出せなかったらしい。

新郎新婦がお色直しで席を立っている間に、彼女をそっと会場の外に連れ出して着付けを直した。

誰にも気付かれないように配慮したつもりだったが、遠田が気付いて礼を言われた。

そのときのやり取りの何が気に入ったのか、彼は咲子を秘書に抜擢したのだ。

当時のことを思い出して、二人は微笑み合う。

「咲子は自分でも着物を着るのか?」

遠田がふと思い出したように、尋ねてきた。

「着ますよ？　最近は滅多に着る機会はありませんけど……」

「そうか」

遠田が何かを考えるように、一つ頷いた。

「社長？」

「いや、見てみたいと思って、咲子の着物姿」

そう言った遠田の手が伸びてきて、咲子のうなじを艶めかしい仕草で撫で上げる。背筋を淡い疼きが滑り落ちて、咲子は咄嗟に遠田から距離を取り、ざわつく首筋を手で押さえた。夜の時間を思わせるような触り方に、咲子は思わず咎めるように遠田を見上げた。

「私は咲子のこの綺麗なうなじが好きだから、着物が似合いそうだなって思ってな」

悪びれた様子もなくそんなことを言う男に、咲子は呆れてしまう。

人目があるこんな場所で言うことじゃないだろう。誰かに見られていたら、どうする気だ。

そう思うが、多分、見られていても、この男は気にもしないということもわかっていた。

「見たいな。咲子の着物姿。きっと似合う」

真面目な顔でそんなわがままを言う男に、咲子はため息をつく。

「考えておきます」

そう答えれば、遠田は「期待してる」と目を輝かせた。

「遠田社長。咲子さん」

呼びかけられて、二人は同時に振り返る。

揃ったような二人の動きに声をかけた人は、驚いたように目を瞬かせ、くすりと小さく笑った。

「杉浦様」

美波だった。母親は一緒ではなく、彼女一人だ。

「今日はありがとうございました。わがままを言ったのに、会ってくださって感謝してます」

美波は遠田に向かって深々と頭を下げる。

「いえ、こちらこそ楽しい時間でしたよ」

そう言う男の目元は柔らかで、言葉通り楽しい時間だったことが窺えた。

「そう言っていただけると、ありがたいです。それで……お二人に、どうしてもお伝えしたいことがあるんです」

顔を上げた美波の何やら思い詰めたような顔に、遠田と咲子は顔を見合わせる。

何かあったのかと目だけで会話を交わすが、遠田にも心当たりはないようだった。

二人が再び美波に視線を戻すと、意を決した様子で美波が口を開いた。

「あの、私、頼まれたんです。今日のお見合いで、遠田社長と咲子さんの様子を見てきてほしいって……愛理さん、遠田社長の元奥さんに……」

美波の告白に、遠田の表情が消えた。

咲子は、周囲の温度が二、三度下がったような錯覚を覚える。

遠田の険しくなった眼差しに、美波も息を呑んだ。もとが端整な顔をしているだけに、眉間に皺を寄せる男の威圧感には、咲子ですら一瞬、怯みそうになる。

咲子は咄嗟に遠田の肘を掴んだ。ハッと我に返ったように、遠田が咲子を見下ろしてきた。

二人の視線が絡んで、束の間、沈黙が落ちる。

しばらくして、遠田が気持ちを落ち着けるように息を吐き出した。いつもの見慣れた表情に戻った男に安堵して、咲子は美波を振り返る。

「杉浦様」

「はい」

咲子の呼びかけに、美波もホッと表情を緩めた。

「ここでお話を伺うのも落ち着きませんから、ラウンジに移動しませんか？」

ここで咲子が出しゃばるべきではないとわかっている。でも、言わずにはいられなかった。

今日、この二人が見合いをしたことは、この会場にいる大勢の人間が察している。

そんな中で、不穏なやり取りを交わせば、どんな噂が立つかわからない。それだけ遠田の様子は尋常でないものだった。人々の耳目は避けた方がいいだろう。

咲子は、ちらりと遠田を見やる。見上げた男の表情は、まだどこか強張って見えた。

咲子の提案に、遠田は瞳を眇めた。会場をちらりと見回して、美波に視線を戻す。

「そうだな。よければ今の話を、ラウンジで詳しく聞かせてほしい」

「はい。母に声をかけてきますので、ちょっとお待ちいただけますか？」

「わかりました。それでは私たちは先にラウンジに行って、席を取っておきましょう」

険が取れた遠田の態度に、美波はホッとした様子で頷いた。

「それでは、また後程」

そう言って、美波は母親を探して二人の傍を離れていく。その背を見送った二人は会場を抜け出し、階下のラウンジに向かった。

ともに歩く間も遠田の表情は硬かった。何かを聞ける雰囲気ではなく、咲子は大人しく遠田の後ろをついて歩く。

――何をこんなに警戒してるの？

咲子は遠田の前妻のことをよく知らない。ただ、人づてに離婚のときにかなり拗れて、大変だったと聞いただけだ。実際、遠田はもう結婚は懲りたと苦笑していた。

そこには過去に対する悔恨が見て取れて、咲子はあえて触れないようにしてきた。

しかし、今の遠田の反応を見るに、それだけではない何かを感じてしまう。

とても気になるが、遠田が話したがらないことを無理に聞き出すことも躊躇われて、咲子は沈黙を選んだ。

休日の午後ということで、ラウンジはお客様でそこそこ賑わっていた。

咲子は遠田たちの姿が目立たない奥の席を手配する。適度に周囲に配置された観葉植物で視線は遮られているし、他の客の声で、こちらの会話も隣の席には聞こえないだろう。

席についた遠田が、大きく息を吐く。

「何か頼みましょうか？」

「そうだな。珈琲を頼んでくれるか？」

「わかりました……」

頷きながらも咲子は言葉を切って、この先どうしようかと迷う。

「私は席を外しましょうか？　町村さんを呼んだ方がよければそうしますが……」

躊躇いがちにそう言えば、遠田が目を瞬かせる。そうして、柔らかく微笑んだ。

「いや、大丈夫だ。咲子が嫌でなければ、ここで一緒に話を聞いてほしい」

「いいんですか？」

「もちろんだ。体調は大丈夫か？」

「問題はありません」

「そうか」

遠田はソファの背に凭（もた）れるように体を預け、瞼（まぶた）を閉じる。

その顔が憂（うれ）いを含んで見えて、心配になる。

「社長……」

「お待たせしました」

咲子が呼びかけるのと、美波が席にやって来たのはほぼ同時だった。

「お待ちしていました。そちらにどうぞお座りください」

咲子は遠田の向かいの席を美波に勧める。美波は着物の裾（すそ）を気にしながら、ソファに座った。

三人分の飲み物を注文して、咲子は遠田の隣に座る。

何とも言えない沈黙が、三人の間に落ちた。

待つほどもなく注文した飲み物が届けられた。

「先ほどの件を、詳しく教えてもらえるだろうか？」

珈琲（コーヒー）を一口飲んだ遠田がそう切り出すと、美波は意を決したように口を開いた。

「さっきも言った通り、今回のお見合いは、愛理さんに頼まれたものでした。私、去年まで留学してたんですけど、そこで愛理さんにとてもお世話になったんです。帰国してからも、愛理さんとはメールのやり取りを続けていました」

美波の話で、そういえば遠田の前妻は、現在は海外で再婚しているという話を思い出した。

「今年になって、奈々子さんから遠田さんとのお見合いの話をもらって、私、悩んだんです。結婚なんてまだまだ考えられないし、やりたいこともたくさんあるし、まして相手は愛理さんの元旦那さんで、どうしようって……それで、愛理さんに相談したんです。そしたら……」

美波は一度、そこで言葉を切り、注文していたジュースを飲んだ。

「愛理さん、わざわざ日本に来てくれたんです。その頃には、遠田さんには今、お付き合いしている方がいて、結婚も考えているからって、お見合い話を白紙にしたいって話が来てたんで、安心してたんです。でも、愛理さんにそう言ったら、お見合いをして、二人の様子を見てきてほしいって懇願されました。遠田さんがどんな人と付き合っているのか、幸せなのか私の目で確認してきてほしいって……そのときの愛理さん、何か思い詰めてて、いつもと全然違った」

「だから、引き受けたんですか？」

少し呆れた口調で、眉間に皺を寄せた遠田が、美波に確認を取る。

「ええ。愛理さんには留学先で本当にお世話になったし、ちょっとスパイみたいで楽しそうだなって思ったんです」

美波は軽く肩を竦めて、茶目っ気のある笑みを浮かべた。

「両親はもともとこの縁談には乗り気だったし、私が会うだけ会ってみたいって言ったら、今日のことを整えてくれました」

「なるほど」

「それで、遠田さんがお付き合いしているのは、秘書の方らしいって、愛理さんが調べてきてくれたんです」

——わざわざ私のことを調べたの？

遠田の前妻の行動に、咲子は何か不穏なものを感じてしまう。今になって、わざわざ別れた夫の身辺を調べるのが普通のこととは思えなかった。

「だから、部屋に咲子さんが来てくれたときはチャンスだって思ったんです。具合が悪かったのは本当だけど、咲子さんのことが知りたくて、試すような真似をしちゃいました」

——ああ、そういうことか。わざわざ社長のことを聞いてきたりしたのは、やっぱりわざとだったのね。

美波の言葉を聞いて、咲子は自分が彼女に覚えた違和感の正体がわかった気がした。

——試されてたのか私。

「咲子さんも途中から、私が遠田さんのお見合い相手だって気付いてましたよね？」

「ええ」

「自分の恋人の見合い相手が現れたら、咲子さんはどんな態度を取るのかなって思って……本性を現してくれたら、ラッキーくらいのつもりでした。でも、咲子さん、優しかった。私が具合悪かったのもあるけど、態度を変えずにずっと私の体のことを気遣ってくれて、いい人だなって思って」

　美波が親しみのこもった笑みを向けてくる。

「それに着付けのことも。私、あのとき、本当はわざと着物を脱ぐつもりだったんです。それで咲子さんを困らせたらどうするかなって……でも、咲子さん、着付けできるって言うから、びっくりでした。私が咲子さんの立場なら、わざと下手に着付けて、お見合い相手に恥をかかせるか、嘘ついて着物自体着せなかったかも。それでお見合いが潰れたら、万々歳くらいのことは考えちゃう。自分の恋人のお見合い相手なんて、絶対に意地悪しちゃうと思うもの」

「それは……」

　――今の子って怖い。

　考えてもいなかったことを言われて、咲子は呆気に取られる。

「ふふふ。咲子さん、そんなこと考えてもいなかったでしょ？」

「ええ」

あっけらかんと言われて、咲子はもう苦笑するしかない。

「そう、咲子さんは最後まで優しかった。素敵な人だなって思いました。それで、遠田さんにその話をしたら、ものすごく嬉しそうに、自慢げに咲子さんの話をするからびっくりでした。普通、お見合い相手に嬉々として恋人の話はしないでしょ?」

苦笑する美波に、咲子はいたたまれない思いを味わう。

——この人は、お見合い相手に一体、何の話をしているのだろう?

横にいる男に視線を向ければ、ばつの悪そうな顔で目を逸らされた。一応、自覚はあったらしい。

「お似合いの、素敵な二人だなって思ったんです。お互いのことをよく理解してて、大事に想い合ってるのが、見てるだけでわかりました。だから、お邪魔して悪かったなって……できれば、お二人には、今回のことを抜きに仲良くしていただきたいなーって……それで、お詫びもかねて今回のことをちゃんとお伝えしようって思ったんです」

そこまで話して、美波は大きく息を吐き、グラスに残っていたジュースを一気に飲み干す。

「遠田さん」

「はい」

「愛理さん。離婚されたそうです。それで、今回、日本に帰って来たって言ってました」

美波は反応を窺うように遠田の顔を見つめた。しかし、遠田は何の感情も表に出すことはなかった。事情を聞き始めたときとは違い、いっそ穏やかとも思えるような無表情に、美波が苦笑する。

「別れた奥さんのことには、興味ありませんか？」

「そうだね。今さら彼女が何を思って、私たちのことを調べているのかは気になるところだが、正直、彼女の近況に興味はない。どんな状況であれ、それは彼女が、愛理が選んだ選択の結果だ。私にできることは何もない。できれば彼女とは、今後も関わることなく生きていたいというのが、私の本音だ」

淡々と告げる男の様子に、咲子は違和感を覚えた。

咲子の知っている遠田は、情の深い男だ。一度、懐に入れた相手はとことん守ろうとする。そんな性格の男が、元妻の話を拒絶する様は、まるで別人を見ているようで、咲子を戸惑わせた。

「冷たいですねー、咲子さんへの態度と大違い」

美波が遠田の反応を面白がるようににやりと笑ったあと、ふと真顔に戻った。

「余計なお節介は重々承知してますけど、一応、愛理さんのことはお伝えしておきます。といっても、私も留学してから最近のことまでしか知らないんですけどね。愛理さんは今、お母様が用意されたマンションにいるそうです。離婚自体は、なんていうか、ああついにって感じだったんですけど……」

一度言葉を切った美波が、憂いを帯びた吐息を可憐な唇から零した。

「だから、遠田さんとその彼女のことを見て来てほしいって言われたときは、びっくりしました。でも、それで愛理さんが、過去に色々と決着をつけられるならいいのかなって思って、引き受けたんです。でも、今は後悔してます。遠田さんたちに直接会ったせいもあるけど、お二人のことを調べて歩く愛理さんは、とっても不健康だって気付きました」

「それで？　彼女のことを伝えてくれるのはありがたいが、君がそこまでする理由は何かな？」

遠田の問いに、美波は首を傾げた。

「うーん？　自分でもわかりません。単純にスパイみたいなことをしたお詫びもあるんですけど……最近の愛理さん、会うたびに思い詰めてる気がして、心配なんです。私、愛理さんが大好きなんです。だから、笑ってて欲しいなって……。そのためには、今の不健康な状況を何とかした方がいいと思って……」

美波の眉が八の字に下がる。その表情を見て、遠田が嘆息した。

「君の気持ちはわからないわけではない。思い詰めたときの彼女の危うさは、理解しているつもりだ。だが、先ほども言ったが、私はもう彼女と関わるつもりはないし、何かを期待されても困る。その役割はもう私のものではないしね。中身が伴わない私からの心配なんて、同情よりも質が悪いだろう。彼女を笑顔にしたいと言うなら、それは彼女のことを心配している君の役目だと思う」

遠田の言葉に、今度は美波が大きく息を吐き出した。一つ小さく頷いた美波が顔を上げる。

「そうですね。こんなことを遠田さんに頼むのはお門違いでした。確かに今の愛理さんに、遠田さんの中途半端な情が向けられたら余計に気持ちが悪化しそう。それなら、いっそそうやって切り捨ててくれた方が、愛理さんもすっきりしそうですね。変なことを言ってごめんなさい」

「理解してくれて助かるよ」

遠田がわずかに苦笑して、張り詰めていた表情を緩めた。

「お時間を取ってくださってありがとうございます。お見合いの方は、責任をもってなかったことにしておきます」

「いいや。こちらも彼女の情報をありがとう。お見合いの件は、君に任せるよ」

「はい。それで……」

「何だね？」

「また、お二人に会いにきていいですか？」

おずおずと上目遣いの美波の問いに、遠田は柔らかに目を細めた。

「もちろん構わない。年若い友人はいつでも歓迎するよ」

「やった！　ありがとうございます！」

彼女に何をそこまで気に入られたのか、遠田も咲子も正直わからなかった。何か他にも思惑があるのかと疑いたくなるが、無邪気に喜ぶ美波に、自然と笑みを誘われてしまう。

――これも美波様の人徳なのかな？

そう思わせてしまうものが美波にはあった。

「じゃあ、失礼します！」

美波は母親の待つ会場に戻るために、席を立った。その背を見送っていると、横から大きなため息が聞こえた。

振り返れば、遠田がソファの背に体を預けて、額に片手を当てていた。半分だけ覗く表情が、ひどく疲れて見える。本当であれば、遠田にも会場へ戻るよう促すべきだろう。だが、こんな疲れた顔を見せる男を、会場に戻すのは躊躇われる。

次に自分が取るべき行動に迷い、咲子はもうすっかりぬるくなってしまったカップに口を付ける。

「……私を冷たい男だと思うか？」

不意に遠田が問いかけてくる。彼に視線を戻せば、先ほどと同じ姿勢のまま微動だにしない遠田がいた。一瞬、空耳だったかと思ったが、遠田がこちらの様子を窺っているのがわかって、カップから口を離す。

「……わかりません。私は社長と前の奥様の間に何があったのか知りません。ですから、社長の対応が冷たいのか、そうじゃないのか……」

迷いながらそう答えると、ふっと遠田が笑って額から手を外した。

「咲子は公平だな。知りたいか？　私と元妻に何があったか？」

自嘲まじりの言葉をどう受け取ればいいのかわからず、咲子の戸惑いは大きくなる。

気にならないと言えば、嘘になる。けれど、聞くことで目の前の男を傷付けたらと、踏み込む勇気が持てない。

そんな咲子の躊躇いを感じたのか、遠田は目元を和らげた。それは咲子の見慣れたいつもの男の表情で、何だかホッとする。

「卑怯な質問をしたな……私が話したいだけだ」

「聞いてもいいんですか？」

「もちろんだ。むしろ、聞いてくれ」

☆

「場所を移動しましょうか？」

気を使った咲子の問いに、遠田は苦く笑って首を横に振る。

——随分と心配をかけてしまっているようだ。

実際、遠田は疲れていた。体というよりも心が疲労を感じていた。

「そんな気を使うような話でもない。古くから私の周りにいる人間には、知れ渡っている話だ。今さら隠すようなことでもない」

遠田の言葉に、咲子が眉間に皺を寄せた。心配と困惑がない混ぜになったような少し困った顔。

以前だったら、決して遠田には見せなかった表情だろう。仕事のときはいつも完璧なポーカーフェイスで、感情を滅多に表に出す女性ではなかった。

けれど、ここ最近の咲子は、遠田の前で随分、色々な表情を見せてくれる。

それだけ、気を許してくれているのだと思えば、愛おしさが胸を満たす。

「そんな顔をしなくても大丈夫だ。そんなたいした話でもない。よくある離婚話だよ」

——そう。よくある話だった。

遠田は自分に言い聞かせた。そして、ゆっくりと苦さと痛みを伴う記憶を掘り起こす。

「私と愛理は、企業間の業務提携を前提にした政略結婚だった。父親同士が決めた話で、当人の意志はあまり大事にはされなかった。ただ、愛理は大学の後輩だったからね。彼女となら普通の家庭を築けるだろうと、私は受け入れた」

学生時代の愛理は、令嬢特有の世間知らずで大人しいところはあったが、温和で優しい性格だった。二人が結婚したのは遠田が二十五歳、愛理が二十三歳のときだった。愛理が大学を卒業後、一年の準備期間を置いての結婚だった。

激しい恋ではなかった。けれど、遠田は遠田なりに愛理を家族として愛していたつもりだった。

穏やかな信頼関係の上に、二人の家庭を築けていると信じて疑わなかった。

だが、愛理は違ったのだろう。

愛理と彼との関係がいつから始まったものだったのか、遠田は知らない。

結婚して四年目——仕事が面白くなってきた時期だった。家のことは愛理が如才なく纏めてくれていた。それに安心して、遠田は世界中を飛び回り、家に帰ることは月の半分もなかった。

愛理が寂しがっていることに気付いてはいたが、妻であれば理解してくれると甘えていた。

二人の関係がすれ違い始めたのは、多分、その頃からだろう。だが、遠田は仕事の楽しさにかまけて、その状況を軽く考えていた。

家には愛理がいて、仕事では学生時代からの親友で、右腕とも言える男が遠田を支えてくれていた。公私ともに生活が充実していると感じていた。

そんな中、遠田の父が急逝（きゅうせい）した。まだ六十代の若すぎる死だった。

葬儀の手配、仕事の引継ぎなど、遠田の仕事は加速度的に増えていった。それと比例して愛理との時間はほぼ持てないまま時間だけが過ぎた。ようやくすべてが落ち着いたのは、父の死から四か月が過ぎた頃だった。

心身ともに疲れ果て、体を引きずるように帰宅した遠田が見たのは——十年来の親友と裸で眠る妻の姿だった。

あの日、見た光景を思い出すだけで、いまだに胸は鈍い痛みを訴える。

「愛理は寂しかったのだと言った。寂しさに負けて、彼と関係を持ったと。彼にも私が愛理を放っておいたのが悪いと責められた」

裏切られたのは遠田だというのに、裏切った当人たちから遠田が悪いのだと責められた。

遠田はひどく滑稽（こっけい）な茶番を見せられているような気分に陥（おちい）った。

確かに自分は、妻よりも仕事を優先していた。けれど、これほどひどい裏切りもないだろう。

「若かったのだろうな。私はどうしても、二人の裏切りが許せなかった。愛理の相手が彼でさえなかったら、もしかしたら許せたのかもしれない。自分の行動を顧みることもできたのかもしれない。だが、愛理が選んだ相手が彼だったからこそ、二人を許せなかった」

それほどに遠田は親友であった男を信頼していたし、妻を信じてもいた。

親友だった男は、愛理とのことが発覚してすぐ、ホテルを辞めて遠田の元を去っていった。

周りからは、寂しさゆえの過ちだ、許してやり直せと説得された。だがその説得を聞き入れず、遠田は頑として離婚を主張した。

最初は許しを乞い、遠田とやり直すことを求めていた愛理は、遠田の取り付く島のない対応に、次第に態度を変えていった。

ストーカーのように遠田に付き纏い、嫌がらせを続けた。人が変わったみたいに遠田を責め立てる愛理に、遠田の心はますます彼女から離れた。

そうした状況は、いつしか仕事に影響を及ぼすほどになっていた。

ほぼ纏まりかけていた契約が、愛理の妨害によっていくつもダメになった。それにより、二人の関係は急速に悪化し、離婚は泥沼の様相を呈した。

挙句、離婚が決まった日、何をしても自分の話を聞き入れなかった遠田に当てつけるように、愛理は中学生だった奈々子たちの前で手首を切った。

「幸い命に別状はなかったが、奈々子たちは相当にショックを受けたようだ」

それをきっかけに、彼女は両親に保護された。療養を目的に移り住んだ海外で、遠田の親友だった男と再婚したと聞いたのは、離婚して随分経ってからだった。

「愛理との離婚は相当に揉めたからね。一時期は週刊誌の記事にもなったくらいだ。知っている人間は知っている。これが愛理と私の離婚の真相だよ。本当に世間でよくある離婚の話だ」

遠田はもう一度、自分に言い聞かせるようにそう言った。

「あとは咲子が知っている通りだ。愛理のあとに付き合った相手が、何故かことごとく、ストーカー気質だったり、私以外に恋人が三人も四人もいたり、結婚詐欺師や産業スパイまがいの女性だったりした。もう本当に、恋愛も結婚もうんざりだと思っていたんだよ」

遠田の言葉に、咲子の眼差しが一瞬、遠くを見るような目つきになった。彼女が秘書についてからのあれこれを、思い出したのかもしれない。

我ながら何故そんな女性ばかり選んだのだろうと呆れてしまう。咲子にも色々と迷惑をかけた。警察沙汰一歩手前の事件まであったのに、よく見捨てずに付き合ってくれたものだと、今さらながらに思う。

——だから、子どもだけ産んでくれる女性を探していたんだがな。

そうして、選んだのが咲子だった。

遠田は咲子を見る。遠田の何とも情けない過去の告白に、かける言葉を探しているようだった。

久しぶりに思い出した過去に、遠田は疲れて瞼を閉じる。

——本当に何故、今この大事なときに、愛理は私に執着してくるんだ。

元妻が何を考えているのか、遠田にはさっぱりわからなかった。

そのとき、隣にいた咲子がそっと遠田の手を握った。

☆

こんなとき、自分は未熟な人間だと咲子は痛感する。

いくら仕事でミス・パーフェクトと言われようとも、目の前で過去に傷付いている男にかける言葉一つ思い浮かばない。今の自分にできるのは、せいぜいこの男の痛みに寄り添うことくらいだった。下手な慰めは、逆にこの男を傷付けるだけ。本能的に、そう思った。

淡々と過去を語った男の横顔に、咲子の胸が鈍く疼く。

咲子の知る遠田という男は、一度、懐に入れたものに対しては、深い情を注ぐ人だ。元妻との間にあったのは恋ではなかったと言う。けれど、この人が妻に迎えた女性を、愛さなかったわけがない。過去を振り返る口調にも、それは表れていた。

親友だったという男に寄せた信頼も、言葉で表現できるものではないはずだ。

そんな二人の裏切りに、この男はどれほど深く傷付いたのだろう?

親友と妻の裏切り――それは世間でよくあると言われれば、よくある話なのかもしれない。

けれど、咲子は淡々と感情を交えないように話す男の声音に、確かな痛みを感じていた。わざと何でもないことのように語る男に、その傷の深さを感じずにはいられない。

本人はきっと、無自覚だろう。

そっと人目につかないように伸ばした手を、男の指が握り返してくる。

「……子どもだけいればいいと思っていた。私はもう二度と恋はできない気がしていた」

聞き逃してしまいそうなほどの小さな呟きだった。それは無意識に零れた、遠田の本音だろう。

誰に聞かせるつもりもなかった言葉が、咲子の胸を打った。

――自分はこの人の傍にいたい。

遠田が必要としてくれる限り、一緒にいよう。強く、強くそう思った。

誰かにとことん愛情を注ぎたいこの男の想いを、受け止められる自分でいたい——

言葉にできない想いを指先に込めて、咲子は絡めた指に力を込める。

「私は傍にいます。寂しくなったら、そう言います。あなたがちゃんと話を聞いてくれるまで何度でも……」

今このときに、こんな言葉しか出てこない自分が情けなくなる。だが、これが今の咲子に言える精一杯の言葉だった。咲子の不器用すぎる言葉に、遠田が柔らかく微笑む。

「そうしてくれ。私は鈍感で人の気持ちに気付けないからな」

この先の人生で、遠田を傷付けないとは言い切れない。けれど、この人の前で自分の想いを偽ることだけは絶対にしたくない。過去に傷付いて、それでも誰かを愛そうとする男が、哀しくて、なのに、どうしようもないほどに愛おしい——

「さて、そろそろ私たちも会場に戻ろうか。いつまでもこうしていたいところだが、そういうわけにもいかないだろう?」

悪戯を思いついた子どものような表情を浮かべ、遠田が絡め合った手を持ち上げた。

「戻るか」

「はい」

名残惜しげに指が離れた。いつもとは反対に、遠田が咲子を促して席を立つ。そのあとを追って、咲子も立ち上がった。

「愛理のことは気にしなくていい。咲子は自分の体のことだけ考えてくれ」

落とされた囁き(ささや)に顔を上げれば、ひどく真面目な顔をした男が咲子を見下ろしていた。

「わかりました」

言いたいことはあった。だけど、今は何よりも目の前の男を安心させたくて、咲子は素直に頷いてみせるのだった。

☆

「……ん」

車の振動に微睡(まどろ)んでいた意識が、浮上する。目を開けた咲子は、いつの間にか自分が眠っていたことに気付いた。

「起こしたか？　すまない」

目覚めた咲子に気付いて、運転中の遠田が声をかけてくる。

「ごめんなさい。寝てしまっていたみたいですね」

体を起こした咲子が、長距離を運転する男の横で眠ってしまったことを詫びると、「構わない。それよりも体調は大丈夫か？」と逆に気遣われる。

「今のところは大丈夫です」

そう言って、咲子はドリンクホルダーに入れていたペットボトルに手を伸ばす。少しぬるくなったぶどうジュースを飲んで、一息ついた。

「私、どれくらい寝てました？」

「うん？　一時間くらいかな？　もうすぐ目的地に着く。着いたら起こすから、眠かったら寝ててもいいぞ？」

遠田の言葉に頷いて、再び助手席の背もたれに体を預ける。途端に眠気が襲ってきて、咲子はゆるゆると息を吐き出した。気分転換に流れる車窓の風景を眺めてみるが、眠気は一向に去ることはなかった。

――眠い……

とにかく眠かった。油断するとすぐに瞼が下がってくる。日差しの温かさに、咲子の意識は再び微睡みそうになる。瞬きを増やして、何とか起きていようとする咲子に気付いた遠田が、柔らかく目元を緩めた。

「無理に起きてなくても大丈夫だ」

「ごめんなさい……」

「謝る必要はないよ」

笑う男に咲子は肩を小さく竦めた。妊娠週数が進むにつれて、つわりなどの体調変化が出てきた。その中でも、咲子が苦労しているのがこの眠気だった。仕事中は何とか我慢しているが、休憩や移動中の車内など、ちょっとした瞬間にうとうとしてしまう。特に今みたいな車の移動中は、振動が心地よいのか眠気に勝てないことが多かった。

そんな咲子の体調変化を理解してくれている遠田は、無理せずに休めばいいと言ってくれるが、そういうわけにはいかない。遠田と相談の結果、体調が落ち着くまでは仕事を内勤に切り替えて、外回りや出張などは第二秘書の町村に任せることにした。

しかし、今日みたいなプライベートの時間だと、気が緩んでいるのか眠気を我慢できなかった。

遠田のお見合いから二か月近くが経ち、季節は初夏を迎えようとしていた――

美波との縁談は双方納得の上で、無事に破談になった。

心配していた遠田の元妻・愛理に関しては、第二秘書の町村が美波の情報をもとに、現在の所在を確認しようとした。だが、すでに滞在していたマンションを出ていて、今も居所は掴めていない。

以前、ドラッグストアで咲子に声をかけてきたのが、愛理かもしれないと聞かされて、咲子はあの日の過保護すぎる遠田の行動に納得した。

美波に話を聞く前から、遠田は元妻の帰国を知っていたらしい。だが、その後、愛理が何かをしてくることはなく、日々は穏やかに過ぎていった。

咲子の体調が少しずつ安定してきた今日、約束したままずっとずっと延期していた旅行を、決行することになった。

向かった先は咲子の故郷——観光名所でもある北海道の湖の傍だった。

大学進学を機に東京に出て、帰郷するのはほぼ十年ぶりとなる。

故郷と言っても、両親はすでに亡く、引き取って育ててくれた祖父母も、咲子の就職を見届けたあと、相次いで亡くなった。だから、この町に、咲子の親族と呼べる人はもういない。

こうして振り返ってみると、自分は天涯孤独とも呼べる境遇だったのだと実感する。

今、自分は愛する人の子を妊娠して、新しい家族を得ようとしている——それはとても幸運なことなのだと思った。

「咲子？　着いたぞ」

遠田に呼びかけられて、咲子は瞼(まぶた)を開く。いつの間にか、また眠っていたようだ。

「……ごめんなさい」

「謝らなくてもいい」

微笑んだ男が、咲子の前髪をくしゃりと撫でる。その感触が気持ちよくて、咲子は目を細めた。

車を降りると、初夏の柔らかい日差しが降り注(そそ)ぐ。湖の傍だからか、微かな水の匂いを感じた。その匂いに、ああ、帰ってきたのだなと実感する。

荷物を出迎えてくれた従業員に預けて、ホテルの玄関を入る。ロビーエントランスは水に浮かぶ回廊になっていた。水壁を流れる滝の音が、涼やかに辺りを包んで客を出迎える。

回廊を抜けたロビーの先には、一面に水盤が広がり、まるで湖と一体化したような景色が広がっていた。チェックインのためロビーのソファに案内される。目の前の、開放的で幻想的な景観がスクリーンのように美しかった。

遠田がチェックインするのを待つ間、咲子は目の前に広がる湖の景色を堪能していた。今回、遠田が予約してくれたホテルは、近年オープンしたばかりの全室スイート仕様で、露天風呂付きの宿だった。

手続きが済んだ二人は、部屋に案内された。湖を正面に見る部屋にはテラスがついており、景色を堪能できるようにソファが置かれていた。シングルベッドが二つに、くつろげるソファセット。湖が一望できる部屋付きの露天風呂。

部屋の設備についての話が一通り終わり、案内の職員が出ていった。その途端、「この規模で、この家具のランク、部屋付きの露天」と、経営者目線で部屋の観察を始めた遠田が、ブツブツと呟きだす。その様子に、咲子はくすりと小さく笑う。

——仕事のことは忘れるんじゃなかったの？

そう思うが、その行動が何とも遠田らしい気がして、おかしくなる。

　アメニティを確認している男を置いて、咲子はテラスに出た。目の前に広がる湖の景色に、感嘆のため息が零れる。漂う水の匂い、柔らかな日差し、湖から吹く風——すべてが慕わしかった。

「体が冷える」

　テラスの手すりに手をついて、湖から吹く風を浴びていた咲子の肩に、ふわりとショールがかけられた。

「部屋の観察はもういいんですか？」

　後ろを振り返って揶揄うようにそう言えば、遠田はばつの悪そうな顔で眉を寄せた。

「すまなかった」

　謝る男の表情が何とも情けなく愛おしい。くすくすと笑う咲子に、遠田は肩を竦めた。後ろから咲子を囲うように遠田がテラスの手すりに手をついた。背に感じる男のぬくもりが気持ちよくて、咲子は遠田に身を預ける。

「やはり綺麗だな」

　湖を見つめる男の感嘆の言葉に、咲子ももう一度、湖に視線を戻す。

　緑に囲まれ、初夏の日差しに輝く湖は、言葉で言い表せないほどに美しい。懐かしさに、ふと子どもの頃の思い出が口を突いて出た。

「子どもの頃は遊覧船に乗って、湖の真ん中の島に行って、よく鹿におせんべいをあげてました」

「鹿？　あそこに？」

遠田が驚いた様子で、湖の真ん中に連なる島を見る。火山の噴火でできたというカルデラ湖の真ん中には、船で行き来できる島がある。そこには何故か、エゾシカが生息していた。

「昔、オスのエゾシカを日高の方から輸入してきたということなんですけど、そのあとにメス二頭を入れたら大繁殖したらしいです。だから、湖の真ん中なのに、あそこには鹿がいるんですよ。たまに、餌を求めて湖を泳いで渡ってくる鹿もいるとか？」

「なるほど。では、鹿に餌をやりに行くか？」

「今回はやめておきます。きっと今、船に乗ったら酔っちゃうし……」

「そうか。小さな咲子がよく行ったという場所に行ってみたかったが、この次三人で来ればいいか」

当たり前のように咲子と子どもとの未来を語る遠田に、咲子の胸は温かなもので満たされる。

「そうですね」と頷く咲子の鼻の奥がつんと痛くなる。この町に帰ってきてから、自分が随分、感傷的になっていることに気付く。

「このあと、どうしたい？　温泉にゆっくりと浸かるか？　元気があるなら私のドライブに少し付き合ってもらいたいんだが、どうだろう？」

「ドライブですか？」

「ああ。咲子と一緒に行きたい場所があって、できれば付き合って欲しいんだが……」

予定外の提案に、背後の遠田を見上げると、何かを計画しているのが丸わかりの表情で、こちらを見下ろしていた。

今回の旅行の一番の目的は、咲子の両親の墓に結婚と妊娠の報告をすることだった。それは明日の午前中に行くことになっていて、今日は温泉に浸かってゆっくりするはずだった。

遠田が何を計画しているのかはわからないが、その期待に輝く瞳には勝てそうにない。それに久しぶりに湖周辺の景色を楽しみたい気持ちもある。来るときは眠気に勝てず、懐かしい風景をほとんど見ることができなかった。

「また寝ちゃうかもしれませんよ？」

「それならそれで構わないよ」

笑みを浮かべてそう言う男に、咲子は同意する。

二人は荷ほどきもそこそこに、連れ立ってホテルを出た。車に乗り込んだ咲子は、助手席の窓をほんの少し開けて風を入れる。吹き込む風が気持ちよくて、眠気を忘れていられた。

他愛ない子どもの頃の思い出話をしながら、二人は湖沿いの道をドライブする。温泉街を十五分ほど走った辺りで、咲子は懐かしい景色を見つけて、息を呑む。

――ここ……この道って……

思わず隣の遠田を振り返る。そんな咲子に、運転する遠田は何も言わずに微笑んだ。

車が湖沿いの道を逸れて林の中の小道に入る。その道に入ったことで、咲子は遠田が向かっている場所に確信を持った。

五分ほど車を走らせただろうか。辿り着いた先に、ひどく懐かしい建物が立っていた。

スピードを緩めた車が、その建物の門の前で停まる。

門柱に掲げられた看板が見えた。経年劣化で錆が浮き、ところどころ剥げかけた看板には『オーベルジュ　さくら』と書かれていた。

そこは、かつて咲子の両親が営んでいたオーベルジュだった――

車を降りた咲子は、門の前に歩み寄る。ロートアイアン調の門扉には太い鎖が巻かれて、南京錠が掛けられていた。閉鎖して数年になるオーベルジュはすっかり寂れてしまっていた。

咲子は、門の外から敷地の中を覗き込む。

敷地を囲う鉄柵はところどころに錆が浮き、蔓草が絡んでいるところもあった。建物も、数年は人の手が入ってないことがわかる荒み方だった。窓はかろうじて割れていないが、真っ白だった外壁はくすみ、塗装が剥げている場所が散見し、どう見ても廃墟だった。庭はガーデニング好きだった母が整えていた頃とは違い、完全に野生に返ってしまっている。けれど、母が好きで毎年植樹していた桜の木が何本も残っていた。

客室数五部屋に、露天風呂、咲子たち家族が暮らした母屋を合わせた、小さなオーベルジュ。

様子は変わってしまっていても、ここは咲子の家だった——遠田の無茶苦茶な取引を受け入れてでも取り戻したかった場所だ。

目頭が熱くなり、視界が滲む。両親が不慮の事故で亡くなり、手放さざるを得なかった。その後、十四年の間に何人かオーナーが代わり、数年前、経営不振で閉鎖したことは知っていた。

人の手が入らなかった数年で荒廃した様子に、咲子の胸が鈍い痛みを訴える。

遠田が旅行の行き先に咲子の故郷を選んだときから、ここに来られたらいいなという微かな期待はあった。けれど、咲子は遠田にここに来たいとは言い出せなかった。

遠田との関係も随分と普通の恋人同士らしくなったと思う。この先の人生をずっと一緒に歩む人だと覚悟も決めた。だからこそ咲子は、このオーベルジュのことを言い出せなかった。

今が幸せだからこそ、取引のことを蒸し返すのが、ひどく躊躇われた。

けれど、遠田は咲子との約束を忘れていなかったのだろう。咲子のあとに車を降りた遠田がゆっくりと歩み寄ってくる。ジャケットのポケットから鍵を取り出した。

「少し遅くなってしまったが、咲子へのプレゼントだ。受け取ってくれ」

そう言って、鍵が差し出される。震える指で咲子は鍵を受け取った。

「買い取ったばかりで、まだ何も手を付けてない。中は危険なところもあるから、今日は入ることはできないが。ゆくゆくは、ここの経営と運営を咲子に任せたいと思う」

その瞬間、胸に湧き上がった感情が何なのか、咲子にはわからなかった。

喜び、感謝、幸福、遠田への愛おしさ——それらすべてが混じり合った複雑な想いが胸に去来して、咲子の言葉を奪う。

「……ふぅ……っ！」

柔らかに笑う男の表情が、一気に滲んで見えなくなった。伝えたい言葉があるのに、嗚咽で言葉が紡げない。震える指で鍵を握り締める咲子に、遠田が少しだけ困ったように眉を寄せた。

鍵ごと手を握られて、引き寄せられる。ふわりと自分を包むぬくもりに、涙が止まらなくなった。

「泣かせたいわけじゃなかったんだけどな……」

ちょっとだけ困った声で、それでも咲子の背を撫でる男の手はどこまでも優しかった。

だから余計に、咲子の涙は止まらなくなる。涙で遠田のジャケットが汚れるのが気になったけれど、顔を上げられなかった。

「咲子はもっと私にわがままを言ってもいいと思うぞ？　ずっと気になっていたんだろう？　咲子を驚かせたくて、黙ってた私も悪いんだがな。咲子は私にはもっと甘えてくれて構わない。君の願いを叶えることは、私の喜びでもあるんだから……」

遠田が咲子の髪を梳きながら、優しく囁く。

「あ……り……がと……う……ござ……ます」

「咲子のその言葉が聞きたかった」

遠田が咲子の肩を押して、そっと二人の距離を空ける。ポケットから出したハンカチで、涙を拭われた。

「さっきも言ったが、建物の中に入るのはまだ危険だが、庭ぐらいは見ていける。せっかくだから、入ってみないか？」

門の向こうを指しての提案に、咲子は頷いた。いまだに震える咲子の手から鍵を預かった遠田が、門に取りつけられていた南京錠を開ける。

門から玄関ポーチに続くレンガの道を、遠田に手を引かれながらゆっくりと歩く。欠けたレンガの隙間から雑草が生えているところもあったが、歩くのに不自由はなかった。

道の途中で立ち止まり遠田が庭を眺め回す。

「ここは桜の木が随分多いな。オーベルジュの名前と関係があるのか?」

「……母が好きだったんです。オープンから、毎年一本ずつ桜の木を植えてました」

咲子も一緒に庭を眺めながら、まだ涙で鼻声のまま答える。植えた頃は小さかった苗木は、十五年近く経ち、それなりの大きさに成長していた。

今は初夏の日差しに輝いている葉桜が、春にはこの庭を薄紅に染めていたことを思い出す。

「それでか」

「私の名前も庭の桜の木が由来なんです」

「桜の木が?」

「私が産まれた日、庭の桜が満開だったそうです。桜が綺麗に咲いた日に生まれた子で、咲子って名付けたって父が言ってました」

『咲子はここの桜に祝福されて生まれてきた子だから、きっと幸せになれるぞ』

そんなことを真顔で言う父だった。それに同意して笑う母の笑顔が大好きだった。

せっかく泣きやんだのに、また視界が滲(にじ)む。もう帰ってこない日々が、愛おしくて、哀しい。

咲子は咄嗟(とっさ)に遠田に背を向ける。泣き顔はあまり見られたくなかった。

そんな咲子の思いを察したのか、遠田は後ろから咲子を抱きしめ、頭の上にキスを落とした。

「咲子はご両親に愛されていたんだな」

呟かれた言葉に、咲子の涙が再び溢れ出す。

「今すぐは無理だけど、老後はここで咲子とオーベルジュをやるのもいいな。あと三十年もすればこの子も、私の仕事を覚えてくれているだろうし」

遠田がそっと咲子の下腹部に触れる。まだ膨らみの目立たない咲子の腹部に触れる男の指は、慈しみだけを伝えてくる。

「……気の早い話ですね」

「そうか？　きっとあっという間だと思うぞ？」

「ふふふ。そうかもしれないですね。だったら、料理をもうちょっと勉強したいです。ここで出す料理は私が作りたいので」

「いいな。私も一緒に習いたいな。咲子と二人で料理をして、客をもてなして、たまに子どもや孫が顔を出してくれたら、きっと最高に幸せな老後だな」

当たり前のように語られる未来は、ただただ優しくて、想像するだけで幸福感が胸を満たしていく。泣き笑いの顔で、咲子は遠田と未来を語り合った――

☆

夕食の時間に合わせて二人はホテルに戻った。

泣いたのが丸わかりの顔を隠すため、咲子は俯いてロビーエントランスに入った。

――泣きすぎた……

一度、堰を切った涙は、なかなか止まってくれなかった。色々な想いが渦巻いて、自分でもうまく感情をコントロールできなくなっていた。

帰りの車の中で、どうにか涙は止まってくれたが、感情のままに泣いてしまったことが、今さらのように恥ずかしかった。さらに遠田が、そんな咲子へ微笑ましそうな眼差しを向けてくるから、余計にいたたまれない。

手を繋いで、少し先を歩く遠田の後ろをついていく。ラウンジを通りかかったとき、遠田が不意に足を止めた。どうしたのだろうと、咲子は顔を上げた。

「愛理」

驚きに満ちた遠田の声に、咲子も驚く。咄嗟にラウンジの中に視線を巡らせる。

探すまでもなく、ソファの一つに座っていた女性が、微笑んで立ち上がった。咲子の手を握る遠田の指に力が入る。遠田の緊張が指先を通して、伝わってきた。

ゆっくりとした歩みで、彼女は咲子たちの目の前にやってきた。その人は、いつかドラッグストアで声をかけてきた女性だった。

――この人が愛理さん。明彦さんの元奥さん……

咲子は不躾にならない程度に、愛理を観察する。

――綺麗な人。

最初に見かけたときも、モデルみたいだと思ったが、改めて間近で見ると愛理は美しい人だった。以前、ドラッグストアで会ったときよりも明るいトーンの栗色の長い髪。緩やかにウェーブを描いた髪が、たまご型の顔を縁取っている。

透明感のある白い肌に、すっと通った鼻筋。アーモンド形の瞳は、キラキラと輝いて遠田を見つめている。スタイルもよく、黒のスキニーパンツに、裾がアシンメトリーになったグレーのチェック柄のシャツを、おしゃれに着こなしていた。

遠田が咲子を背に庇うように前に出る。その様子に愛理が、くすりと笑い声を立てた。

「お久しぶり」

にこりと微笑んだ愛理の挨拶に、遠田の気配が険を孕んだものになる。前に立つ遠田の顔は見えない。けれど、この気配は知っている。お見合いの席で、美波が愛理の名前を出したときと同じだ。

咲子はどうするべきか咄嗟に、判断がつかなかった。

「怖い顔」

遠田の顔を見上げた愛理が、揶揄うように軽やかな声でそう言った。仕方のない人。そんな感情が声に宿っている気がした。

「何故、君がここにいるんだ？」

「私も旅行にきたからよ。ここに泊まっているの。こんな偶然ってあるのね」

「それを私が信じると思っているのか？」

「さぁ？　どうかな？　あなたはこういう運命とか偶然とかが大好きだったじゃない。いまだに私とあなたの間に、縁があるってことじゃない？」

「愛理！」

「そんな大きな声を出さなくても聞こえてるわよ」

滅多にない遠田の大声に臆した様子もなく、愛理は軽く肩を竦めてみせた。

「それより彼女を紹介してくれないの？」

遠田の言うことは無視して、愛理はマイペースに事を進めようとする。

遠田の背を覗き込むようにした愛理の視線が、初めてまともに咲子に向けられた。

目が合って、愛理の瞳が柔らかに細められた。今まで聞かされていた彼女の人物像とはかけ離れた、優しい眼差しに、咲子は惹き込まれる。

けれど、それは一瞬のことだった。すぐにちょっと人を小馬鹿にしたような表情が浮かぶ。

――気のせい……？

戸惑いに内心で首を傾げ、目を瞬いた。

咲子を庇うように遠田が一歩前に出て、咲子と愛理の距離を引き離す。

「もう！　危ないじゃない！」

無理に二人の間に遠田が割り込んだせいで、ピンヒールを履いていた愛理がバランスを崩しそうになる。咄嗟に遠田が彼女の腕を掴んで支えたが、愛理は不満そうな声を上げた。

「しばらく会わない間に、随分、乱暴になったわね」

遠田の手を振り払うようにして離れた愛理は、掴まれた腕を擦る。

「一体、どういうつもりだ？」

遠田の声には、如実に苛立ちが表れていた。

「どういうつもりって、ご挨拶にきたのよ？」

「挨拶？」

「そう。あなたの新しい彼女に、遠田の元妻の愛理ですって……大切なことでしょ？　彼女とは話したいこともあるし」

「そんな必要がどこにある！」

「あなたになくても、私にはあるの。だから、彼女のことちゃんと紹介してくれない？」

「断る！」

愛理はこれ見よがしにため息をついた。

「相変わらず人の話は聞かないのね……」

「今さら、君の話を聞く必要がどこにある？」

「だから、あなたにはなくても私にはあるの！　私にとっては大切なことなのよ。ねえ、牧原さん？　あなたはどう？　私と話したくない？」

遠田の頑なな態度に業を煮やしたのか、愛理が直接咲子に呼びかけてきた。

言葉は通じるのに、話は通じていない。愛理の真意がさっぱりわからず、さすがに咲子も戸惑う。

ただ、ここでこのまま問答を繰り広げるのはまずい。

先ほどから、ホテルの従業員がこちらを気にしているのがわかる。こんなときでもそんなことを気にしている自分は、案外冷静だなと思うが、どうするべきかはやはりわからなかった。

愛理の話が気にならないと言えば嘘になる。これまで咲子に実害がなかったから、あまり気にしていなかったが、その愛理が姿を現した。その理由を知りたいと思う。

遠田が警戒するほど、咲子は愛理が怖い存在とは思えなかった。

「咲子、もう行こう。遠出して疲れただろう」

愛理との噛み合わない会話にこれ以上は付き合えないとばかりに、遠田が咲子の手を引いて歩き出そうとした。

「牧原さん！」

途端、愛理が咲子の名前を呼ぶ。悲鳴じみたその声に、咲子は思わず立ち止まってしまった。

それがいけなかったのだろう。すかさず愛理が咲子の腕を掴んだ。

「愛理！」

遠田が不快そうに、彼女の手を振り払おうとした。愛理は意地になったように、咲子の腕を掴んだまま離そうとしない。

揉める二人にそれぞれ手を掴まれているせいで、咲子はバランスを崩しそうになる。

「落ち着いてください！　そんなに引っ張られたら転びます！」

思わず抗議の声を上げた。咲子の言葉に二人はハッとしたように動きを止める。それにホッとして、咲子はそっと下腹部に手を添えた。

「すまない。咲子。大丈夫か？」

「ごめんなさい……」

その咲子の仕草に、二人はほぼ同時に謝って、腕から手を離してくれた。

一つ息を吐いて、咲子は改めて愛理に向き合う。愛理は打ちひしがれたように肩を落としていた。そこには先ほどまで遠田とやり合っていたときの、不遜さは欠片も見られない。

おずおずとした瞳が、咲子に向けられる。目が合った愛理の瞳に、まるで縋るような想いを感じ取り、咲子は何だか放っておけない気持ちになった。

「いえ、大丈夫です。大きな声を出して失礼しました」

咲子の言葉に愛理は安堵の表情で息を吐き出して、もう一度、「ごめんなさい……」と謝ってきた。

咲子は愛理に対して、ひどくちぐはぐな印象を受ける。

遠田に対する強気な態度や、美波を使ってまでこちらの様子を探ってくるところは、得体が知れずに怖いと思う。だが、今、目の前に立っている女性は本当に申し訳なさそうに小さくなっていて、庇護欲をかき立てられた。

一体、どれが本当の彼女なのか、興味を覚えてしまう。

――何だか最近もこんなことがあった気がする……

微妙な既視感に囚われながら、咲子はどうするか思考を巡らせるが、答えは一つしかないように思えた。

かつての遠田の妻で、彼を裏切って、完膚なきまでに傷付けた女性――その人が咲子に一体、何の話があるのか。聞いてみたいと思ってしまった。

「愛理さんのお話は、明彦さんと私にされたい話ですか？　それとも私個人にされたい話でしょうか？」

「できれば、咲子さんと二人がいいわ。この人がいたら、うるさいだけだもの」

愛理の言葉に、遠田が眉を吊り上げる。

「わかりました。お話をお聞きします」

「牧原さん！」

「咲子！」

咲子の答えに愛理はパッと表情を明るくし、遠田は焦ったように咲子の名を呼んだ。

「愛理の話を聞く必要はない！」

咲子を説得しようとする遠田を宥めるように、その腕を軽く叩いて話を聞いてくれと眼差しだけで告げる。遠田は不満を露わにしながらも、口を閉じてくれた。

「ただし、条件があります。それを聞いていただけますか？」

「もちろん聞くわ」

「二人きりになるのは明彦さんが心配して暴れそうなので、人目があるところ――そうですね。二階にあるティーラウンジでお願いできますか？　明彦さんも私が愛理さんと一緒にいるのが心配なら、離れた席で私たちを見守ってください。何かあれば合図しますから、そのときは私を助けてください。その条件でよければ、お話を聞かせてもらいます」

聞かされた過去の彼女の行動を思えば、この辺がぎりぎりの妥協点だろう。いくら咲子でも、愛理と一対一で対峙するのは躊躇(ためら)われる。今は、自分一人の体ではない。

「わかったわ。私はその条件で構わない」

「……私が反対しても、君は言うことを聞かないのだろう？」

神妙な顔で愛理が同意し、遠田は渋々ではあるが了承してくれた。

早速三人は、二階のティーラウンジに移動する。愛理と咲子は湖が正面に見える席に案内され、遠田は二人が見える席に座った。静かなクラシックが流れるラウンジは、隣との距離がほどよく保たれていて、よほど大きな声を出さない限り、会話は遠田まで届かないだろう。

隣り合うソファに落ち着いた二人に、従業員が注文を聞きにくる。愛理は珈琲(コーヒー)を、咲子はオレンジジュースを注文した。

「ふふふ……怖い顔。愛されてるわね。牧原さん」

飲み物を待つ間、愛理がおかしそうに笑った。その目線の先には、こちらを見守る遠田の姿がある。愛理の言う通り、遠田の表情はひどく険しかった。

——あれは、相当怒ってるな。

「随分、嫌われたものね……まあ、それも仕方ないか」

呟くようにそう言った愛理は、そのまま視線を目の前の湖に向けた。その横顔が、哀愁に満ちて見えて、何故か咲子の胸がざわめいた。

――この人の印象はやっぱりちぐはぐだ……どれが本当の彼女なんだろう？

あれだけ咲子と話がしたいと訴えた割に、愛理は沈黙したままだ。ほどなくして、飲み物が届けられたが、愛理は何も言わなかった。咲子も湖を眺めたまま、愛理が話し出すのを静かに待つ。

「……体は大丈夫？　順調？」

愛理の視線がまださほど目立たない咲子の腹部に向けられていた。その眼差しは柔らかく、咲子の体調への気遣いに満ちていた。だから、ますます咲子は彼女のことがわからなくなる。

「今のところは問題ありません」

「そう……よかった……」

再び沈黙が落ちた。咲子は間が持たずに、ジュースに手を伸ばす。喉を滑り落ちていく冷たい触感に、思いのほか自分の喉が渇いていたことを自覚する。一気に半分ほど飲んでしまった。

「おかわり頼みましょうか？」

「いえ、大丈夫です。あまり糖分を取りすぎるのもよくないので」

「そうなの？」

「最近、甘い飲み物しか受け付けないので、気を付けないと飲みすぎてしまうんです……」

「そう。それは気を付けないとダメね……」

再び会話が途切れて、愛理が俯いた。

「お話を聞かせていただけますか？」

思い切って、咲子が水を向けると、愛理は意を決した様子で顔を上げた。

そこには、先ほどまでの気弱そうな表情はなくなっている。遠田と対していたときのような、傲慢で強気な表情が浮かんでいた。

「そうね。駆け引きは必要ないわよね。単刀直入に言うわ。あの人と別れてくれない？」

遠田の方に視線を向けながら、愛理は言った。ドラマや小説などでしか聞いたこともないような、ベタなセリフに咲子は意表を突かれた。何故か、愛理はそんなことは言わない気がしていたので、思わずまじまじと愛理の顔を見つめてしまう。

愛理は傲然と胸を張り咲子を見ていた。しかし、その手は関節が白くなるほど力が入っている。彼女が無理に傲岸不遜な仮面を付けているように、咲子には見えた。

そんな愛理の様子を観察しながら、咲子は先ほど覚えた既視感がどこからくるものなのか、ようやくわかった。

——これ、お見合いのときの美波様と、受ける印象が似ているんだ。

そう思えば、肩の力が抜けて、思わず笑みが零れた。愛理が怪訝そうな顔をしたが、咲子は気にせずににこりと微笑んでみせた。愛理が何を考えているのかは、わからない。だから、咲子はあえて愛理の会話に乗ってみることにした。

「お断りします」

きっぱりとそう告げれば、愛理は目を瞬かせてから、嫌な感じに唇を歪めた。

「すごいわね。遠田に愛されてる自信？　だけど、そんなもの何の力にもならないわよ？　あなた、自分の立場をわかってるの？」

「わかっているつもりです」

「そうは思えないけど？　天涯孤独なあなたが、世界で活躍する遠田の役に立てるとはとても思えないわ。だって、あなたは何の力も後ろ盾もないでしょ？　遠田が一介の秘書に手を出して、妊娠させたなんて、彼の名誉にも関わることだし、一歩間違えばスキャンダルだわ」

「そうですね」

「それがわかっているのに、遠田と別れないわけ？」

「社長が一介の秘書に手を出した挙句、妊娠させて捨てた方が、余程スキャンダルだと思いますけど？」

「そんなもの、今ならどうとでもなるわ。私たちには、私には、それだけの伝手と力があるのよ。あなたが強情を張るのなら、今からでもスキャンダルに仕立て上げることは簡単なのよ？　元秘書の女詐欺師が、他の男の子どもを盾に、遠田を騙そうとしたって。そんなことになれば、遠田は困ると思わない？　彼の名誉もずたずたよ」

自分にはそれだけの力があるのだと、愛理は咲子にきつい眼差しを向けてくる。

咲子は束の間、黙り込む。緊張したやり取りに喉が渇いて仕方ない。先ほど残したジュースの半分を一気に飲み干した。

そんな咲子を見て、愛理は彼女が納得したと思ったのか、優しく呼びかけてくる。

「今なら間に合うわ。頭のいいあなたならわかるでしょう？」

「わかりません。そして、そんなスキャンダルにあの人が揺らぐとも思えません」

むしろ、これで咲子との仲を世間に隠す必要がなくなったくらいのことは、言いそうだ。

咲子にしても、秘書になってからの五年――遠田の警察沙汰一歩手前の女運の悪さに振り回され、その後処理に町村と奔走してきた身だ。そのときにマスコミへの対応も対処の仕方も、叩き込まれている。今さらそれを怖がるほど、咲子の神経は細くなかった。

「あなた、今までの話を聞いてた？」

「聞いてましたよ？　だけど、そんなことは私も明彦さんも気にしません」

軽く肩を竦めて答えた咲子に、愛理は唇を噛む。

「……もし仮に、私が明彦さんと別れたとしても、彼が愛理さんを選ぶとは思えませんけど？」

今度は咲子が反撃に出る。

「……そんなこと、あなたに関係ないわ。それに、あっちを見て？　あの人にあんな顔をさせられるのは私だけよ？」

愛理の言葉に、咲子は遠田の方に視線を向ける。遠田は変わらずに眉間に皺を寄せて、険しい顔をしていた。普段が穏やかな男だけに、愛理の言にも一理あると思った。

「咲子さん。愛の反対って何か知ってる？　無関心よ。憎しみじゃないの。あの人の中で、私との関係が本当に終わっていたなら、あんな顔はしないはずよ。だから、可能性はゼロじゃない。あなたさえ立場をわきまえてくれたら、私たちはやり直せる。明彦さんは、昔から自分の感情に鈍感なところがあるから、自分の想いに気付いてないだけなのよ」

元妻らしく遠田の性質はよく理解しているようだ。だからといって、譲る気は咲子にはない。

「あの人を傷付けられるのは私だけ。そして、その傷を癒せるのも私だけのはずよ？　それに気付いたから、私は戻ってきたの。だから、あの人を私に返してくれない？」

にこりと自信に満ちた態度を見せる愛理に、咲子は笑みを深くする。

「答えは変わりません。お断りします。私は、彼の、明彦さんの傍にいることを選んだんです。だから、この場所は誰にも譲るつもりはありません」

きっぱりと告げれば、愛理は痛みと安堵が入り混じった不思議な顔を一瞬だけ浮かべた。泣き笑いのようなその顔に、咲子は確信する。

多分、自分は試されていた。美波のときと同じように、この人に――

何の意図があって、そんなことを愛理がしているのか、いまだにわからない。だから、咲子は単刀直入に切り込むことにした。

「それに、そんなこと愛理さんも望んでないですよね？」

「どういう意味かしら？」

咲子の問いに、今度は愛理が意表を突かれたように、目を瞬かせた。

「明彦さんと、よりを戻すつもりが、本当にありますか？」

驚きに目を瞠った愛理が、束の間、黙り込んで、俯いた。その肩が震えだし、堪えたような笑い声が聞こえてきた。咲子は黙って愛理の様子を見ていた。

「……美波ちゃんに聞いてた通りね、咲子さん。あなた、人のことをよく見てるし、頭がいい人ね」

笑いながら愛理が顔を上げた。現れたのは先ほどまでの傲岸不遜な顔でも、嫌味な顔でもなかった。どこか晴れ晴れとした美しい顔だった。

「そうね。あなたの言う通りよ。今さら、明彦さんとよりを戻せるなんて思ってないわ」

「だったら、何故、こんなことをされたんですか?」

「ふふふ……さすがにそれはわからない?」

「ええ。私が試されているのはわかりましたが、その意図まではわかりません」

「まぁ、そうよね……」

　一人おかしそうに笑いながら、愛理は珈琲(コーヒー)に手を伸ばした。すでにぬるくなっていたそれを、一気に飲み干すと大きく息を吐き出した。そして、ひどく真面目な顔で、咲子を見つめてくる。

「もう、いい加減、終わらせたくなったのよ。あの人への執着じみた初恋を……」

　呟くようにそう言って、愛理は目線を咲子から湖に移した。

「私たちが離婚した経緯って、聞いている?」

「一通りは聞いています」

「そう……」

　咲子の返事に愛理は頷いた。その眼差しは青く輝く湖に注(そそ)がれてはいたが、ここではないどこかを見ているように遠かった。愛理は一度瞼(まぶた)を閉じ、何かを振り切るように開いた。

「ここまで付き合わせておいて何だけど、もう少し馬鹿な女の昔話を聞いてくれない?」

「構いませんよ」

「ありがとう。優しいわね……」

　そう言う愛理の顔はひどく寂しげだった。別に自分は優しいわけではないと咲子は思う。ただ、単純に知りたかったのだ。目の前の女性が何を思って、こんな行動を取っているのか。

「私ね、明彦さんが初恋だったのよ。中学生の頃からずっと好きだった。寝ても覚めても明彦さんのことばかり考えた。高校も大学も彼を追いかけて受験したくらいよ？　馬鹿よね……」

　そう言って、愛理は瞼を伏せる。

「だから、あの人と結婚できるって知ったときは、有頂天になったわ。たとえ政略結婚だったとしても、明彦さんの妻になれるだけで、私は幸せだったの」

　苦笑した愛理は、水の入ったグラスを手にした。一口飲んでから再び話し出す。

「だけど、浮かれていられたのは、新婚のときだけだった。明彦さんは、忙しいことを除いたら完璧な旦那様だったと思う。でも、どんなに妻として尊重されても、私は寂しかった。あの頃のあの人、本当に忙しかったから、会話もろくになくてね。彼が家を空けるたび、あの人の浮気を疑ったわ。部下や秘書、たとえ仕事でも彼の傍にいる女性全員に嫉妬してた」

　その気持ちはわからなくもないと咲子は思う。今の遠田ですら、心配になるくらいスケジュールはびっしりと埋まっているのに、今以上となれば、夫婦で過ごす時間などほとんどなかっただろうと想像がついた。

「それで、気付いちゃったのよ。恋をしていたのは私だけで、明彦さんにとって私は政略上、必要だったから結婚した相手だったんだって。どんなに私があの人に恋い焦（こ）がれても、得られたのは妻の座だけ。肝心のあの人の心は仕事に夢中で、欠片（かけら）だって私には向けられてないって思っちゃったの。そんなとき、声をかけてきたのが、明彦さんの親友だった人よ」

それが彼女の浮気相手だったことは知っている。

「彼は彼で、太陽みたいに輝く明彦さんの傍で彼を支えることを誇りとしながら、ナンバーツーであり続ける自分に鬱屈（うっくつ）してる人だった。彼が私に近付いたのはそういう憂（う）さを晴らすためもあったんでしょうね。あの頃の私たちに恋愛感情はなかった。明彦さんっていうカリスマの陰で霞（かす）んでしまう自分たちの存在を慰（なぐさ）め合っていただけなのかもしれない」

淡々と過去の自分を振り返る愛理の口調には痛みがあった。咲子が聞いていようがいまいが構わない様子で愛理は話を続ける。

「明彦さんのお父様が亡くなって、彼はますます忙しくなった。もう、私のことなんて忘れてると思ってたわ。だから、彼との情事を見られたときは、ひどい悪夢を見ている気分だった。こんなことは違う。現実じゃない。そう思ったけど、悪夢は全然覚めなかった。当然よね。現実なんですもの。でも、離婚するって激怒する彼を前にして、私は悪くないって思ったの。こんなことをしたのは、彼が私を放っておいたからだって。許さないのは私の方だって思ったのよ」

ふふふと愛理は自嘲するように笑った。

「周りもそう言って味方してくれたのもあって、私は彼を責めたわ。そうしたら、優しい彼のことだから、私を許すしかなくなるっていう計算と、甘えもあった。だけど、明彦さんは絶対に私を許してはくれなかった。だから……」

仕事の邪魔も色々としてしまったわ、と愛理は瞼を伏せた。

「私より大事な仕事を取り上げてしまえば、少しは私の気持ちを理解してくれる気がしたのよ。でも結局、裁判にまでなって私たちは離婚することになった。もう何もかもが信じられなくて、彼と別れるくらいなら死んでやる!!　って、奈々子ちゃんたちの前で手首を切ったの」

そこまで話して疲れたのか、愛理は再びグラスの水に口を付けた。手の中で空になったグラスを弄ぶようにくるくると回している。

「何か頼みましょうか？」

「そうね。咲子さんは？　どうする？」

「では、ペリエを」

「いいわね。私もそうしようかしら」

二人はペリエを注文した。すぐに緑の瓶に入った飲み物が届けられる。

「どこまで話したかしら？　ああ、自殺未遂したことだったわね。……病院で目が覚めて、両親に泣かれて、それ以上に怒られたわ。それで、やっと目が覚めた気がした。たとえ死んでも、明彦さんはもう私のことを許してくれないんだって」

愛理がペリエを注ぐ。ついでのように咲子のグラスにも注いでくれた。互いに乾いた喉を潤す。

「病気療養って形で海外に出されたら、浮気相手だった彼が、私が自殺未遂をしたことを聞いて、追いかけてきてくれた。明彦さんのいないところでやり直してみようって、でも、ダメだった。あの人は明彦さんを忘れたかったのに、私は明彦さんを忘れられなかったから。結局、私たちは明彦さんの存在を通してでしか繋がれない関係だったたって思い知った数年だったわね」

遠く過去を見つめる眼差しで、愛理は深く大きなため息をついた。

「それで日本に戻ってきたの。帰国して、明彦さんがまだ一人だって聞いて、気になったの。私のせいで、彼は不幸のままなのかって……ちょっと期待もした。私を待っているんじゃないかって。こっそり彼の様子を見に行ったら、明彦さんの横には咲子さんがいた。私の入り込む隙間なんてないくらい幸せそうで、ショックだったわ。同時に腹も立ったのよ。私はまだこんなに傷付いているのに、彼は立ち直ろうとしている。嫉妬もした。だから、二人のことを邪魔しようと思って監視してたの。ごめんなさいね。ストーカーみたいなことして」

「いえ、それは、まぁ、大丈夫です……それで、愛理さんはどうしたいんですか？」

「うーん。どうしたいっていうか、咲子さんにこてんぱんにされたかったのよ、私」

「私に、こてんぱんに……？」

愛理の言葉の意味がわからず、咲子は首を傾げる。

「幸せそうな二人を見てたら思い出したのよ。明彦さんの笑顔を」

そう言って、懐かしいものを思い出すように愛理は柔らかく目元を緩めた。

「あの笑顔は、結婚してたとき、私にも向けられていたなって思い出した。それで、私もちゃんと大切にされてたって、燃えるような恋ではなかったかもしれないけど、ちゃんと妻としても愛されてたんじゃないかって気付いたの。それを全部、ぶち壊したのは大馬鹿だった私。明彦さんを散々傷付けて、今さら取り戻せるわけなんてなかった」

美波ちゃんにも、馬鹿なことはするなって諭されたのよ、と愛理が悪戯っ子のように笑って、肩を竦めた。

「咲子さんを大事に、大事に扱う明彦さんを見てたら、もういい加減、この執着じみた初恋を終わらせなきゃって、自然と思えたわ。そのために、咲子さんと話がしたかった。あなたに負けたって思えたら、私は明彦さんをちゃんと忘れられると思ったの。だから、こんな強引なことしちゃった。本当にごめんなさい」

愛理が頭を下げる。彼女の長い、長い話がそれで終わったのだと咲子は知る。過去を語る間中、強い後悔が愛理の声音には宿っていた。だからこそ愛理の言葉は真摯(しんし)に咲子の胸に響いた。

「……私は、あなたをちゃんとこてんぱんにできたんでしょうか？」

咲子の問いに、愛理が顔を上げた。柔らかな眼差しが、咲子に向けられる。

「そうね。さっきの咲子さんはカッコよかったわね。あの人の傍を離れませんって言葉、明彦さんが聞いたら泣いて喜ぶんじゃない？」

晴れ晴れと笑った愛理が、立ち上がった。そして、咲子の前に手が差し出される。

「色々と不穏な動きをして、怖い思いもさせたでしょ？　ごめんなさい。多分、もう二度と、あなたたちの周りはうろつかないわ。だから許してくれると嬉しい」

咲子は愛理が差し出した手を掴んで、立ち上がる。

「いえ、私も愛理さんのお話が聞けて、よかったです」

遠田の横に妻として立つ女の覚悟を、改めて決められた気がした。

「そう？　ならよかったわ。ありがとう」

繋いでいた手が離れる。

「話は終わったのか？」

背後から声をかけられて、二人は振り向く。話に夢中になっていたせいで気付かなかったが、いつの間にか、遠田が二人のすぐ傍に立っていた。いつから二人の話を聞いていたのだろうと思う。

愛理が驚きに目を瞬かせて、苦笑する。その眼差しが一瞬、咲子に向けられた。『過保護』と言葉にしない想いが眼差しに込められていて、咲子は内心で肩を竦めるしかなかった。

「おかげさまで、終わったわ。もうあなたたちに関わることはないから、安心してちょうだい」

にやりと笑った愛理の言葉に、「そうか」と遠田は頷いた。そこには先ほどまでの、愛理を警戒した怒れる男の姿はなかった。

「愛理……」

「何？」

遠田の呼びかけに愛理が不思議そうに、首を傾げる。

「私はきっと、君を一生許さないし、許せないと思う」

静かな口調で遠田が告げた。遠田のその言葉は『愛していたからこそ許せないのだ』

と咲子には聞こえた。多分、愛理にも同じように伝わったのだろう。彼女の瞳が潤んだ。

「そう。だったら、一生、許さないで……でも、私はあなたのことを忘れるから」

泣き笑いの表情で、でも、どこまでも晴れやかに愛理はそう言った。

「じゃあ、帰るわ。もう、二人の邪魔はしないから、安心して。元気な赤ちゃんを産んでね。バイバイ」

一方的に言いたいことを言って、愛理は二人に背を向けて、エレベーターに向かって歩き出した。

遠田は何も言わずにその華奢な背中を見送っている。

元夫婦の見えない絆を見せつけられたような気がして、咲子は遠田の手をそっと握った。

「咲子？」

遠田がすぐに咲子の名を呼ぶ。その瞳に宿る痛みに気付いても、咲子は柔らかに笑うことしかできなかった。

「ものすごくお腹が空きました」

あえて情けない顔でそう訴えた。すると、「それは大変だ」といつもの過保護な男の顔に戻った遠田が、笑って咲子の手を引く。そのことにホッとする自分がいた。

一瞬だけ、愛理が去って行った方向に視線を向けて、咲子は目の前の男を見上げた。

不意に遠田が咲子を抱きしめた。そのぬくもりに咲子は目を閉じる。

誰に何と言われても、何があっても、もうこの男を手放せない。

その決意と覚悟を持って、咲子は遠田の背に腕を回した――

第6章　取引完了

咲子の両親の墓参りのあと、婚約を発表した二人は、秋に皆に祝福されながら入籍した。

結婚式は咲子の腹部が目立ってきたこともあり、出産後に行うことを決め、咲子は産休に入った。

その年の冬の始まりに、咲子は元気な男の子を出産した。

三八六七グラム――大きな子だった。陣痛が始まってから、出産までに丸二日かかったが、母子ともに健康で、経過も順調だった。

遠田は陣痛の始まりから咲子につきっきりで、出産にも立ち会った。遠田は陣痛で苦しむ咲子の横で、腰を擦ったり、飲み物を飲ませたり、かいがいしく世話をしてくれた。

と同時に、真っ青な顔で狼狽(うろた)え、落ち着きをなくし、看護師に怒られていたのは、今となっては笑い話だ。

出産後、分娩台の上で荒い息を吐いている咲子に、「元気な男の子ですよ」と、助産師が連れてきた我が子は大きかった。

ざっと羊水を拭っただけの息子は、とても元気な声で泣いていた。

初めて抱いた息子の重みと肌の感触を、咲子はきっと一生忘れないと思う。

「ありがとう。咲子。ありがとう……！」

それと同時に、息子に負けないくらい感動で号泣していた夫の泣き顔も、きっと忘れない。

夜明けに生まれた息子は暁——さとしと命名された。

「暁君は、目元は咲子さんだけど、他の顔のパーツは兄さんねー」

咲子と息子の退院祝いに駆けつけてくれた奈々子は、ベビーベッドに寝かされた暁を見て笑った。

「これは将来、色気溢れる女泣かせになる顔ね！」

「失礼なこと言うな！　うちの子はそんな男にはならない！」

妹の言葉をむきになって否定した遠田は、暁をベッドから抱き上げる。

今現在、育休中の遠田は、普段の家事をはじめ、暁のおむつ交換やお風呂まで、ほぼ完璧にマスターしていて、咲子がするのは授乳くらいというほど、二人の世話をしてくれている。

「あ！　兄さん！　私にも抱かせてよ！」

「落とすなよ！」

「落とすわけないでしょ？　これでも二児の母親よ⁉　子育てに関しては兄さんの先輩だから！」

兄妹の元気なやり取りを、少し離れたソファに座った咲子は苦笑しながら眺める。

「ああー、赤ちゃんの匂い！　たまらないわー　産むときはすごく痛くて、もう二度とごめんだって思うし、授乳とかでへとへとになるから、もう絶対産まないって思うのに、こうやって赤ちゃんを抱っこすると、もう一人くらい産んでもいいかなって思っちゃう」

さすがの貫録で暁を抱いて、奈々子が笑う。つむじに奈々子の鼻先を当てられた暁は、ちょっとむずがるような様子を見せたが、そのまますやすやと眠っている。

「うちはもう暁だけで十分だ。この子がいればいい」

「え？　兄さん？　本気？　前は三人くらい子どもが欲しいって言ってたじゃない？」

遠田の言葉に奈々子が驚いた声を上げる。咲子も初めて聞く夫の言葉に驚いた。

「いや、うちはこの子だけでいい」

女性陣の反応に、ひどく真面目な顔をした遠田は、奈々子から息子を受け取りその腕に大事そうに抱きかかえる。

「出産があああも大変なものだとわかってなかった。あんな命がけのこと、私は耐えられない」

何を思い出しているのか、真っ青な顔で遠田はそんなことを言い出した。

思わず咲子と奈々子は顔を見合わせる。そうして、同時に噴き出した。

「ちょっと！　兄さん！」

けらけらと笑う奈々子は、言葉が続かないくらいお腹を抱えている。

「暁が一人っ子なのは寂しいので、私はもう一人くらい産みたいですね。先生も安産だったって仰ってましたし、大丈夫ですよ？」

咲子もクスクスと笑いながらそう言ってみるが、遠田は難しい顔で黙り込む。

「ああー、笑った。今後の家族計画は夫婦で話し合ってちょうだい！　お祝いは渡したし、これ以上いても、退院してきたばかりの咲子さんの負担になるから、私は帰るわ」

目尻に溜まった涙を拭いながらそう言った奈々子が、まだ笑いの発作を残しながら玄関に向かう。遠田は泣き出した暁のおむつを替える準備を始めていて、咲子が奈々子を見送ることにする。

「今日はありがとうございました」

「もうちょっと落ち着いたら、子どもたちも連れてくるわ。まだまだ大変だと思うけど、頑張ってね。一応、子育ての先輩だし、何かあったら頼ってね。義姉さん」

お茶目にウィンクした奈々子に、「頼りにしてます」と咲子も微笑む。

「じゃあ、またね」

手を振って出ていく奈々子を見送って、咲子は居間に戻った。おむつを替えてもらいすっきりしたのか、暁はベビーベッドで再びうとうとしているようだった。

そんな息子を見下ろす夫の横に、咲子は歩み寄る。そっと夫の肩に凭れかかった。

覗き込んだベビーベッドで眠る息子の顔は、遠田によく似ていた。

「暁は、明彦さんに本当にそっくりですよね」

「だが、目元は奈々子の言う通り咲子似だ。ここの黒子も」

そう言った遠田が、愛おしそうに、暁の左目下の泣き黒子をつんと突っつく。せっかくの寝入りばなを邪魔されて、息子は嫌そうに顔を顰めた。

その顔すらも可愛くて、二人は小さな笑い声を漏らす。

「男の子だから、そこは似なくてもよかったかなと思うんですけどね……」

「そうか？　私は二人のこの黒子が大好きだがな？」

遠田の唇が息子と同じ位置にある咲子の黒子にキスを落とす。くすぐったさに咲子は笑う。

「……本当に、子どもは暁だけでいいんですか？」

そっと問いかけると、遠田の眉間に皺が寄った。

「私、次は女の子が欲しいな……」

ぽそっと呟けば、ますます遠田の眉間の皺（しわ）が深くなる。ひどく難しい顔で「……咲子に似た女の子」と悩む夫が愛おしくて、咲子は笑わずにはいられない。

――もうひと押ししたら落ちてくれそう。

背伸びをした咲子は、そんな夫の頬に口づける。滅多にない咲子の行動に、遠田の目が驚きに見開かれた。そうして、頬では足りないと言わんばかりの唇が、咲子の吐息を奪いにくる。

それが泣きたくなるほど幸せで、咲子は瞼（まぶた）を閉じた。

二人の唇が重なるまであともうちょっと。

でたらめな取引から始まった二人は、今、夫婦として小さな幸せを積み重ね、生きている――

書き下ろし番外編

いたずらな午後

「ママ！」

三歳になる息子の呼びかけに、プールに出かけるための荷物を確認していた咲子は振り返る。

「どうしたの？　暁？」

「ママ！　手を出してくだしゃい！」

走り寄ってきた暁にせがまれて、咲子は言われるがままに手を差し出した。

カシャン、カシャンと軽い音を立てて、両手首に衝撃が走る。

「ママ！　逮捕しましゅ！」

「ええー？」

ふすんと鼻息を吐いて宣言する息子を見下ろして、咲子は苦笑する。両手首には玩具の手錠が嵌められていた。

「暁警部。今日は何の罪で逮捕されたのでしょうか？」

「んーとね？　んーと、今日もママは可愛いので逮捕しました！」

悩んだ挙句に出てきた罪状が随分可愛らしい理由で、咲子はくすくすと笑い出す。

「あらあら、それは困ったわね」

咲子は膝をついて暁に目線を合わせ、その頬を両手で包んでムニムニと揉むと、暁が「きゃー」と笑い声を上げて、身を捩(よじ)る。

これは最近、暁が夢中になって見ている特撮戦闘ヒーローものの真似事だった。警察学校を舞台にした物語で、推理あり戦闘あり、イケメン俳優多数出演のため、幅広い年齢層に受けている。その特撮ものの登場人物の一人で、上官である警部が暁は大のお気に入りだった。遠田に買ってもらった玩具(おもちゃ)の手錠で、誰彼構わず逮捕することに、暁は今夢中になっている。

尋ねると、そのたびごとに今日みたいな可愛すぎる罪状を読み上げてくれるので、遠田などはもう毎度悶(もだ)えている。

親馬鹿だなと思うが、咲子も遠田のことはどうこう言えない程度には、内心で胸がキュンとしている。

「暁警部。でも、今日はこれから勇太お兄ちゃんたちとプールに行く約束でしょう？　もうすぐお迎えに来てくれるはずだから、見逃してもらえませんか？」

「うーん。それは困りましたねー」

腕を組んだ暁がお気に入りのキャラクターを真似て首を傾げているのが、おかしくてたまらない。

だが、もうすぐ奈々子たち一家が迎えにくる時間だ。

今日は奈々子たち家族と、ホテルのプールで遊ぶ約束をしていた。遠田は残念ながら会議に出席するために一緒に行けず、朝泣く泣く出勤していった。

ただ仕事が終わり次第合流することにはなっている。

「で、サト君。手錠の鍵はどこ?」

「鍵?」

咲子の質問に、暁はきょとんとした顔で、首を傾げている。その顔に咲子は、非常に嫌な予感がした。

「え? 暁。鍵は? どうしたの?」

「うーんとね?」

「うん」

鍵の場所を思い出そうとしているのか、暁が首を右や左に傾げている。そして、ニパッと笑った。

「パパ!」

「パパ? パパがどうしたの?」

「パパの鞄！」

「え？　パパの鞄？　ってお仕事用の⁉」

咲子は驚きに声を大きくする。暁は「うん！　パパの鞄にないないしたの！」とご機嫌で応えてくれる。

「嘘でしょう⁉」

咲子は慌ててスマートフォンを手に取る。両手が拘束されているせいで、手が使いづらいことこの上ない。せめてもの救いは、体の前で繋がれていることだろうか。

——そういえば最近、明彦さんの鞄がお気に入りで、玩具（おもちゃ）を入れてるって言っていた。

最近、暁は遠田の持ち物に興味を持っていて、何でも触りたがる。遠田の仕事用の鞄はお仕事に使う大事なものが入っているから、触ったらダメだと説明したばかりなのだ。だけど、何をどう理解したのか、暁は遠田の仕事用の鞄に、大事なものを入れると考えたらしい。

職場で鞄を開けたら、暁が大事にしている玩具（おもちゃ）が出てきたと、笑いながら遠田が話していたのはつい昨日のことだ。

スマートフォンで時刻を確認して、遠田のスケジュールを頭に思い浮かべる。

——まだ、会議の開始までに時間はある。

一か八かで咲子は遠田に電話をかける。数コールですぐに遠田が出た。

『どうした？　咲子？　今日の予定の変更でもあったか？』

「あ、明彦さんごめんなさい。今、大丈夫？」

『ああ、もうすぐ会議が始まるところだが、まだ少しなら時間があるから大丈夫だ』

「よかった……」

その言葉にホッとしながら、咲子が事情を説明すると、遠田が耳元で笑った。

『うちの王子様は本当に悪戯好きだね。少し待てるか？　今、確認するから』

正直、笑い事じゃないと思うが、遠田が笑ってくれたおかげで、焦っていた咲子の気持ちも宥められる。

『サイドポケットに入ってたよ。どうするかな。今から会議だから、会議が終わり次第、家に帰るからそれまで我慢できるか？』

「わかりました。今日のプールは中止して待ってます。とりあえず、自分でも外せないか頑張ってみますね」

『ああ、無理しないで。怪我をしたら大変だし、大人しく待ってなさい』

そう言われても、このままでは暁の世話もままならない。

「ママ。今日、お兄ちゃんとプール行かないの？」

遠田との電話の内容を聞いていた暁が、しょんぼりした様子で聞いてくる。勇太に懐いている暁は、今日一緒にプールに行けることをことのほか楽しみにしていたのだ。

「これが外せたら行けるから、ちょっと待っててね」

「ごめんなさい」

落ち込む暁の頭を撫でて、「大丈夫だよ」と笑う。

咲子は何とか外せないかと頑張ってみるが、玩具（おもちゃ）と侮（あなど）るなかれ。遠田が拘（こだわ）って買っただけあって、手錠はとても精巧で鍵がないと外せない作りになっていた。ドライバーなどで開けられないかと思ったが、両手を括（くく）られているせいでどうにもならなかった。

——ダメだ。外れない。このままじゃ、奈々子さんたちが来ちゃう。

手錠に繋がれた手首を前に、咲子はがっくりとうなだれる。

咲子はスマートフォンを手に、奈々子に電話する。事情を説明すると、奈々子にまで笑われた。

『それは災難ね。もうすぐ着くし、陽君に手錠を見てもらったらいいんじゃない？』

——その手があった！

言われて咲子はハッとした。冷静なつもりで案外、自分が焦っていたことを自覚する。

「すみません。お願いします」

ほどなくして奈々子たち一家がやってきた。有川にドライバーを渡して、手錠を見てもらうが、手錠を前に有川は困ったような顔で、唸（うな）り声を上げた。

「これ、明彦さんが気に入って買ったビンテージものですよ。今だとなかなか手に入らないレアもので、下手にドライバーとかを使って壊れたらもったいないですよ。鍵があるなら大人しく明彦さんを待った方がいいですよ。もうすぐ帰ってくるんでしょ？」

有川の言葉に、咲子は愕然とする。値段を聞いてますますびっくりする。

――もう！　子どもになんてものをあげてるのよ！

遠田の凝り性に咲子は頭を抱えたくなる。そんなレアものを玩具として与えているとは夢にも思わなかったのだ。

「会議が終われば帰ってくる予定になってます。せっかく来てもらったのに、申し訳ないのですが、今日はプールは諦めますね」

その言葉に暁はしょんぼりとして、咲子の服の裾を掴んだ。

「その状態じゃ、サト君の世話もままならないじゃない。兄さんが帰ってくるまで大変だろうから、サト君は予定通りに私たちがプールに連れてくわよ」

奈々子の言葉に咲子は慌てて首を横に振る。

「え、そんな申し訳ないです！」

「大丈夫よ！　勇太も美香もサト君とプールに行くの楽しみにしてるもの。サト君、ママがいないけど、おばさんたちとプールに行こう？」

「いいの？　ママ、大丈夫？」

見かねた奈々子の言葉に暁がおずおずと顔を上げて尋ねる。自分のせいで咲子が大変なことになっているのは理解できるが、プールにも行きたいと、迷う息子に咲子はため息をつく。

――こんな顔されたらダメって言えない。

「おばさんの言うことをよく聞いてね。勇太お兄ちゃんたちの傍を離れたらだめよ？」

「うん！」

元気に返事をした暁を奈々子さんたちに預けて、咲子は遠田の帰りを一人待つことになった――

☆

「ただいま」

奈々子たちが暁を連れて出かけて二時間後――遠田が帰ってきた。

ソファに座りテレビを見ていた咲子は、やっと解放されると遠田の帰宅にホッとする。

「おかえりなさい」

「うちの王子様の悪戯にも困ったものだね」

手錠で両手を拘束された咲子を見て、遠田が苦笑しながら歩み寄ってくる。

「本当に。でも、それより！　暁の玩具にビンテージものとかあげないでください！」

「あはは！　すまない。子どもの頃から良いものを与えてあげたくてね」

怒る咲子に、遠田は全然堪えた様子もなく笑い声を上げた。

とりあえず手錠を外してもらおうと、咲子は遠田の前に両手を差し出す。鍵を手にした遠田が、手錠をかけられた咲子を見下ろして、何かを考え込む様子で動きを止めた。

「明彦さん？」

どうしたのかと声をかけると、何故か遠田がニコリと笑った。その笑みに、ひどく嫌な予感がして、咲子は思わず身を引く。

「うん。たまにはこういうのも悪くない」

「え？　ちょっと！　明彦さん⁉　待って！　何する気？」

手錠に繋がれたまま、咲子は遠田にソファの上に押し倒された。

「いや、まあ、何と言うか……愛してるよ。咲子」

――いや、今、それ関係ない！

その叫びはむなしく遠田の唇の中に消えた。ここにきて咲子は、夫がその気になってることに気づいて、じたばたともがく。

「怖いことはしないから、大丈夫」

「そういう問題じゃない！」

制止する咲子に、遠田は何が楽しいのかにこにこと笑いながら、咲子の体の上でネクタイを外している。

「暁が帰ってきたらどうするの？」

「奈々子たちとプールなら、まだまだ帰ってこないだろう？　たまにはゆっくりと夫婦の時間を持つのも悪くない」

遠田の手がシャツをめくり、咲子の素肌に触れる。こんなときなのに、夫に触れられると咲子の体は反応する。どうしてこんなに他愛なく体が反応するのかと思うが、弱い部分を知り尽くした夫の指戯に、咲子の体は呆気なく陥落していく。

「んぅ……！　もう！　馬鹿！」

「男は大概馬鹿なものだよ。奥さんがこんな格好してたら、その気にもなるよね？」

同意を求められても納得できずに、「どこがですか？　何がですか？　何で？」と質問攻めにする。

「まあ、手錠に拘束されているところ？」

しかし、遠田にけろりと答えられて、咲子はがっくりとため息をついて諦める。

目の前の夫の瞳は欲情を隠してもおらず、咲子の服を乱す手に迷いもない。

こうなったら夫が止まらないのも理解している。

「本当に信じられない……」

「ふふふ。お説教は後でいくらでも聞くよ」

艶を孕んだ夫の声が耳朶に落とされて、咲子は顎を仰け反らせる。

スキニージーンズを下着ごと脱がされて、すでに濡れ始めていた場所をくつろげられる。

明るい日差しが差し込むリビングで、両手に手錠をかけられたままの状態で体を開かれるのは、ひどく倒錯的で咲子の心も体も乱される。

――あ、指……指が……

秘所に遠田の指を深く咥えこみ、ぐちゃぐちゃと淫らな音を立てて、蜜襞を攪拌される動きに、目の前が赤く染まる気がした。

「ふぅ……ああ……」

いつもなら目の前の夫に抱きつけるのに、両手を手錠に拘束されているせいで、叶わないのがもどかしい。そのもどかしさに、快楽が煽られる。

ソファの上ではしたないほどに脚を開かれて、もう待てないと腰を上げていたのは無意識だった。

濡れた粘膜が触れ合って、圧倒的な質量のものが体の中に入ってくる。

「ん……ん！　んぅ！」

馴染ませるために何度か緩やかに胎の奥を突かれて、喉がひくりと痙攣する。

「……やぁ……意地悪しないで……！」

奥がじりじりと痺（しび）れるように焦（じ）れて、咲子は腰をくねらせる。ねだる咲子の淫（みだ）らさに、遠田が我慢できないとばかりに、勢いをつけて腰を突き入れてきた。その瞬間、甘ったるい声が溢（あふ）れた。

「咲子。可愛いな。中がすごくうねってる」

「言わな……いで……！」

吐息交じりで呟かれた遠田の指摘に、咲子は恥ずかしさに顔を両手で覆（おお）う。

咲子の手錠姿に興奮したのか、遠田の動きがいつもより激しく感じられた。

――もう本当に馬鹿だ。

そう思うのに、夫と同じだけ乱れている自分もいることに気づいて、恥ずかしくてたまらなくなる。

「気持ちいい？　咲子？」

「き……か……なぃで……あ、あ、強……い！」

「咲子。手を上げて」

言われるままに咲子が手を上げると、手錠で括（くく）られた腕の輪の中に、遠田が頭を入れてきた。やっと夫に抱きつけることに気づいて、咲子は遠田の後頭部に手をひっかけて、その頭を引き寄せる。

唇が重なって、二人一気に快楽の頂（いただき）へと駆け上（のぼ）った――

「はい、ゆず茶をどうぞ」

無事に手錠を外された咲子は、むっと唇を尖らせて、遠田から渡されたカップを受け取った。

——ああ、もう本当に信じられない！

結局、あの後もやけに興奮した遠田に、疲れて動けなくなるまで、貪られたのだ。

おかげで今、咲子の機嫌はあまりよろしくない。非常によろしくない。

それがわかっている遠田は、動けない咲子に代わりまめに動いて世話をしてくれている。

「大丈夫か？」

「……大丈夫に見えますか？」

じとっとまだ腫れぼったい目で、遠田を睨みつけたところで、夫の機嫌は咲子と違い非常によろしい。

こちらは喘ぎすぎて嗄れた喉も恥ずかしくてたまらないというのに、この違いは何だと思う。

——もうすぐ奈々子さんたちが帰ってくるのに！

こんな状態で顔を合わせるのも憚られて、咲子の機嫌は直らない。

「まだ辛そうだな」

つっけんどんな態度をとっているのに、嬉しそうな夫に呆れとも諦めともつかないため息をついて、咲子ははちみつがたっぷりと入ったゆず茶をすする。

「何でそんなにご機嫌なんですか？」

「それはねえ？　言ってもいいのかい？」

何を思い浮かべているのか、艶冶な表情を浮かべる夫に、怒った咲子はその端整な顔を手のひらで押しやる。

それでも遠田はにこにこと笑って咲子を引き寄せると、こめかみに口づけてくる。

ここまでしても遠田がご機嫌な理由など一つだろう。

いつもと違うシチュエーションに、泣いて乱れたのは咲子も同じ。

いつになく感じてしまった事実に、ばつが悪くて咲子は拗ねてみせるしかないのだ。

それがわかっている遠田の機嫌が悪くなるわけもない。

暁が帰ってくるまでの時間、咲子は拗ねたふりで遠田に甘え続けた――

五年前のある出来事をきっかけに、恋に臆病になり、仕事一筋で生きてきた茜。ある夜、会社の祝賀会で飲みすぎてしまった彼女は、前後不覚の状態に。気付けば、職場で言い合いばかりしている天敵上司・桂木に熱いキスをされていて!?　さらにお酒の勢いも手伝って、そのまま彼と一夜を共にしてしまい──。

B6判　定価：704円（10%税込）　ISBN 978-4-434-24445-2

大学時代に事故で両親を亡くした環(たまき)。住まいから学費まで面倒を見てくれたのは、サークルの先輩・鷹藤(たかとう)だった。しかし、環は恩と愛を感じながらも「御曹司である彼に自分はふさわしくない」と彼と離れる決断をする。そして三年後――。環の前に、突然鷹藤が現れる。さらに彼は「俺の愛人になれ」と不埒な命令を告げてきて…!?

B6判　定価：704円（10%税込）　ISBN 978-4-434-26292-0

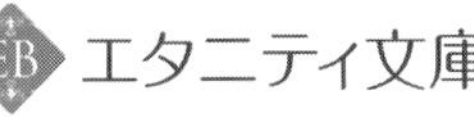

囚われの日々、再び……

エタニティ文庫・赤

野良猫は愛に溺れる

桜 朱理（さくら しゅり）　装丁イラスト／黒田うらら

文庫本／定価：704円（10% 税込）

大学時代に、事故で両親を亡くした環（たまき）。そのとき救ってくれた先輩の鷹藤（たかとう）に恩と愛を感じつつ、環はあえて彼と別れる決断をした。三年後、残業中の環の前に突然鷹藤が現れる。不意打ちの再会で混乱する環に、鷹藤は「お前、俺の愛人になれ」という不埒な命令を告げてきて……!?

※エタニティブックスは大人の女性のための恋愛小説レーベルです。ロゴマークの色で性描写の有無を判断することができます（赤・一定以上の性描写あり、ロゼ・性描写あり、白・性描写なし）。

詳しくは公式サイトにてご確認ください。
https://eternity.alphapolis.co.jp

携帯サイトはこちらから！

本書は、2020年9月当社より単行本として刊行されたものに、書き下ろしを加えて文庫化したものです。


この作品に対する皆様のご意見・ご感想をお待ちしております。

おハガキ・お手紙は以下の宛先にお送りください。

【宛先】

〒150-6008 東京都渋谷区恵比寿4-20-3 恵比寿ｶﾞｰﾃﾞﾝﾌﾟﾚｲｽﾀﾜｰ 8F
（株）アルファポリス　書籍感想係

メールフォームでのご意見・ご感想は右のＱＲコードから、
あるいは以下のワードで検索をかけてください。

アルファポリス　書籍の感想　検索

ご感想はこちらから

エタニティ文庫

カラダ目当て（めあて）

桜 朱理（さくら しゅり）

2022年10月15日初版発行

文庫編集－熊澤菜々子
編集長－倉持真理
発行者－梶本雄介
発行所－株式会社アルファポリス
〒150-6008 東京都渋谷区恵比寿4-20-3 恵比寿ｶﾞｰﾃﾞﾝﾌﾟﾚｲｽﾀﾜｰ8F
TEL 03-6277-1601（営業）　03-6277-1602（編集）
URL https://www.alphapolis.co.jp/
発売元－株式会社星雲社（共同出版社・流通責任出版社）
〒112-0005 東京都文京区水道1-3-30
TEL 03-3868-3275
装丁イラスト－一夜人見
装丁デザイン－AFTERGLOW
（レーベルフォーマットデザイン－ansyyqdesign）
印刷－株式会社暁印刷

ISBN978-4-434-30982-3 C0193